MAREA SINIESTRA

SEVER ESCUADRÓN

LIBRO 5

A.R. KNIGHT

MUNDO ACUÁTICO

Las grandes serpientes azules serpenteaban por la cabina de la nave, la colosal producción de agua de Gillane Cuatro era un espectáculo desde la órbita. Aurora, sorbiendo su café matutino a través de una pajita de acero, observaba cómo el mundo transformado por las corporaciones seguía con sus asuntos. Una vista mucho mejor que la oscura nada del espacio profundo, que había sido el espectáculo estelar durante semanas mientras la *Prisa* aceleraba hasta y más allá de la velocidad de la luz para realizar el viaje.

Como comandante de Sever, capitana... Aurora soltó una risa casi imperceptible, que ni siquiera hizo que Eponi la mirara. ¿Qué importancia tenía el rango? Sever ya no formaba parte de la jerarquía de DefenseCorp. Todos en el escuadrón tenían una habilidad especial: Aurora combinaba una férrea disciplina con pensamiento estratégico, Eponi pilotaba cualquier cosa que pudiera poner sus manos encima, Gregor blandía un gran martillo, Sai hacía estallar cosas y Rovo se encargaba de hablar.

Esa sonrisa murió rápidamente al recordar a Rovo. El ex

novato había sido capturado por dos traidores, agentes de DefenseCorp que pretendían usar los conocimientos de Rovo para mejorar nuevas armas. Lo habían secuestrado del *Nautilus*, Renard y Vana lo usaron como rehén para evitar que Aurora los hiciera volar por los aires. Ahora, Sever había rastreado al trío y sus fuerzas hasta Gillane Cuatro y su nido acuático.

—Precioso —dijo Gregor, deslizándose en el asiento detrás de Aurora. Uno de los cuatro en la cabina de la *Prisa*, los dos traseros destinados a apreciar las habilidades del piloto—. Los planetas azules son los mejores.

—Este no es azul por elección —dijo Eponi—. Antes toda esa agua estaba bajo el hielo. He visto vídeos de las carreras de karts que solían hacer aquí. Luego Salinity decidió otra cosa.

Otra megacorporación, construida sobre la necesidad de la mayoría de las especies de beber agua para sobrevivir. Aurora no sabía mucho sobre Salinity, excepto que su logo H_2O parecía estar en todos los dispensadores de líquidos de la galaxia. Eso, y que creían que los planetas debían ser ajustados a sus grados más útiles.

Lo cual, bien. No era problema de Aurora si Gillane Cuatro pasaba de ser un planeta polar a uno con interminables géiseres de agua.

—¿Dónde vamos a aterrizar? —preguntó Gregor—. ¿Los hemos encontrado?

Ellos se refería a Renard y Vana, y con esos dos, con suerte, a Rovo. Gregor había hecho un trabajo contundente con un par de agentes capturados antes de que Sever dejara el *Nautilus* para venir aquí, quebrando a los dos cautivos con amenazas no de violencia física, no de tortura mental, sino con un movimiento muy propio de Gregor.

—Hay lo correcto —había dicho Gregor a la pareja, aún

en sus camas de la bahía médica, empujadas juntas en la misma habitación para la reunión—. Y hay lo incorrecto. Tu amigo, Zaydi, murió por lo incorrecto. Ahora, pueden hacer lo correcto.

Había seguido ese trillado comienzo con una serie de grabaciones. Capturas de vídeo de Renard y Vana destrozando a los miembros del escuadrón con sus nuevos trajes. Los cuerpos carbonizados que quedaron en una bahía de acoplamiento del *Nautilus* cuando los agentes escaparon con su transporte robado. Los dos espías cambiaron de opinión al ver lo que su bando había provocado.

Es fácil perseguir un sueño cuando no ves el costo.

—No nos lo están poniendo difícil —dijo Aurora, respondiendo a la pregunta de Gregor—. El transporte sigue en órbita. Manteniéndose a distancia. Han enviado lanzaderas a la superficie, directamente a la capital.

—Justo donde está la sede de Salinity —añadió Eponi.

Renard y Vana habían venido a Gillane Cuatro para encontrar a una chica llamada Kaia y el tesoro enterrado en su sangre. Una niña pequeña con un padre especializado en biología molecular. Rovo, antes de ser capturado, recibió un mensaje de Kaia diciendo que ella y su padre habían venido al planeta, y Aurora solo podía pensar en una razón por la que un científico desesperado por dinero vendría aquí.

Los trabajos en Salinity debían pagar bien, y Kashmal podría conseguir un buen puesto allí. Al menos, esa era la suposición con la que Aurora trabajaría hasta que algo demostrara lo contrario.

—¿Entonces aterrizamos, vamos a Salinity y aplasto a Renard con mi martillo? —preguntó Gregor.

—Casi —respondió Aurora—. Sai irá a Salinity con Eponi. Tú y yo iremos de caza.

—Ah. Buen plan.

Afuera, Eponi introdujo la *Prisa* en una línea de naves que aterrizaban. Cargueros, cruceros de pasajeros y naves más pequeñas como la suya.

—¿Crees que habrá un rastro? —preguntó Eponi—. ¿Como que Renard estará esperándonos allí abajo con unas banderas, diciéndonos a dónde ir?

Gregor no respondió, y Aurora podía notar que el hombre estaba esperando para ver qué haría ella. En el pasado, darle ese tipo de sarcasmo a Aurora habría sido motivo de una severa reprimenda. Un recordatorio objetivo sobre lo que estaba en juego en la misión, para ofrecer algo útil, no una broma.

Pero los últimos meses, desde Dynas y sus infiernos pantanosos, hasta Wexer y los mortales pasillos del *Nautilus*, habían limado esas asperezas. La broma ya no molestaba a Aurora. No hacía nada excepto provocar un poco de felicidad de que Sever *aún pudiera* bromear después de toda la basura por la que habían pasado.

—Son agentes —dijo Aurora—. Renard se pondrá en contacto con el puesto local para conseguir una base de operaciones en el planeta. Empezaremos allí, veremos qué podemos encontrar.

—¿Y quieres que Sai y yo nos paseemos por las oficinas de Salinity y digamos qué, han visto a este hombre?

—Puedes usar tus propias palabras, si quieres.

Eponi esbozó una sonrisa y Aurora la imitó.

—Me gusta esta nueva tú, comandante. Dándome espacio para volar.

—Solo asegúrate de no estrellarte.

Salir de la *Prisa* hacia la brillante atmósfera de Gillane Cuatro provocó una intensa descarga biológica. Aurora, como hacía cada vez que llegaba a un nuevo planeta, respiró profundamente para tener una idea de dónde había aparcado su cuerpo. Gillane Cuatro recibió el gesto con un aire ligero y seco mezclado con un aroma a limón, como si Aurora hubiera entrado en un jardín de cítricos. La atmósfera se ajustaba al diseño, ya que Salinity había puesto adornos fluidos en su mundo propiedad.

Las bahías de atraque se asentaban sobre plataformas abiertas de color azul hielo suspendidas, como todo en Gillane Cuatro, sobre el interminable océano que cubría la superficie del planeta. Barreras de color verde menta brillaban translúcidas alrededor de los bordes de la plataforma, proporcionando una señal y una ligera sensación de choque a cualquiera que pensara en dar el salto de un kilómetro al mar agitado.

Aurora no podía recordar la última vez que había visto nubes tan blancas y esponjosas, una circunstancia que se debía al preciso control del ciclo del agua del planeta por parte de Salinity. Aquí no había mal tiempo, solo condiciones óptimas para la recolección de agua.

Deepak había enviado el dossier de DefenseCorp sobre el planeta, un documento extenso que describía cómo Salinity hacía funcionar Gillane Cuatro. Aurora lo había devorado y sugirió a los demás que hicieran lo mismo, con Gregor prestando especial atención al trabajo de Salinity capturando y estrellando asteroides helados en el lado lejano del planeta para mantener lleno su gigantesco reservorio.

La evidencia del trabajo se manifestaba alrededor de Aurora mientras salía con Gregor, vestidos con ropa civil capaz. Una chaqueta blanca suelta ayudaba a ocultar una funda de hombro y la pistola en su interior, mientras que Aurora se había colocado un cuchillo a lo largo del muslo. Apenas el equipo necesario para irrumpir y rescatar a un rehén, pero si encontraban a Rovo, cinco nuevos trajes de armadura potenciada les esperaban en la *Prisa*.

Deepak no había luchado mucho cuando Aurora hizo la demanda. Ella había señalado que el almirante le debía a Sever por sus esfuerzos para librar a los agentes del *Nautilus*, y que Deepak había causado la pérdida de sus trajes originales a través del esfuerzo condenado en Dynas, junto con las tácticas agresivas en Wexer.

Y, aunque Aurora no se lo había dicho a nadie más en Sever, le había prometido a Deepak que el escuadrón volvería después del rescate.

Lo que eso significaba, bueno, Aurora lo descifraría más tarde. Por ahora, tenían armas, tenían objetivos. Era hora de partir.

El dossier también tenía la ubicación de la oficina de DefenseCorp. La base oficial probablemente no sería donde se reunían los agentes —la rama clandestina tendía a ir por su cuenta—, pero los burócratas podrían saber dónde buscar.

—¿Cómo llegamos allí? —preguntó Gregor mientras caminaban desde la plataforma.

Una buena pregunta. El enfoque líquido de Salinity fluía en todo el planeta, incluyendo las plataformas azules y su plataforma central, un diseño de gota que canalizaba a las multitudes que aterrizaban hacia un punto. Ese punto parecía estar conectado a varios tubos gigantes y transparentes, todos precipitándose hacia la elevación en forma de tallo del núcleo de la ciudad.

Una flor, con la ciudad en el centro y cada plataforma de atraque como un pétalo.

—¿Nadando? —dijo Aurora mientras se unían a una variopinta multitud que se dirigía hacia los tubos.

Gillane Cuatro se mantenía fiel a su ética impulsada por

el dinero, y como en cualquier otro lugar de la galaxia, los comerciantes se daban a conocer a los recién llegados. Ese primer aliento pacífico se desvaneció bajo un aluvión publicitario, con gritos desde puestos que ofrecían comida y, sí, agua de recuerdo "directamente de la fuente". Sus objetivos no eran vagabundos encapuchados como en Wexer, sino una colección funcional cuyo evidente ingreso y dirección pusieron a Aurora en una extraña tensión.

Tal vez había pasado demasiado tiempo buscando dinero en los bajos fondos de la galaxia si la verdadera civilización la hacía sentir tan incómoda.

—Creo que necesito unas vacaciones —dijo Aurora, ambos ahora atrapados en la fila. Más especies de las que había visto en un solo lugar se amontonaban a su alrededor, sus idiomas compitiendo por su incomprensión—. Después de que rescatemos a Rovo, tal vez.

—Ja. Una buena idea —dijo Gregor—. Pero demasiado aburrida para mí.

—¿No hay ningún lugar al que quieras ir?

—A un planeta con menos paz que este, quizás.

De alguna manera, Aurora pensó que Gillane Cuatro podría no estar lejos de perder esa paz, pero antes de que pudiera hablar de ello, las últimas personas delante se dirigieron a un tubo y dejaron a la pareja de Sever al frente. Dos gruesos postes se erguían a varios metros de distancia, con anillos rojos brillando cerca de sus cimas. Entre ellos, otra suave barrera verde brillaba. Una voz artificial agradable pidió que cualquiera que llevara mercancías se anunciara, y cuando nadie lo hizo, los postes emitieron una afirmación trinada.

Adelante, los tres tubos transparentes terminaban con sus propias bahías. Cápsulas, cada una del tamaño de la *Prisa*, volaban hasta detenerse suavemente antes de cargarse y salir disparadas de nuevo. Una tenía una franja naranja a través de su mitad plateada, con letras azules que la designaban solo para carga. Directamente enfrente, una cápsula entrante encontró su reposo mientras la otra de pasajeros salía disparada con el familiar zumbido de la tecnología.

Los anillos que coronaban los dos postes se volvieron azules, y la barrera verde cambió, inclinando el acercamiento hacia la cápsula del medio, dando a Aurora y Gregor un camino.

—Creo que prefiero Wexer —dijo Aurora mientras entraban en la cápsula, donde asientos pulcros y acolchados esperaban su entrada—. Esto se siente un poco demasiado controlado.

—Disfrútalo —dijo Gregor—. No tengo duda de que el caos nos encontrará antes de mucho.

—O nosotros lo encontraremos.

—¿Hay alguna diferencia?

—Preferiría que fuéramos nosotros quienes creáramos el caos, en lugar de que alguien más lo haga.

—Ah —Gregor se sentó junto a Aurora, su volumen empujándola hacia las ventanas ovaladas de la cápsula—. Avísame, y crearé tu caos.

Aurora se rió, y la cápsula salió disparada. Cualquiera que fuera la tecnología que impulsaba el artefacto, no le daba a Aurora mucha sensación de movimiento. Como estar en una nave estelar cuando los motores se encienden, viajar por el túnel hacia la ciudad se sentía como ver una película. Y a esta película le encantaba el agua.

Acercándose al gigantesco tallo de la ciudad, Aurora vio las diversas bombas ascendiendo por el único soporte de la ciudad, los tubos subiendo desde el océano y extendiéndose a través de él. La vasta red sin duda daba cuenta de esa sensación pulsante que Sever había visto mientras estaba en órbita, ya que los túneles vítreos canalizaban agua por todo el planeta para cualquier tratamiento que necesitara antes de ser cargada y enviada. Las olas se colaban entre los tubos, como prisioneros alcanzando a través de los barrotes.

—¿Lista para un rescate? —dijo Aurora—. ¿Justo como en Dynas?

—Nada será como Dynas —respondió Gregor—. Pero estoy listo para un rescate. Y estoy listo para algo de venganza.

Gregor había detallado la traición de Vana, una acción que no había hecho mucho para cambiar la opinión de Aurora sobre la extraña agente. Vana había equipado bien a Aurora en el *Nautilus*, luego procedió a llevarse a Gregor en una búsqueda para encontrar a Renard. El viejo agente aparentemente había sorprendido a Vana con una nueva armadura potenciada, versiones más ligeras que eran casi invisibles a los ojos humanos. Una traidora tentada por el tesoro, Vana se había pasado al bando de Renard, se había puesto un traje y casi había enviado a Gregor al más allá.

Aurora había recibido la noticia con un encogimiento de hombros y una promesa de derribar a Vana con un láser la próxima vez que viera a la mujer.

—Primero, sin embargo, quiero respuestas —continuó Gregor—. Debería haberme matado, pero no lo hizo. Quisiera saber por qué.

—¿Porque no tuvo tiempo? —Aurora recordó que Vana se había embarcado en una masacre cuando algunos desafortunados soldados interrumpieron su evisceración de Gregor. Vana había dejado atrás a Gregor, jadeando en una armadura potenciada dañada, un golpe de suerte que Gregor se negaba a ver de esa manera—. Es difícil pensar con claridad cuando te están atacando.

—Ella pensó con claridad.

Gregor parecía preocupado, con el ceño fruncido en ese rostro gigante, y se sumió en un silencio taciturno que Aurora decidió dejar en paz.

La cápsula se acercaba a su destino, y eso significaba que ella tenía que enfrentarse al siguiente desafío: lograr que algunos lacayos de DefenseCorp delataran a sus amigos agentes.

Nada que un poco de dinero o la punta de una pistola no pudiera resolver.

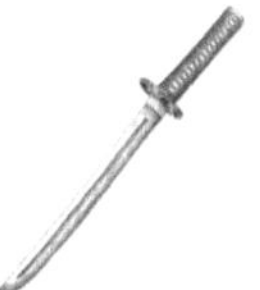

PASEO POR LA CIUDAD

—No puedo creer que trajeras la espada —le dijo Eponi a Sai mientras bajaban de la cápsula hacia la ciudad.

La multitud le dio un amplio espacio a Sai y Eponi, con largas miradas que se arrastraban sobre la katana de Sai, envainada sobre su hombro, con una empuñadura que sobresalía lo suficiente como para asomarse sobre su espalda como algún animal. Ambos miembros de Sever Escuadrón llevaban ropa holgada de negocios, atuendos que podían pasar por apropiados para la oficina mientras mantenían la flexibilidad suficiente para entrar en acción si surgía la necesidad.

Y Sai esperaba que surgiera la necesidad.

Al igual que Dynas, Sever Escuadrón había venido a Gillane Cuatro con una misión específica, para el rescate y la venganza. Tales cosas solían terminar en violencia, y después de lo que Renard y Vana le habían hecho a Sai en el *Nautilus*, al demolicionista no le importaría ajustar cuentas con los dos.

Especialmente después de pasar unas semanas recuperándose durante el largo viaje. Los ungüentos y los ejercicios habían reducido las quemaduras y los músculos magullados de Sai a un estado aceptable, aunque con nuevas cicatrices y parches de color extraño en la piel debajo de su ropa. Todos los que servían en DefenseCorp por más de un minuto tenían esas marcas.

Señales de una vida duramente vivida.

—¿Sabes a dónde vamos? —preguntó Eponi, atrayendo a Sai hacia el atestado patio donde la cápsula desembarcaba a los recién llegados al planeta.

Salinity había diseñado su mundo como un parque de atracciones. El área de desembarque estaba repleta de carteles que anunciaban varios destinos y servicios. ¿Quieres inmigrar a Gillane Cuatro? Ve por aquí. ¿Buscas entregar carga? Ve por allá. ¿Planeas hacer un recorrido por el mundo acuático? Por favor, sigue derecho.

Robots flotaban entre la multitud, respondiendo preguntas y haciendo señas a la gente para que siguiera moviéndose: la próxima cápsula y sus ocupantes llegarían pronto.

—Eh, no —dijo Sai—. No he estado aquí antes.

—¿En serio? Totalmente parece tu tipo de lugar.

—¿Por qué dices eso?

—Hombre de familia. A los niños les debe encantar todo esto, ¿no?

—¿Multitudes? ¿Caos? —Sai se encogió de hombros—. Tal vez tengas razón.

Se decidieron por seguir recto, marchando hacia un gran letrero que mostraba el nombre formal de la ciudad, Kaiyo. Las cinco letras estaban diseñadas como olas, con sus crestas blancas mientras el resto fluía en un azul profundo dentro de un marco dorado. Debajo del arco, el amplio paseo de piedra plateada se abría hacia una plaza concurrida.

La mayoría de las áreas urbanas modernas dependían de taxis aéreos, con estaciones de acoplamiento distribuidas por todas partes, o de transporte masivo subterráneo, dejando los espacios en superficie libres para caminar, comprar y necesidades especiales. Kaiyo jugaba el mismo juego, solo que en lugar de la variada mezcla de vehículos y naves volando por el aire, esos tubos de cristal y sus cápsulas se arremolinaban como venas en lo alto. Combinaciones de ascensores y escaleras proporcionaban acceso a las estaciones, y las largas filas a la vista mostraban poca renuencia a subirse a los lanzadores.

Los tubos adquirían sus curvas al rodear edificios altos, todos diseñados con un esquema de color azul o verde mar, y aparentemente sin una sola línea recta en el exterior. Las estructuras se arqueaban por encima y alrededor de ellos, sin duda tratando de transmitir la sensación de estar perdido en un océano profundo. En cambio, Sai lo encontró vagamente inquietante, con un ligero mareo jugando con su estómago.

—Parece que están comprometidos con el tema —dijo Eponi.

—Es su planeta —respondió Sai—. Su elección. Déjame ver qué puedo encontrar.

Después de la desventura del *Nautilus*, Sever Escuadrón se había equipado con nuevas muñequeras. Las pequeñas computadoras servían como bases de datos móviles, dispositivos de comunicación y cualquier otra cosa que Sever necesitara del universo digital. Después de perder la suya en Wexer, Sai se había sentido una combinación de liberado y congelado, incapaz de acceder al conocimiento que había tenido a su disposición durante toda su vida y, al mismo tiempo, desconectado de la galaxia en general.

Aun así, Sai sacrificaría esa libertad por un buen mapa de la ciudad, y el de Kaiyo apareció de inmediato cuando Sai lo solicitó a la pequeña computadora atada a su muñeca izquierda. Resultó que el tallo central de Kaiyo tenía muchos niveles debajo del que estaban parados, y la estimación de la muñequera mostraba la disparidad de ingresos habitual de la galaxia en juego: aquellos con dinero tenían los niveles superiores y sus cielos azules. Los que no tenían iban cada vez más abajo hacia los mares agitados.

—Bien —Sai levantó la vista de su mapa, mirando hacia adelante—. Voy a decir que deberíamos haber adivinado esta.

—¿Oh?

—La sede de Salinity está justo adelante. Es el centro de la ciudad.

—Eso es obvio —dijo Eponi—. Triste.

—¿Por qué es triste?

—Porque sigo esperando que estas grandes compañías sean más creativas de lo que realmente son.

—Bueno, no te contrataron a ti.

—Lo sé. Si tan solo.

Sai se rio mientras se ponían en marcha. No podía imaginar a una chispa como Eponi analizando números y documentos todo el día, haciendo de diplomática para inversores y clientes por igual. Por otro lado, Sai tampoco podía imaginarse a sí mismo haciendo eso. Después de una hora de pie en el mismo lugar, escuchando un informe, le daría un picor molesto por hacer algo, por sumergir su mente en un rompecabezas, como qué compuesto químico podría derretir mejor el casco de una nave estelar. ¿Pasar días revisando presentaciones y juegos de poder?

No, gracias.

Queriendo tener una mejor idea del mundo, Sai y Eponi se pusieron a caminar. Incluso se detuvieron en un pequeño café, uno adornado con temática de criaturas marinas, y pidieron un desayuno fresco y café para acompañarlo. Después de semanas comiendo paquetes de proteínas sintetizadas en laboratorio y jugos vitamínicos rehidratados, tener algo fresco se sentía, bueno, como un cambio de vida.

Sai pagó la ronda, tocando su muñequera. El costo en efectivo no fue alto, pero la deducción hizo parpadear una pregunta sobre de dónde vendría su próximo depósito. Rescatar a Rovo, por muy importante que fuera para Sever Escuadrón, no venía con una recompensa adjunta. Deepak los había llenado de provisiones y equipo por ayudar con el *Nautilus*, pero el efectivo no había venido con ello.

Habían tomado la decisión en la órbita de Dynas de perseguir el dinero en lugar de sus carreras, de abandonar DefenseCorp y sus malditas misiones por un tipo de beneficio más puro. Sin embargo, a pesar de toda esa charla, Sai no había visto ni una gota entrar en su cuenta.

Y su familia no había visto un aumento en mucho tiempo.

—Estás pensando lo mismo que yo —dijo Eponi mientras deambulaban hacia el centro de la ciudad, entre aquellos edificios ondulantes y las multitudes parloteantes, con el ruido de las olas del planeta oceánico impregnando el fondo desde muy abajo—. Vamos a estar en la ruina si seguimos así.

—Yo lo veo así —dijo Sai—: recuperamos a Rovo, nos encargamos de Renard y luego le pedimos a Deepak una recompensa adecuada. Detener un golpe de DefenseCorp debe valer algo.

—Sí, una palmadita en la espalda y una salida rápida —dijo Eponi—. ¿Cuál es la lógica? Aún somos desertores. Pueden decir que nuestro pago es un nombre limpio y la oportunidad de volver a, no sé, al maldito Wexer a chupar tierra por migajas.

—Me alegro de que seas tan solidaria.

—Necesitamos un realista en este escuadrón.

La sede de Salinity surgía del centro de Kaiyo como un chapoteo congelado. El anillo exterior del edificio se elevaba hacia arriba y hacia afuera, culminando en un nivel superior curvo con picos periódicos. El centro, decorado en un tono aguamarina helado, se extendía hacia arriba hasta un punto que se estrechaba, arruinado en su altura absoluta por una plataforma de aterrizaje. Frente a la entrada se encontraba un patio de cristal, bajo el cual corría agua en remolinos ondulantes, ocasionalmente absorbida por una de las media docena de fuentes.

Sai lo habría llamado impresionante, excepto que no mucho calificaba como tal una vez que has visto una nebulosa desde el corazón oscuro del espacio. Nada se acercaba a ese esplendor interestelar.

—¿Cuál es nuestro plan aquí? —dijo Eponi—. ¿Tú empiezas a charlar con la recepcionista mientras yo me escabullo y busco a Kashmal?

—¿Qué tal si sigues mi ejemplo y tratamos de no crear una escena?

—La forma aburrida, entonces.

—No todo tiene que terminar con nosotros recibiendo disparos.

—Sabes que pasará de todos modos —dijo Eponi cuando llegaron a las puertas principales, cortinas de agua en cascada que se apartaron cuando la pareja se acercó—. No importa lo que tú y yo hagamos, vamos a recibir láseres en la cara.

—La próxima vez voy a pedir a Gregor.

—No mates al mensajero, hombre.

El vestíbulo de Salinity se dividía en mitades de salida y entrada, marcadas por caminos recubiertos de cristal y agua corriendo en las direcciones requeridas. A la izquierda, la corriente fluía hacia Sai y Eponi, bajo una suave barrera de escáner que buscaba identificaciones para abrirse. A la derecha, la corriente fluía hacia adentro, pasando por un mostrador donde tanto robots como humanos convertían preguntas en respuestas. Más allá, esperaba un segundo arco de barrera de escáner.

Después de todo el alboroto, el espacio se abría en un atrio con un ascensor de cascada centralizado. Luces en forma de gotas colgaban por todas partes, demostrando el extremo compromiso de Salinity con el tema. El líquido interminable hizo que Sai buscara un baño y deseara, solo un poco, la arena negra de Wexer.

Refrescados y listos, Eponi y Sai se reunieron en el mostrador de recepción, donde los saludos artificiales en un rostro humano recibieron su aproximación.

—Hola, sí —comenzó Sai—, en realidad estamos aquí para reunirnos con alguien.

—¿El nombre? —La recepcionista, con los ojos deslizándose hacia la katana de Sai, ya tenía los dedos en la consola, posados sobre el escritorio verde mar.

La pregunta obvia no se hizo. Aparentemente, la formación de servicio al cliente de Salinity anulaba todas las preguntas sobre extrañas espadas que entraban en la oficina.

—Kashmal —titubeó Sai, sin estar seguro del apellido

del hombre—. No puedo recordar nada más. Lo siento, ha sido una mañana larga.

Técnicamente, la mañana había comenzado en el espacio. Sai había pasado de la órbita a la superficie de un planeta antes de la hora local del almuerzo. Eso definitivamente calificaba como largo.

La recepcionista no parecía muy impresionada por la fallida memoria de Sai, pero probablemente Salinity no le pagaba para interrogar a los visitantes, así que escribió de todos modos. Luego, girando la pantalla, la recepcionista invitó a Sai a elegir cuál de las fotos de empleados correspondía a su Kashmal en particular.

Tres opciones locales, y la primera, la más reciente, coincidía con lo que Sai recordaba. Pelo negro, barba incipiente. Parecía más arreglado que la apariencia de refugiado en evacuación que Kashmal había mostrado mientras huía de Dynas.

—Es ese —dijo Sai—. Tenemos que hablar con él.

—¿Sobre qué? —preguntó la recepcionista, con los dedos suspendidos sobre el botón de llamada de la consola.

—Asuntos familiares —respondió Sai—. Él lo entenderá.

Eso le valió a Sai una ceja levantada. Eponi, por su parte, se mantenía un poco atrás, con los ojos recorriendo la sala. Procedimiento estándar cuando un miembro tenía un compromiso activo, el otro vigilaba cualquier cosa rara. Le daría a Sai un toque en el hombro si Eponi detectaba algo, pero hasta ahora, Salinity mantenía las cosas normales.

Ni Renard, ni Vana, ni agentes obvios.

Tal vez Sever había logrado llegar antes que ellos, o tal vez Rovo no había revelado el juego. Si ese era el caso, entonces Sai le debía más respeto al novato. Ser un rehén nunca era divertido —ser inyectado en Dynas venía a la mente— y Renard no parecía un captor gentil.

—De acuerdo —dijo la recepcionista—. Está bajando. Tienen suerte de haber venido temprano, se va en una hora por una semana.

—¿Para qué?

—Entrenamiento de incorporación de Salinity. Te envían alrededor del planeta, ves todas las instalaciones de procesamiento.

—Suena fascinante —intentó Sai, fracasó en sonar fascinado—. ¿Deberíamos esperar aquí o al otro lado de la barrera?

—No vas a pasar al otro lado con esa espada —dijo la recepcionista—. Así que yo esperaría aquí.

—Justo.

Sai retrocedió, se reunió con Eponi, quien señaló que todos los guardias de seguridad de Salinity en el vestíbulo, tal vez cuatro, tenían los ojos fijos en Sai y su katana. Algunos ya habían hablado por sus muñequeras.

—¿Estás diciendo que soy popular? —dijo Sai.

—Estoy diciendo que podrías hacer que nos maten.

—Hola, bienvenida a Sever Escuadrón.

Eponi puso los ojos en blanco.

Sai, observando el ascensor, divisó a Kashmal primero. El científico larguirucho, que tenía una inclinación por las bebidas a media tarde y suficiente genio para salirse con la suya, tenía una mirada confusa cuando salió de detrás de las barreras. Llevaba una bata de laboratorio azul de Salinity, gafas y un aire de que no debería ser molestado.

Un aire que se desvaneció tan pronto como Kashmal vio a Sai y Eponi esperándolo. Sai solo había visto una vez una cara caer como la de Kashmal, y había sido la de su propio hijo cuando el partido de fútbol del niño había sido cancelado por el clima. Un verdadero desastre, eso.

—No puedo imaginar que esto sea nada bueno —dijo

Kashmal, acercándose a ellos con las manos en los bolsillos —. Esperaba no volver a ver nunca a su miserable grupo.

—Créeme, el sentimiento era mutuo —dijo Eponi.

—No es nuestra elección —coincidió Sai—, pero estamos aquí de todos modos. Hay gente tras Kaia. Estamos tratando de atraparlos, pero queremos asegurarnos de que tu hija esté a salvo.

Kashmal parpadeó, inclinó la cabeza, —¿A salvo? La última vez que intervinieron, casi me la arrebatan. ¿Ahora están aquí de nuevo para qué, llevársela?

—Protégela —dijo Sai—. Haznos saber dónde está y estableceremos un perímetro. Mantendremos alejados a los que van tras ella mientras Aurora y Gregor se encargan de ellos.

Kashmal miró al suelo, al agua debajo, durante un largo segundo. Al levantar la vista, tenía una mirada diferente, una que Sai había visto antes: la de la criatura acorralada.

—No te voy a decir una maldita cosa sobre mi hija —dijo Kashmal—. Tengo un trabajo aquí, a Kaia le va bien, y no necesitamos que vengan a estropearlo. Déjennos en paz.

—Eso no va a suceder —dijo Eponi—. No porque queramos tener algo que ver contigo, sino porque no podemos arriesgarnos a que los malos pongan sus manos sobre tu hija.

—Eso, creo yo, no es una decisión que os corresponda tomar. —Kashmal retrocedió un paso—. Última oportunidad. Marchaos y olvidad que nos habéis encontrado.

Sai negó con la cabeza.

—Esto es por tu propio...

—¡Auxilio! —gritó Kashmal, sacando las manos de los bolsillos y retrocediendo—. ¡Están tratando de amenazarme a mí y a mi familia! ¡Seguridad!

Sai habría calificado la actuación de ridícula, la habría

llamado absurda y patética, de no ser porque la seguridad de Salinity pareció tomar las palabras de Kashmal como un hecho. Los cuatro guardias se acercaron, uno de ellos farfullando en una pulsera para pedir refuerzos.

—¿Ves? —dijo Eponi, retrocediendo junto a Sai—. Láseres en la cara. Siempre.

Sai no podía discutir eso.

3

CERRANDO UN TRATO

El agua con gas le hormigueaba en los labios con algo más que el sabor a limón, quizás el cosquilleo responsable del nombre del agua: *Jolt*. No era tan fuerte como el café de Aurora en la nave, pero para un impulso a la hora del almuerzo, serviría.

Gregor y Aurora dominaban una mesa redonda al aire libre, observando las oficinas de DefenseCorp al otro lado de la avenida peatonal. Aurora masticaba su sándwich, mientras que las migas de Gregor se las llevaba la brisa. Gillane Cuatro tenía suficientes pájaros, probablemente traídos de otros mundos, que limpiarían los restos. Cerca de allí, un músico callejero ejercía su oficio, y la melodía áspera rebotaba en los edificios en un agradable eco.

—Esto es aburrido —dijo Gregor—. Llevamos aquí una hora.

—Las vigilancias son aburridas. Ese es el punto.

El plan de Aurora había cambiado de una exigencia a golpe y porrazo por la ubicación de Renard a una persecución más específica. Esperarían a que alguna persona solitaria saliera de la oficina, luego saltarían sobre el pobre infeliz y obtendrían la información que necesitaban sin arriesgarse a tener problemas con un grupo más numeroso.

Hasta el momento, habían entrado y salido de la oficina algunas almas dispersas, pero nadie que llevara el uniforme carmesí que indicaba que realmente entregaba datos para DefenseCorp. Aurora y Gregor necesitaban una fuente, no un civil cualquiera, y...

—Allí —dijo Aurora—. Esa es una.

La capitana de Sever se metió el resto del sándwich en la boca mientras Gregor se giraba y divisaba la más reciente salida de las oficinas. Una mujer de tez violácea con ese uniforme rojo intenso y cabello alborotado pisaba fuerte el pavimento. Lejos de la oficina y lejos de los dos miembros del Sever Escuadrón.

—Vamos —Gregor se puso de pie, levantándose con un poco demasiado entusiasmo y atrapando su silla antes de que se estrellara contra las piedras cremosas bañadas por la luz.

Los dos se lanzaron a la persecución. Mucho más satisfactorio que sentarse y esperar. Echaba de menos el peso en su espalda donde solía estar su martillo, esperando ser desenvainado para una destrucción masiva. En su lugar, mientras Aurora ocultaba una pistola bajo una chaqueta, Gregor mantenía su propio arma de bolsillo en una funda de tobillo, oculta por pantalones acampanados y holgados. No era exactamente elegante, pero Gregor respondía a cada ceja levantada con una mirada fija, y pronto cualquier posible crítico apartaba la vista.

No necesitabas usar los músculos para aprovecharte de tenerlos.

El objetivo se dirigió hacia una intersección concurrida, una plaza circular dominada por otra estatua relacionada con el agua que llamaba la atención sobre el fundador de

Salinity, su familia o alguna otra persona por la que Gregor no tenía ni interés ni tiempo de conocer. Hasta ahora, el objetivo se había mantenido rodeada de demasiada gente como para hacer un fácil agarrón y huida.

—Está girando —dijo Aurora—. Prepárate.

—Siempre estoy preparado.

—Por supuesto que lo estás.

La capitana lo había visto bien, sin embargo. La mujer se alejó de la plaza y se dirigió hacia un camino más tranquilo que llevaba a un conjunto residencial. Los condominios apilados aquí parecían demasiado bonitos para lo que Gregor recordaba de su salario en DefenseCorp, pero quizás ella ocupaba un rango más alto de lo que sugería el uniforme, o Salinity pagaba al personal de DC aquí jugosos sobornos para mantener las cosas en silencio.

Ningún mundo quería ser conocido como un nido de crimen infestado, mientras que DefenseCorp tenía todo el interés en publicitar sus esfuerzos de mantenimiento de la paz bien realizados. Solían establecerse equilibrios entre los intereses controladores, con dinero fluyendo hacia las arcas de DC y estadísticas que desaparecían. Una relación mutuamente beneficiosa, y una que Gregor siempre había aceptado sin mucho comentario: mientras tuviera las oportunidades de aplastar a los criminales, ¿a quién le importaba dónde iba el dinero?

La disminución de la multitud alrededor del objetivo forzó la mano de Gregor y Aurora. Antes, habían podido mantener cierta distancia y contar con las diversas especies, atuendos y su ruido combinado para mantener a Sever oculto. Ahora, con una persona aquí y allá, el seguimiento sería obvio si el objetivo se daba la vuelta.

—Ve —dijo Aurora, en voz baja—. Trata de llevarla a un lado.

El estilo de bloques sólidos que Salinity puso en sus edificios negaba callejones y ramificaciones, los lugares típicos que Gregor podría usar para el trabajo de agarrar y amenazar. En su lugar, tendría que jugar suave. Tratar de no armar una escena.

Dejando que Aurora se quedara atrás, Gregor alargó su zancada, acercándose al objetivo. La mujer tenía ahora su muñequera levantada, aparentemente deslizando algo. Buen momento. Leer un mensaje, ver un video, ambos o cualquiera de ellos serviría para mantener sus ojos y atención lejos de la mano que estaba a punto de aterrizar en su hombro.

—Ven en silencio —dijo Gregor, sintiendo que el objetivo se ponía rígida cuando su mano se plantó—. Nadie tiene que salir herido. Solo tengo una pregunta.

Gregor dirigió a la mujer con su mano plantada, llevándola hacia la derecha y bajo un saliente de una oficina de arrendamiento que, afortunadamente, parecía cerrada durante la hora del almuerzo. Profundas ventanas de cristal mostraban soportes cubiertos con imágenes proyectadas de propiedades lujosas a la venta, y Gregor usó la exhibición para ponerse a sí mismo y al objetivo frente a ese cristal.

Solo mirando sueños que nunca podrían permitirse, eso es todo.

—¿Qué quieres? —dijo el objetivo, un temblor desmintiendo el tono de tenor en su voz. No estaba acostumbrada a que la tomaran como rehén, entonces—. No tengo mucho efectivo.

—No es efectivo. Información —Gregor observaba el mundo a través de sus reflejos en el cristal. Nadie prestaba atención. Aurora se había ubicado en el lado opuesto a Gregor, su figura visible. Con sus señales de mano, le daría a

Gregor un aviso si algo salía mal—. Los agentes. ¿Dónde están?

De nuevo, el objetivo se estremeció, la sacudida subiendo a través de la mano aún plantada de Gregor. ¿Sorpresa?

—¿Qué agentes?

—DefenseCorp. Tus contrapartes. ¿Dónde están sus oficinas?

—No lo sé. ¿Tienen alguna aquí?

Había mentiras y había mentirosos. Cualquiera podía intentar lo primero, soltar algunas palabras y esperar que fueran creídas. Los segundos ejecutaban una habilidad, manipulaban la realidad para su audiencia. Esta pobre empleada de DefenseCorp caía en el primer grupo, y su voz, su porte, su falta de convicción la traicionaban de la misma manera que un impostor se delata en el momento que lanza su primer golpe.

Gregor apretó su agarre. Hundió los dedos lo suficiente para transmitir el mensaje:

—Me has oído. Responde.

Esta vez, una respiración aguda. En el reflejo, los ojos grises del objetivo se desviaron, atraídos hacia el suelo. Otra señal, otro momento de escape para inventar una excusa.

—La vida de una niña pequeña está en peligro —Gregor se adelantó al intento antes de que comenzara—. Ayúdanos a salvarla, o carga con la muerte de una niña de cuatro años.

—Tragedias ocurren todos los días —dijo el objetivo, pero su voz perdió la poca gravedad que tenía. Debilidad buscando un asidero—. No es mi culpa.

—Lo es. Danos la ubicación, y la salvaremos.

Los ojos de la mujer se cerraron. Había luchado la batalla, hecho el mínimo que DefenseCorp esperaba de su personal. Resistir, luego ceder. DefenseCorp prefería que no asesinaran a sus empleados de bajo nivel. Además, la gigantesca compañía podía extraer cualquier venganza que quisiera sobre los perpetradores. No había necesidad de que la mujer sacrificara más de lo que ya había hecho.

—De acuerdo —dijo la mujer—. No está lejos. Puedo mostrárselo, ¿y luego me dejarán ir?

—Sí.

La simple respuesta impulsó una caminata. La mujer los guió de vuelta, alejándose del distrito residencial, a través de la intersección, y hacia otro sector comercial. Aurora se mantuvo bien atrás mientras Gregor caminaba junto al objetivo, manteniéndose apartada.

El objetivo señaló a Gregor hacia una tienda de aspecto brillante que se anunciaba como un outlet de gadgets usados, equipo y cualquier otra cosa que los propietarios encontraran en misiones de salvamento del espacio exterior. Una tapadera que podría servir como un sólido negocio secundario para DefenseCorp, ya que debían obtener un montón de chatarra al destrozar piratas y naves rebeldes que contaminaban las estrellas.

—Ahí dentro —dijo el objetivo—. Pregunten por el dueño. Eso les indicará para qué están realmente allí.

Esta vez, sin espasmos. Sin temblores. La voz nivelada de alguien que dice la verdad.

—Gracias —dijo Gregor.

No necesitaba añadir nada más.

El hombre grande dejó a la mujer parada en la calle, dirigiéndose directamente hacia la tienda de salvamento. La mujer no llegaría lejos. Aurora la mantendría vigilada y, si la solicitud de Gregor por este dueño resultaba en blanco, el capitán de Sever reanudaría la situación de rehenes.

Dentro de la tienda de salvamento, Gregor se tomó un segundo para orientarse. Vitrinas de cristal cubrían cada superficie, escáneres sintonizados para abrirse si se acercaba la pulsera de un empleado. Mientras tanto, los productos destacados brillaban con sus diversas posibilidades. Algunas cajas contenían armas, otras piezas de naves espaciales, mientras que otras más albergaban lo que los carteles afirmaban ser reliquias únicas de mundos lejanos a través de la galaxia. Cristales, metales, fragmentos brillantes llenos de energía, todos compartían espacio con baratijas aleatorias también, desde juguetes infantiles hasta una camiseta de adulto tejida completamente con cuentas de arena verde.

Dos empleados junto con un bot de caja se encargaban de la tienda. Uno parecía estar jugueteando con un montón de chatarra recién llegada, escogiendo detrás del mostrador de cristal envolvente de la tienda y colocando cosas en una pila u otra dependiendo, Gregor asumió, de su presunto valor. El bot colgaba cerca de la entrada, esperando que alguien colocara un objeto en su almohadilla de compra. Su monótono tono alegre dio la bienvenida a Gregor a la tienda, mientras que el hombre grande también notó un aturdidor neuronal que el bot apuntaba directamente hacia la puerta.

Prevención de robos llevada a límites serios.

—¿Puedo ayudarte? —dijo el segundo empleado, acercándose con una camiseta color melocotón y pantalones blancos plisados suaves y una mirada que pasó de aburrida a curiosa mientras evaluaba el puro tamaño de Gregor.

—Me gustaría hablar con el dueño —dijo Gregor.

—Eh, ¿el dueño?

—Me has oído.

El empleado giró su rostro hacia su compañero, que seguía escogiendo del montón. Ningún rescate allí. Tragando saliva, el hombre volvió a Gregor y ofreció una sonrisa enfermiza.

—De acuerdo, dame un segundo, ¿vale?

—Bien.

Melocotón y crema dio media vuelta y se escabulló por una puerta de "solo empleados", dejando a Gregor para vagar por los pasillos durante unos largos minutos. Mantuvo un ojo en el Seleccionador-de-piezas, quien parecía no importarle ni un poco el gran hombre merodeando por su tienda. El otro ojo de Gregor encontró un elegante bastón de acero de mango largo, un soporte para caminar de uso pesado o, en un apuro, capaz de mantener una puerta cerrada contra fugas de vacío.

Gregor encontró el precio, hizo una mueca ante el sobreprecio que el costo de vida en todo el planeta de Salinity arrojaba sobre el valor del artículo. Aun así...

—Oye —dijo Gregor hacia el Seleccionador-de-piezas—. Me gustaría comprar esto.

El Seleccionador-de-piezas siguió el gesto de Gregor hacia el bastón.

—Claro —dijo el hombre—. Ahora voy.

Gregor se volvió hacia el bastón, tratando de averiguar cómo lo empuñaría mejor para dar un buen par de golpes. Los segundos pasaron flotando, hasta que las cosas cambiaron a lo incómodo, y Gregor se volvió hacia el montón de piezas. En lugar del ocioso seleccionador, Gregor vio a ambos empleados de pie detrás del mostrador, pistolas levantadas y apuntando firmemente.

—Hora de hablar, tío —dijo el Seleccionador-de-piezas —. No eres uno de los nuestros. ¿Qué buscas?

Manos firmes, sin nervios en esas palabras. Estos dos tenían que ser agentes, o algo cercano. Gregor no podía contar con un movimiento repentino para desviar su puntería.

—Renard —dijo Gregor—. Está aquí. Tengo asuntos con él.

—Gracias —dijo el Seleccionador-de-piezas—. Eso es lo que necesitábamos saber.

Sus dedos fueron a los gatillos, y el escaparate de la tienda se hizo añicos.

Gregor aprovechó la distracción y se movió, usando el caos para ponerse detrás de las vitrinas apiladas. Los láseres destellaron cuando los agentes recuperaron sus nervios rotos y dispararon contra él, contra Aurora. El cubo de basura que Aurora había usado para romper el cristal rodó por el suelo, deteniéndose cerca de los pies de Gregor. La capitana de Sever, mientras tanto, devolvió disparos aislados contra los dos agentes.

Gritos y alaridos vinieron de la calle más amplia mientras la pelea se hacía pública. La seguridad vendría rápido. No había tiempo para juegos.

Gregor se estiró, cogió una vitrina que contenía algún modelo especial de pulsera, se giró y lanzó el contenedor de vuelta hacia los agentes. Los láseres de Aurora los tenían agachándose y esquivando, pero una caja voluminosa requería más esfuerzo para esquivarla. El lanzamiento de Gregor golpeó al Seleccionador-de-piezas en el hombro, rebotándolo hacia su propio montón de basura.

Aurora disparó fuego de cobertura en el ritmo ping-ping-ping de pistola mientras Gregor giraba en la dirección opuesta, dando tres largos pasos a través de la tienda, terminando con una carga aplastante contra el mostrador. Fragmentos de vidrio se clavaron en el grueso suéter de Gregor, algunos dejando rasguños, pero el impulso del hombre grande lo llevó al otro lado.

Melocotón y crema giró, nivelando su pistola con Gregor, y recibió un disparo de Aurora en el cráneo por sus problemas. El hombre cayó, y Gregor usó el espacio para tacklear al Seleccionador-de-piezas que se estaba levantando contra el suelo. Arrebatándole la pistola, Gregor volvió el cañón caliente contra su dueño, entregando un susurro con la advertencia.

—Ríndete, o muere como tu amigo —dijo Gregor.

—Me rindo, me rindo —dijo el recolector de piezas—. No me dispares, tío.

Gregor tenía otro rehén, pero a juzgar por las sirenas del exterior, tampoco le quedaba mucho tiempo. Aurora entró en la tienda crujiendo los cristales, con el pelo encrespado por las exigencias cambiantes del tiroteo. Esa chaqueta blanca tenía algunas manchas nuevas y un único agujero negro humeante que, afortunadamente, no tenía su equivalente en el cuerpo de la capitana.

El bot le dio una calurosa bienvenida. Siempre tan atento, ese.

Levantando al recolector de piezas, Gregor examinó la tienda destrozada, las marcas de explosión que arañaban las paredes, el suelo cubierto de cristales. Un pequeño fuego ardía donde un disparo perdido había alcanzado algo con energía.

Ahora sí parecía una misión del Sever Escuadrón.

4

NEGOCIOS

¿Cómo se gana una pelea contra una fuerza abrumadora?

Demostrando que esa fuerza abrumadora no es más que un montón de inútiles de pacotilla, así es como.

—Yo me llevo el premio, tú te llevas los golpes —dijo Eponi, lanzándose hacia Kashmal. Podría haber sacado su pistola y empezar a disparar rayos láser, pero hasta ahora las armas de energía habían permanecido guardadas. Llevar esta pelea a un nivel letal parecía una mala idea cuando Sever estaba en desventaja numérica.

—Qué suerte la mía —respondió Sai, lanzándose con un golpe bajo hacia el guardia más rápido en llegar.

Al igual que Eponi, mantuvo su katana en la vaina. Hoy jugarían limpio.

Kashmal seguía retrocediendo mientras el puñetazo de Sai conectaba con el estómago del guardia, derribándolo con un singular *uf*. El científico y padre mediocre no pudo retroceder más rápido de lo que Eponi avanzaba, y ella agarró el cuello de su bata de laboratorio antes de que pasaran dos segundos.

Fue el momento perfecto para lanzar a Kashmal contra un guardia rechoncho que se acercaba torpemente. El científico hizo su mayor descubrimiento hasta la fecha cuando tropezó con el mastodonte que se aproximaba, derribándolos a ambos.

—¡Detrás! —gritó Sai, y Eponi se giró apartando la mirada de su obra maestra, lanzando una patada sin ver quién se acercaba por su espalda.

Con el encantador sonido de zanahorias crujiendo, la patada de Eponi golpeó una mano extendida, provocando un aullido del guardia, que acunó sus nudillos destrozados y retrocedió. Eponi hizo lo mismo, ganando distancia mientras se acercaba de nuevo a Kashmal, que se ponía de pie.

—Vendrás con nosotros —dijo Eponi, agarrando de nuevo el brazo de Kashmal y sujetándolo con fuerza—. Estamos hablando de tu maldita hija.

—¿Hablando? —preguntó Kashmal—. ¿A esto le llamas hablar?

—¡Nosotros no llamamos a los guardias!

Eponi sintió unas manos en sus hombros, sintió el fuerte agarre cuando el mastodonte la arrancó de Kashmal y la arrojó al suelo. Su entrenamiento se activó cuando Eponi golpeó el suelo liso, rodando junto con la corriente bajo el cristal y poniéndose de pie de un salto.

El mastodonte tenía una mano moviéndose hacia una pistola aturdidora, algo que Eponi no quería en la pelea.

—Dispárale —le dijo Eponi a Kashmal, mirando por encima del hombro del mastodonte.

El guardia de seguridad se sobresaltó, miró hacia un confundido Kashmal, y Eponi aprovechó la distracción para lanzarse hacia adelante con una carga de hombro devastadora. El mastodonte encajó el golpe mejor que el tropiezo con Kashmal momentos antes, manteniendo el equilibrio y la funda de su cintura justo donde Eponi la necesitaba.

Usando su impulso, Eponi siguió avanzando, girando alrededor de la mole del mastodonte y usando su mano izquierda para sacar la pistola aturdidora. La levantó, quitó el seguro y disparó en un solo movimiento con la mano izquierda. El mastodonte se desplomó, colapsando con todo el resoplido jadeante de un globo perdiendo su aire.

Agarrando a Kashmal, que miraba al mastodonte caído con una expresión atónita y rota, Eponi comprobó cómo le iba la mañana a Sai. El hombre se enfrentaba a un solo guardia, uno que tenía en el rostro ese brillo carnoso que decía que se estaba cumpliendo un sueño de combate cuerpo a cuerpo. Detrás del hombre, otra guardia tenía su pistola aturdidora desenfundada y apuntando, esperando, aparentemente, hasta que su compañero terminara el juego.

—Quédate quieto o te aturdiré a ti también —dijo Eponi, usando a Kashmal como escudo humano, apuntando y disparando.

Su descarga aturdidora alcanzó a la segunda guardia, dejándola inconsciente mientras Sai lanzaba una combinación de tres golpes rápidos a su propio oponente. El guardia bloqueó todos menos uno con sus antebrazos, recibiendo el golpe filtrado en las costillas y encogiéndose de hombros. Contraatacando con un pesado golpe circular, el guardia rozó el hombro de Sai cuando el hombre de Sever intentaba acercarse. El puñetazo desvió a Sai, y el disparo de Eponi entró por la abertura, arruinando las esperanzas del guardia y derribándolo al suelo con sus amigos.

—Lo habría tenido —dijo Sai mientras Eponi levantaba a Kashmal.

—Estabas tardando demasiado —respondió Eponi—. Sé más rápido la próxima vez.

—Ambos son personas terribles, ¿lo saben? —intervino Kashmal.

—¿No puedes aturdirlo? —dijo Sai mientras se dirigían hacia las puertas de salida de Salinity, los demás en el vestíbulo se habían escondido detrás de sus escritorios o se habían alejado bien de una pelea que no les involucraba.

—¿Quieres cargar a este tipo?

—Puedo caminar —dijo Kashmal—. Puedo caminar.

—Entonces camina más rápido —dijo Eponi.

Sai llegó primero a las puertas. Deberían haberse abierto deslizándose cuando Sai se acercó, pero las barreras de cristal permanecieron cerradas. Sai empujó, usando la forma más antigua de mover las cosas a un lado, y no logró absolutamente nada cuando Eponi y Kashmal le alcanzaron.

Porque, por supuesto. Sever no podía conseguir vencer a más del doble de su número en un combate cuerpo a cuerpo y escapar. Eso sería demasiado fácil.

—Quédate quieto —dijo Eponi, luego se giró, apuntando con la pistola aturdidora hacia el camino por el que habían corrido, hacia el vestíbulo y los ascensores de cascada detrás de él.

Había que reconocer que Salinity podía movilizarse. Dos guardias levantaron del suelo al mastodonte de miembros flácidos, mientras que los otros heridos se retiraban detrás de una verdadera falange corporativa, liderada por una mujer serena cuyos brazos cruzados sobre su uniforme gris azulado de Salinity declaraban que no habría tonterías.

Eponi habría creído en esa postura también, excepto que la pose perfecta coincidía con un rostro perfecto, con un cabello que no mostraba ninguna señal de tiempo pasado en la rudeza. La mujer parecía una maestra de escuela, o tal vez una ejecutiva, alguien que pensaba que su presencia, sus órdenes serían obedecidas porque la sociedad lo exigía.

Buena suerte tratando de salirse con la suya con esas tonterías en un tiroteo.

—Suelta eso —dijo la mujer, cargando todo el desprecio que un padre podría tener hacia un hijo desobediente.

—Te propongo un trato —dijo Eponi—. ¿Quieres que suelte este juguete? Lo haré, pero antes vas a abrir estas puertas y dejarnos salir. Tiro la pistola aturdidora de vuelta y todos contentos.

—Esta parte no es negociable —respondió la mujer—. Estamos en un negocio. Ya has aturdido a dos de mi gente. Baja el arma y podremos hablar.

Eponi comprobó y vio que Sai tenía bien sujeto a Kashmal. Los guardias de Salinity aún no habían sacado sus armas, confiando en que su líder desescalara la situación. Eponi podría disparar dos, quizás tres tiros antes de que alguien le devolviera el fuego, y aturdir a algunos guardias no abriría esas puertas. Tampoco lo haría sacar su pistola y añadir un asesinato a su expediente pendiente en Gillane Cuatro.

—Confío en ti —dijo Sai, apretando a Kashmal cuando el hombre intentó hablar—. Toma tu decisión.

¿Caer luchando o seguir hablando? No había mucha elección.

—¿Y bien? —preguntó la mujer.

Eponi dejó la pistola aturdidora a sus pies, lo suficientemente cerca para agarrarla de nuevo si las cosas se torcían. Se puso de pie y mostró la sonrisa arrogante de una piloto de karts: —Querías hablar, hablemos.

—¿Podemos movernos a un lado y dejar que este vestíbulo vuelva a sus asuntos? —dijo la mujer, señalando hacia la izquierda de Eponi, donde un pequeño puesto de café ofrecía sus cálidos productos a los visitantes sedientos. Varias mesas pequeñas parecían ser el terreno de negociación propuesto—. ¿O necesitas un espectáculo?

—Todo lo que buscamos son resultados —dijo Eponi—. Si haces algo gracioso, mi chico aquí le romperá el cuello a esta ramita antes de que puedas hacer nada. Solo te lo advierto.

—Eponi —gruñó Sai—. No es el momento.

—Oye —Eponi levantó un solo dedo hacia Sai—. Estoy ocupada negociando. Mantén la boca cerrada.

La mujer tuvo la gracia de parecer divertida, una grieta en la armadura que decía que quizás no era tan fría como Eponi pensaba. Con la ronda inicial resuelta, el grupo se dirigió a la izquierda, Sai y Kashmal avanzando lentamente. Tan pronto como Sai despejó la última puerta, poniendo una pared sólida detrás de él y el rehén en lugar de una salida, la mujer hizo una señal a dos guardias para que cubrieran esas puertas. Una vez que estuvieron en posición, con Eponi, Sai y Kashmal en las mesas con forma de galleta del puesto de café, alguien en Salinity desbloqueó la entrada, dando paso a un flujo constante y confuso de empleados y visitantes.

—Qué conveniente —dijo Eponi mientras se sentaba frente a la mujer, con Sai y Kashmal detrás de ella—. ¿Ahora abres las puertas?

—Salinity es una empresa —dijo la mujer—. Prefieren que el flujo de efectivo continúe. Dicho esto, estáis en inferioridad numérica y agrediendo a un científico empleado por la compañía que, efectivamente, es dueña de este planeta. No es una buena posición.

—Eh, he estado en peores.

Eso le valió a Eponi una ceja levantada.

—Vamos a empezar de nuevo, ¿de acuerdo? —dijo la mujer—. Soy Raquel, ¿y tú eres?

—Eponi. Detrás de mí está Sai. Somos los dos miembros más geniales del Sever Escuadrón —Eponi se reclinó en su silla, intentando ver si Sever significaba algo para Raquel.

Intentando ver si Renard o Vana ya habían estado aquí.

—¿Sever Escuadrón? —Raquel parecía tan confundida como Eponi esperaba—. ¿Se supone que eso significa algo?

—Lo significará ahora —respondió Eponi—. Seré breve, Raquel, ya que pareces una buena persona y no mereces verte envuelta en un lío sangriento y destructivo.

—¿Qué va a ser un lío sangriento y destructivo?

En los tiempos de DefenseCorp, sentaban a cada miembro del escuadrón y les hacían firmar mil pequeños documentos antes de darles una bonificación por ingreso. Esas páginas establecían que podías perder todos y cada uno de los pagos si hablabas de tus misiones con personal ajeno a DC o, en realidad, con cualquiera fuera del escuadrón inmediato.

Ahora, a Eponi no le importaba un bledo lo que DefenseCorp quisiera. Podía hablar de todo con quien quisiera.

—Raquel, déjame ilustrarte el nivel de atrocidad en el que este hombre se metió —dijo Eponi—. Ah, y mientras hablo, tal vez uno de tus lacayos pueda traernos café. Sai, ¿quieres algo?

—¿Té negro? —dijo Sai.

—Me gustaría... —comenzó Kashmal, antes de que Sai apretara una incómoda presa en el brazo del hombre.

Raquel inclinó la cabeza y luego asintió hacia el puesto. Un guardia detrás de ella, que tenía el aspecto distintivo de un asistente esperando una futura promoción, se apresuró a cumplir las demandas.

—Gracias —dijo Eponi—. Como decía, Kashmal aquí

jugó un juego con DefenseCorp hace un tiempo. No conozco todos los detalles, pero en resumen, empalmo algo de ADN, creó un virus elegante que convierte a la persona infectada en un desastre invencible y asesino. No funcionó muy bien, pero inyectó a su hija con él y encontró su milagrosa coincidencia. Luego, gracias a Sai y a mí, y a los otros Severs, Kashmal huyó con su hija y el premio en su sangre.

Kashmal seguía intentando interrumpir, meter una palabra o tres, pero todo lo que salía eran gemidos y graznidos mientras Sai lo mantenía bajo control. El lacayo llegó con las bebidas, y Eponi le dio un sorbo caliente a la suya mientras Raquel procesaba el volcado de información que Eponi acababa de entregar.

—¿Y estáis aquí porque alguien quiere este premio? —dijo Raquel.

—Vaya, captas rápido —respondió Eponi—. Eso es un gran bingo. Hay gente desagradable que llegó a vuestro planeta recientemente que quiere una parte de Kaia, esa es su hija, una niña dulce, y estamos tratando de obtener su ubicación de Kashmal aquí para poder protegerla. En lugar de eso, el tipo decide involucraros a todos vosotros en esto.

—¿Cómo sé que no sois vosotros los que intentáis secuestrar a Kaia? —dijo Raquel—. Es difícil tomar todo lo que has dicho por fe.

—Kashmal, ¿qué piensas, lo he entendido bien? —Eponi se inclinó en su silla, le dio a Kashmal una mirada azucarada que decía que el dolor sería inminente e infinito si se atrevía a objetar.

—A grandes rasgos —La respuesta de Kashmal llegó con el gruñido malhumorado de un adolescente atrapado haciendo algo estúpido.

—¿Ves? —dijo Eponi, volviéndose hacia Raquel—. Somos los buenos aquí.

Raquel golpeó con un solo dedo en la mesa.

—Salinity me puso como su jefa de seguridad local —dijo Raquel—. Dado que somos dueños de este planeta, eso me hace responsable de su bienestar y su seguridad. ¿Me estáis diciendo que hay alguna fuerza aquí para capturar a una niña pequeña bajo mi vigilancia?

—Eso es lo que estamos diciendo.

—Entonces —Raquel se echó hacia atrás en la mesa, se puso de pie—. Creo que necesito ver a esta niña y averiguar si estáis diciendo la verdad.

Eponi saltó a sus pies, el café impulsando su energía: —Sabía que entrarías en razón.

—Aún habéis agredido a cuatro de mi personal —dijo Raquel—. Después de que esto termine, discutiremos cómo planeáis rectificar eso.

—Raquel —dijo Eponi, extendiendo la mano para que la mujer la estrechara—. Podrías estar en una situación mucho peor que tener al Sever Escuadrón en deuda contigo.

Kashmal gruñó mientras Raquel cerraba el trato, pero cuando la jefa de seguridad de Salinity le pidió que los guiara hacia Kaia, el científico no se resistió. Juntos, marcharon bajo aquel cielo azul.

Una tregua negociada, ni un solo inocente muerto y el objetivo logrado.

No estaba mal para una fracasada de las carreras de karts.

5

EL OTRO LADO

La mayoría de los rehenes no lo tenían tan bien.

Rovo devoraba un delicioso almuerzo —pescado fresco, verduras verdes y frutas recién cosechadas de los jardines y criaderos de Gillane Cuatro— bajo el cielo despejado de un parque. Los tragos ya no le dolían, pues las heridas habían sanado, aunque la cicatriz oscura en su pecho no desaparecería sin un trabajo cosmético, una cirugía que requeriría dinero que Rovo solo conseguiría si seguía el plan de Vana y Renard.

Pero nadie que se preocupara por las apariencias se uniría a DefenseCorp, ni se sometería a misiones mortales y peligrosas.

—Veo que lo odiaste —dijo Vana, acercándose y sentándose junto a Rovo en el largo banco verde mar.

—Tuve que comerlo rápido, para ahorrarle el sufrimiento a los demás.

Vana le dedicó esa sonrisa complaciente que parecía sacar en cada conversación. La agente trataba a Rovo como una madre paciente, repartiendo ánimo y disciplina en igual medida, intentando convertir a Rovo de un leal luchador del Sever Escuadrón en un traidor.

Si tan solo supiera lo que realmente le importaba a Rovo.

—Han aterrizado —dijo Vana—. Como sospechabas, tu escuadrón los siguió sin esperar los refuerzos de Deepak. Están solos, vulnerables.

—No iría tan lejos —respondió Rovo, apoyando los codos en las rodillas e inclinándose hacia adelante. El suéter y los pantalones de lana lo mantenían lo suficientemente abrigado en los días templados de Gillane Cuatro, pero se sentían extraños. Hechos para el ocio, no para el combate—. Sever es más que suficiente para todos ustedes por sí solos.

—Ahora eres tú quien nos subestima —dijo Vana—. Los hemos estado observando. Aurora y Gregor te están buscando. Destruyeron nuestro sitio principal.

—¿Esa tienda de salvamento?

—Completamente demolida.

—Oh, no.

Vana se rio.

—Es un buen comienzo. Se están moviendo rápido. Los otros dos tienen a Kashmal ahora.

—¿Ves? Y tú querías entrar de inmediato y llevarte a Kaia. Ahora puedes acabar con Sever, conseguir a la chica y resolver todos tus problemas de un solo golpe.

Rovo había estado dándole vueltas a la idea en las semanas previas al aterrizaje en Gillane Cuatro y en los días posteriores, evitando que Renard y Vana se lanzaran a su plan con una trampa. Los dos querían la sangre de Kaia para sus trajes, pero llevarse a la niña y dejar a Sever con vida solo significaría una persecución continua y, peor aún, una revelación ampliamente difundida por Sever sobre lo sucedido.

Aurora, de vuelta en el *Nautilus*, había intentado que el brazo militar de DefenseCorp se levantara contra su mitad clandestina. Renard y Vana insistían en que esa idea no funcionaría, pero los agentes no tenían el mismo control sobre la opinión pública. Lanzar la idea de que los agentes de DefenseCorp estaban robando niños y succionando su ADN al aire libre, con la desaparición de Kaia como evidencia, y esos jugosos contratos desaparecerían.

Sin embargo, si eliminaban a Sever, todo lo demás caería en la perfección.

—Renard sigue pensando que estamos cometiendo un error —dijo Vana—. Empiezo a creerle.

—No importa. Sever está aquí ahora. Es nuestro plan o nada.

Y, cuando Vana y Renard hicieran algo estúpido, como enfrentarse a Sever en combate abierto, Rovo disfrutaría disparándoles a los agentes directamente en la espalda.

El esquife sellado, una nave curvada de valle con un techo de cristal en forma de burbuja, albergaba a cinco personas en asientos diseñados para absorber un fuerte impacto en el agua. A lo largo de la parte inferior, visible cuando los soportes de aterrizaje mantenían el esquife a un metro más o menos del suelo, unas láminas de goma revelaban flotadores listos para usar. Toda nave en Gillane Cuatro debía estar preparada para un aterrizaje en el océano.

Por lo demás, el esquife guardaba sus secretos. Sin marcas, sin un esquema de color llamativo. Gris claro y nada más, una monotonía que Rovo había llegado a aceptar con los agentes y sus dispositivos. ¿Quién diría que mantener un perfil bajo podría ser tan aburrido?

Renard y otro agente, un hombre reluciente y beige, ya ocupaban los asientos delanteros. Los ojos viejos de Renard siguieron a Rovo mientras se acercaba junto a Vana, su ceño fruncido cavando profundas arrugas en ese rostro plástico.

Mientras Vana buscaba convertir a Rovo en un traidor de su escuadrón, Renard había querido exprimir al novato para obtener información y luego dejarlo desecado y muerto en algún lugar. Los dos habían mantenido una fea danza por un tiempo, hasta que Renard se dio cuenta de que no podía vencer a Vana ni con palabras ni con fuerza física.

Rovo no había hablado con el hombre en días.

—¿Feliz de verme? —dijo Rovo, subiendo al esquife. La nave se acomodó en una pequeña plataforma de aterrizaje detrás de alguna oficina de Salinity que Renard había cooptado a través de algunos contactos para convertirla en un cuartel general improvisado—. Ha pasado un tiempo.

—Vana pensó que sería bueno que vinieras. Yo pensé que sería bueno si ella te disparaba, ahora que tus amigos están aquí.

—No son mis amigos —dijo Rovo, la mentira volviéndose más fácil de contar con cada repetición—. Antiguos compañeros de escuadrón. Me están incluyendo en el dinero, soy de los suyos.

—Aparentemente.

—Vámonos —Vana terminó la conversación, el techo de burbuja cerrándose sobre la nave mientras se acomodaban —. Recuerden, el objetivo es conseguir a la chica primero. Matar al dúo de Sever después. Esta podría ser nuestra mejor oportunidad.

Rovo intentó echar un mejor vistazo al agente bronceado, también piloto de la lancha, mientras el hombre despegaba la nave del suelo. Parecía tranquilo, imperturbable ante la idea de lanzarse a la batalla contra los mercenarios curtidos de DefenseCorp, pero quizás todos los agentes parecían así.

Aunque no importaba: Rovo los había visto morir bastante rápido en el *Nautilus*.

—¿Los otros están listos? —preguntó Vana a Renard mientras la lancha se adentraba en el suave tráfico aéreo de Gillane Cuatro.

—Están en posición —respondió Renard—. Rovo, creo que no has conocido a Abbad, pero que esto sirva tanto de presentación como de advertencia. Cuando lleguemos, su atención estará centrada en ti.

—Oh, qué bien —dijo Rovo—. Siempre quise tener un fan.

Abbad se rio, y los ojos de Rovo se abrieron de par en par. ¿Un agente con sentido del humor? ¿Qué?

—No te preocupes, Rovo, estaré a tu lado en cada paso del camino —dijo Abbad, con una voz alegre como la miel—. Renard me ha estado contando que vienes del lado divertido de DefenseCorp. Tendrás que contarme sobre eso alguna vez.

A Rovo se le cayó la mandíbula. Se había especializado en comunicaciones, había leído innumerables cartas, se había reunido y negociado con todo tipo de personalidades, pero esto, esto simplemente no estaba en el mapa. Abbad sonaba como si hubiera salido de la orientación hace una hora, pero la edad y posición del hombre, aquí en la lancha con Renard y Vana, decían lo contrario.

—Eh, claro —dijo Rovo—. Una copa.

—Así me gusta —respondió Abbad—. Ahora siéntate y relájate. No es un vuelo largo, pero hay que aprovechar los momentos cuando se puede, ¿no crees?

Rovo miró a Vana, esperando ver alguna explicación en su expresión, pero todo lo que encontró fueron ojos en blanco acompañados de una pequeña sonrisa.

Con los tubos de cápsulas proporcionando la mayoría

del tránsito alrededor del planeta, los viajes aéreos reales parecían estar reservados para aquellos con dinero y sin tiempo. Incluso Renard y Vana preferían las cápsulas a la notoriedad que proporcionaba la lancha.

Sin embargo, ninguno de los dos quería subirse al transporte público cargado de armas. Rovo echó un vistazo al arsenal de Vana, con pistolas en ambas caderas y cuchillos evidentes en ambos brazos. Paquetes de energía de repuesto se asentaban en el cinturón de la mujer, y su abrigo se abultaba con el chaleco protector ajustado debajo. Con el pelo recogido, Vana resplandecía de vida. Lo opuesto a la fachada sombría y decadente de Renard.

Rovo podría haber estado sesgado.

El vuelo no duró mucho, con Renard posando la lancha en una azotea que, como la mayoría en Gillane Cuatro, coronaba una forma de gota con una amplia plataforma plana totalmente en desacuerdo con el diseño del edificio. Rovo pensó que la hermosa arquitectura de algún pobre diablo había sido arruinada por las necesidades de la eficiencia: en la galaxia de hoy, tenías que tener un lugar para que una nave aterrizara, aunque se viera feo.

El apartamento de Kashmal estaba en algún lugar debajo de Rovo, y en él, presumiblemente, esperaba Kaia. No había visto a la chica en un mes, no desde que había desaparecido en las primeras horas en Wexer. El novato nunca pensó que volvería a ver a la pequeña chispa, así que, a pesar de las circunstancias, Rovo no podía estar demasiado molesto.

El techo de burbuja se abrió de golpe y Abbad saltó fuera, sacando una pistola plateada reluciente en el mismo movimiento. El hombre aterrizó en la azotea en cuclillas, barriendo el espacio abierto en busca de hostiles que claramente no estaban allí. Más allá de la lancha, lo único que compartía la plataforma de aterrizaje era una abertura achaparrada para un ascensor y sus escaleras correspondientes.

—Todo despejado —dijo Abbad, mirando hacia la lancha con una mirada dura, antes de derrumbar la fachada en una amplia sonrisa—. Ah, solo estoy jugando con ustedes. Pueden ver que no hay nada aquí arriba.

Renard salió segundo, Vana tercera, y Rovo fue el último, todavía tratando de encajar la pieza del rompecabezas de Abbad en algo que tuviera sentido.

Y fallando.

En la plataforma de aterrizaje, Vana tomó la delantera, dirigiéndose hacia el ascensor y tocando su muñequera. Edificios como estos deberían permitir la entrada solo a residentes o, digamos, repartidores, pero la identificación de Vana hizo el truco. Con Abbad esperando a Rovo, el cuarteto se apiló en el ascensor y comenzó a descender.

—Vamos a escondernos junto a su apartamento —dijo Abbad mientras el ascensor bajaba—. Al dueño no le importó, especialmente después de que le apunté con Princess.

—¿Princess? —Rovo no pudo evitar preguntar.

—Su pistola —respondió Renard—. Abbad puede tener una energía peculiar, pero no deja de ser efectivo. Yo no lo subestimaría.

¿Subestimar? Rovo ni siquiera había llegado a considerar a Abbad como una persona real, mucho menos a darle alguna calificación de habilidad. Abbad parecía estar tan en desacuerdo con todo lo que Renard y Vana, la pareja tranquila y maquinadora, apreciaban. El hombre pasó el viaje en el ascensor apoyado en la pared lateral, con una pequeña sonrisa que nunca abandonaba sus labios, y observando al trío como si todos fueran parte de alguna vasta broma interna.

Cada vez que Rovo pensaba que tenía control sobre el universo, este demostraba lo contrario.

Salieron en fila a un pasillo, un corredor salpicado de alfombra azul y dorada, con lámparas náuticas falsamente parpadeantes iluminando el camino. Una quietud de día laboral impregnaba la escena, los apartamentos vaciados mientras sus dueños ejercían sus oficios. No era mal momento para una pelea, o un secuestro. Detrás de ellos, el ascensor se cerró rápidamente y se alejó, con Renard comentando que su próxima recogida sería su presa.

Abbad los llevó hasta la mitad del pasillo, luego se volvió y golpeó su muñequera contra una puerta blanca como el mármol. Una cerradura hizo clic y, con Vana cubriendo la retaguardia, el cuarteto se apresuró a entrar. Abbad los encerró en silencio, y Rovo se encontró en un lugar pintoresco, dominado por fotos familiares, con tres personas planeando matar y robar a sus amigos.

Genial. Muy genial.

—Para repasarlo —dijo Vana, susurrando—. Renard y yo iremos a la cabeza. Nos encargaremos de cualquier resistencia. Rovo, tú te ocupas de Kaia cuando entre en pánico. Abbad, tú cubres nuestras espaldas.

—Entendido —afirmó Abbad.

Renard asintió, y todos los ojos se volvieron hacia Rovo.

—Kaia. Sí, lo sé —dijo Rovo—. Todos están pensando que no voy a cooperar, pero solo quiero que ella esté a salvo.

Bastante cierto, y Rovo ni siquiera tenía un arma encima. Esto no sería tan simple como simplemente volverse traidor, tendría que ser inteligente al respecto. Tal vez dar un golpe a la cara merecedora de Renard, luego agarrar a Kaia, meterla de vuelta aquí, y-

—Ahí vienen —dijo Abbad, con los ojos brillantes—.

Prepárense, chicos, porque esto está a punto de ponerse divertido.

Este tipo.

La advertencia de Abbad se confirmó cuando las voces de Eponi y Sai, mezclándose con las constantes protestas de Kashmal, flotaron a través de la puerta. Alguien más hablaba también, una supuesta autoridad mezclándose con intentos moderadores. Buena suerte con ese grupo.

Rovo respiró hondo cuando el apartamento contiguo al suyo se abrió con un clic y la gente comenzó a entrar. Vana hizo un leve gesto afirmativo a Abbad, y el hombre alcanzó el pomo de la puerta.

En el apartamento de al lado, Kaia se rio.

[6]

ASALTO

El viento azotaba, cortando entre los edificios y adentrándose en el parque arbolado a lo largo del borde de Kaiyo. Bordeado por aquellas barreras translúcidas de suave color verde, el parque ofrecía una hermosa vista del interminable océano de Gillane Cuatro. Los pájaros revoloteando, los arreglos florales estratégicamente colocados y los tubos capsulares creaban un escenario extraño y fascinante.

Al igual que Gregor, sosteniendo a Parts-picker cerca de la barrera. El hombre parecía completamente aterrorizado con cada paso que Gregor le obligaba a dar hacia lo que sería una larga caída y un duro chapuzón. Aurora no era partidaria de la tortura —la práctica, en su experiencia, solía resultar en respuestas descabelladas en un intento por preservar la vida y las extremidades— pero la vista y sus alrededores les daban al dúo de Sever la oportunidad de vigilar cualquier posible persecución.

Parts-picker les había mostrado una salida trasera desde la tienda de salvamento destruida, a través de un túnel de acceso solo para empleados que atravesaba el núcleo del edificio más grande, por donde se podían transportar basura y suministros sin interrumpir el comercio diario. Mientras la policía de Kaiyo registraba el frente destrozado, Aurora y Gregor siguieron a su forzado amigo hacia las calles y, con los persuasivos argumentos de Gregor, hasta su ubicación actual en el parque.

—Vale, lo entiendo —dijo Parts-picker, su voz vibrando con el pánico propio de alguien que había sobrevivido a un tiroteo inesperado—. Renard no vino a nosotros, no importa cuánto quieras oír algo diferente. El tipo está en nuestra sucursal, ¿vale?, pero, como que ustedes también tienen diferentes grupos, ¿no?

Aurora puso una mano en el brazo de Gregor. El hecho de que Parts-picker hablara entrecortadamente y pareciera tan joven como sonaba no era razón para aplicar una disciplina severa.

—Estás diciendo que Renard no es tu jefe —sugirió Aurora, incitando a Parts-picker a hablar más.

—Sí, definitivamente no lo es. —Parts-picker miró más allá de los dos Severs, escudriñando el parque en busca de posibles espías—. Está en un grupo de desarrollo, trabajando en proyectos de los que no sé nada. Podrían llamarlo I+D, excepto que es más secreto que eso.

—Eso encaja —dijo Gregor—. Sabemos que está en Gillane Cuatro. ¿Cómo podemos encontrarlo?

—¿Este tipo escucha? ¿Por qué sigue preguntando lo mismo? —Parts-picker miró a Aurora.

—Responde la pregunta —replicó Aurora.

—Está bien, tío. Como dije, Renard no baila en nuestro piso. Así que no sé dónde está, pero supongo que sé dónde podría estar.

Parts-picker hizo una pausa de nuevo, sus ojos bailando entre Aurora y Gregor como si los dos fueran a ofrecerle algo de dinero, como en alguna película. Ninguno de los dos se movió.

—¿Supongo que se espera que hable gratis, entonces? —Parts-picker insistió en su estrategia—. ¿No hay bono por apuñalar a mi empleador por la espalda?

—Piénsalo de esta manera —dijo Aurora—. Nos ayudas, y tu empleador no se vuelve completamente malvado.

—¿Crees que una brújula moral me va a hacer cambiar de opinión? ¿A mí, un agente de DefenseCorp? Estoy tan en bancarrota como se puede estar en ese frente.

—¿Qué quieres?

—Salir —dijo Parts-picker, estallando en una sonrisa, asintiendo varias veces como si eso hiciera la petición más clara.

La paciencia de Aurora había llegado a su límite. Sai y Eponi habían enviado un mensaje hace poco diciendo que estaban en camino para buscar a Kaia. Sin Renard o Rovo en mano, ese movimiento conllevaba un riesgo. Aurora y Gregor simplemente no estaban cumpliendo su parte del trato.

—No, tío, salir de DefenseCorp —respondió Parts-picker a la obvia pregunta de seguimiento de Gregor—. Te vi liquidar a mi colega —que en paz descanse, por cierto— allí dentro y me puse a pensar durante nuestra carrera hasta aquí, tal vez puedan hacer lo mismo conmigo.

—¿Matarte? —dijo Aurora—. Nos das la ubicación de Renard, y lo haré. Con gusto.

—Auch, señora. —Parts-picker levantó las manos ante la mirada fulminante que Aurora le dirigió—. No, digo que hagan parecer que estoy muerto, ¿ves? Entonces, mi familia recibe el dinero de los beneficios, y yo quedo libre.

—Fraude —dijo Gregor.

—Contra DefenseCorp, sin embargo —meditó Aurora

—. Trato hecho. Nos das la ubicación de Renard, luego volveremos a nuestra nave. Te subes al próximo transporte fuera del mundo cuando empecemos a armar un alboroto.

Parts-picker podría averiguar los siguientes pasos por sí mismo. Esperar un tiempo fuera del planeta, luego volver para cosechar los beneficios en efectivo. Si el plan realmente funcionaría, Aurora no lo sabía ni le importaba. Lo que importaba era que Parts-picker, seguro de su engaño, introdujo la posible ubicación en la muñequera de Aurora.

Con el objetivo en mano, Gregor y Aurora regresaron rápidamente a la *Prisa*, disfrutando de otro encantador viaje en cápsula apretujados con gente, esta vez, dirigiéndose fuera del mundo. En la nave, los dos se pusieron sus nuevos trajes de armadura potenciada, que habían hecho pintar para que coincidieran con los antiguos. Aurora se equipó con sus rifles, mientras que Gregor, reunido con su enorme martillo, bajó por la rampa de la *Prisa* pareciendo un demonio metálico salido de alguna vieja pesadilla.

—¿Listo para destrozar algunas cosas? —dijo Aurora, su voz resonando ahora a través de los enlaces de radio entre los trajes.

—Ha pasado demasiado tiempo.

Aurora no podía discutir con Gregor en eso. Esas semanas pasadas volando hasta aquí habían sido largas y aburridas. La *Prisa* no tenía simuladores, no tenía mucho más allá de películas y ejercicio. Los músculos picaban, los instintos zumbaban.

Llegar al lugar que Parts-picker había señalado sin causar un gran alboroto requirió contratar un viaje en lancha de punto a punto. Aurora se encargó de la negociación, pidiendo que los recogieran directamente desde el muelle de atraque de la *Prisa*. La mayoría de las lanchas no tendrían espacio para un par de mercenarios con armadura potenciada, así que Aurora tuvo que conseguir un transportador de carga. Cualquier problema humano relacionado con transportar dos monstruosas armas se resolvió por sí solo cuando la lancha apareció con un piloto robot, esperando hasta que Aurora diera la señal para que la lancha despegara.

El viaje sin ventanas le dio a Aurora y Gregor la oportunidad de discutir la estrategia mientras probaban los componentes de su armadura, un intermedio táctico que redujo su plan de asalto de "destrozar y rescatar" a simplemente rescatar, con la parte de destrozar implícita.

—Te quedas con Rovo —concluyó Gregor—. Yo me encargo del resto.

—¿Estás de acuerdo con eso?

—Es todo lo que siempre he querido.

Los dos chocaron sus puños de armadura potenciada mientras la nave tocaba tierra en la plataforma de aterrizaje designada, abriéndose a un cielo vespertino y poco más. Desde la plataforma, una de varias a lo largo del costado liso azul verdoso del edificio, cada una conectada por andamios pintados y suavizados, los dos merodeadores mecanizados se dirigieron con paso pesado hacia una amplia entrada.

—Edificio grande para unos pocos agentes —dijo Gregor.

El supuesto escondite de Renard parecía estar en un gran espacio comercial, ubicado cerca de la mitad sur de Kaiyo. El edificio empequeñecía a los que lo rodeaban, aunque la razón por la que Renard había elegido el espacio se hizo evidente tres pasos más adelante: arriba, donde Aurora no había podido mirar debido al transporte cerrado de la nave de carga, se veía metal expuesto. Un esqueleto aún sin revestir con piel fabricada.

—No está terminado —respondió Aurora—. Lo está ocupando porque nadie más puede.

—Supongo que deberíamos echarlo, entonces.

Las puertas de la plataforma de aterrizaje, ya en funcionamiento para facilitar entregas de carga más amistosas que esta, se abrieron con un silbido cuando Gregor y Aurora se acercaron. No había seguridad para el lugar en construcción, entonces.

No es que importara: si la puerta hubiera permanecido cerrada, Aurora la habría derribado de todos modos.

En el interior, un muelle de carga limpio y despejado daba paso a un piso de oficinas vacío, con un hueco en el centro que formaba un núcleo hueco desde el techo hasta la base. El edificio adoptaba una estética suave y apagada. Las líneas marcaban futuras disposiciones de pisos, mientras Aurora miraba directamente hacia el banco de ascensores. En funcionamiento. La luz entraba por ventanas empolvadas por la construcción, sus armaduras resonantes perturbando nubes de polvo con cada paso.

—Silencio —dijo Gregor—. No nos estamos escondiendo, así que ¿dónde están?

—Buena pregunta —respondió Aurora—. Ese transporte podría haber albergado a mil agentes. Quién sabe cuántos podrían estar aquí. Mantente alerta.

—Siempre lo estoy —Gregor, sin embargo, desenfundó el martillo, empuñándolo con ambas manos mientras se dirigían hacia los ascensores.

—¿Empezamos por abajo y subimos? —dijo Aurora.

—Muchos pisos para eso.

—¿Tienes una idea mejor?

—¿Destrozamos nuestro camino hacia abajo?

Aurora dio otro paso, considerando una forma eficiente

de limpiar un edificio de treinta pisos con dos personas. Quizás la idea de Gregor no era tan mala.

—¿Qué tal si nos encontramos en el medio? —dijo Aurora.

—Hecho.

Aurora comenzó a trotar, la armadura potenciada jugando con sus deseos y aumentando su asistencia cinética para ponerse en movimiento. Cada paso retumbaba en el pesado suelo con una sacudida estruendosa, acabando con cualquier esperanza de sigilo que les quedara. El ascensor no estaba diseñado pensando en armaduras potenciadas, pero con una agachada y un abollón en las puertas, Aurora logró entrar. Tocó, con la fuerza justa para no romper la pantalla, un descenso al primer piso.

El ascensor obedeció, llevando a Aurora hacia abajo pasando piso tras piso de espacios vacíos. Al menos, hasta los últimos pocos. Pertenencias pasaron zumbando mientras el ascensor descendía, camas improvisadas y víveres. Mesas instaladas y algunas paredes emergentes para crear espacios privados. Parts-picker no se había equivocado del todo, entonces. Alguien vivía aquí.

Pero, ¿dónde estaban?

Las puertas del ascensor se abrieron a un vestíbulo anodino, paredes dejadas en un blanco apagado de imprimación, esperando una capa fresca de personalidad. Las puertas frontales, abarcando una docena de entradas, tenían papel pegado sobre ellas, ocultando cualquier posible mirada desde el exterior. La luz que entraba ahora caía desde arriba en parches, creando rayos dorados y haciendo puntos en el suelo a los pies de Aurora.

El silencio murió una muerte repentina. El martillo de Gregor golpeó en algún lugar muy por encima, un golpe estremecedor seguido por el derrumbe disperso cuando el hombre cayó a través de su recién creado agujero. La armadura potenciada aterrizó con la gracia de un yunque, produciendo un boom como secuela. Aurora se habría sentido apenada por el daño, excepto que los objetivos de Renard traerían mucho más si se dejaban sin control.

El costo, supuso, de hacer negocios.

El golpe del martillo activó un interruptor. Aurora, de pie justo fuera de uno de esos rayos dorados, fue testigo de una oleada no muy diferente a un nido de insectos perturbado. Agentes con todo tipo de vestimentas aparecieron alrededor de las paredes, salieron de secciones cerradas y tomaron posiciones en los pisos superiores, usando el núcleo abierto para tratar de encontrar ángulos de disparo.

—Y yo que pensaba que todos habían huido —dijo Aurora, su visor salpicándose de rojo por todas partes mientras la armadura potenciada encontraba amenazas por doquier—. Me alegro de no haberme decepcionado.

Normalmente, estar tan superada en número enviaría a Aurora a buscar una escapatoria. La armadura potenciada podía recibir golpes, pero se derretiría bajo fuego pesado y sostenido. Desafortunadamente para los agentes, habían encontrado un hogar encubierto en un planeta poblado y controlado. Difícil conseguir rifles, cañones y el equipo pesado necesario para enfrentarse a una armadura potenciada.

Los agentes tenían pistolas en abundancia. Algunos incluso parecían confiados, esperando ver si Aurora se rendiría.

Esa confianza estaba muy mal depositada.

Aurora activó los potenciadores cinéticos en su armadura potenciada y se lanzó hacia adelante, levantando una enorme nube de polvo mientras sprintaba metros en un segundo. Cruzando el espacio central, Aurora captó un destello, dos, mientras los gatillos más rápidos intentaban responder. Fallaron.

El pobre agente frente a Aurora no falló. Su disparo de pistola se estrelló directamente en el pecho de Aurora, disipándose a través de la arquitectura de absorción de energía del traje con solo un ligero hormigueo llegando a los nervios de Aurora. El traje del agente no hizo lo mismo con su carga de hombro, pero la pared exterior lejana detuvo al agente cuando se estrelló contra ella, el suelo a sus pies proporcionando un lugar de descanso adecuado para el hombre aplastado.

Quedarse quieta en una pelea como esta significaba morir, así que Aurora cambió su impulso hacia la derecha, cargando a través de algunas delgadas paredes divisorias que se partieron como papel. Los agentes al otro lado, planeando disparos inclinados hacia donde Aurora había estado, encontraron a su objetivo irrumpiendo detrás de sus espaldas. Levantando su rifle, Aurora rostizó al de su izquierda, luego balanceó el rifle, con una sola mano, hacia su derecha, apretando el gatillo mientras lo hacía.

Como un mapa del tesoro, la cadena de marcas de explosión llevó directamente al cuerpo humeante del siguiente agente.

Llamadas pidiendo posición, ayuda, lo que fuera, resonaron por todo el edificio. Los sonidos de una estrategia que se derrumbaba. El martillo de Gregor golpeó de nuevo, colapsando otro piso. El visor de Aurora detectó nuevas amenazas, llegando de todos lados. Renard tenía que estar en algún lugar aquí.

Lo encontraría, sin importar cuántos agentes Aurora tuviera que atravesar.

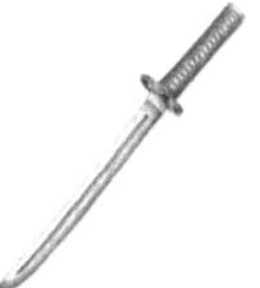

7

ALBOROTO EN EL APARTAMENTO

Sai dejó que Kashmal los guiara hacia su propio apartamento. El movimiento provocó un chillido de alegría de Kaia cuando la puerta se deslizó, la niña de cuatro años saltó del sofá y se dirigió hacia Kashmal. El padre, mostrando más humanidad de la que Sai jamás había visto en él, levantó a su hija y la cubrió de besos.

El hecho de que Kashmal mantuviera un ojo vigilante hacia Sai, Eponi y Raquel solo restaba un poco a la muestra de afecto.

—Me alegro de ver que esta vez no está en un armario —dijo Eponi mientras el trío entraba al escaso espacio detrás de Kashmal.

El científico había dicho que solo llevaba unas semanas en Gillane Cuatro, y el apartamento lo demostraba. No había absolutamente ningún cuadro colgado en las paredes azul claro. La sala de estar contaba con un sofá, una pantalla fija y un balcón sin muebles. La cocina, visible desde la puerta, tenía el aspecto limpio de un espacio nunca utilizado.

Sin embargo, Kaia parecía feliz. Soltó un segundo

chillido cuando reconoció a Sai y Eponi. Kashmal la bajó para que pudiera correr y abrazarse a sus piernas. Ningún miembro del Sever Escuadrón tenía la conexión protectora que Rovo mantenía con la pequeña, pero después de pasar unas semanas vagando por una pequeña nave espacial, era inevitable encontrar cierto afecto mutuo.

—¿Dejas a tu hija sola en casa a esta edad? —dijo Raquel, rompiendo el ambiente—. ¿En serio?

—No he tenido tiempo de buscar una guardería —se defendió Kashmal, retrocediendo en su apartamento como una rata acorralada—. He estado ocupado.

—Salinity ofrece...

Raquel no terminó su frase, interrumpiéndose cuando la puerta se abrió de golpe detrás de ellos. Sai se dio la vuelta, con la katana rozando su vaina contra las paredes del apartamento, para ver a dos personas que no conocía y dos que sí conocía abriéndose paso a la fuerza detrás de la oficial de Salinity.

El ambiente y la situación cambiaron tan rápido que Sai sintió una especie de latigazo. Los cambios repentinos eran un hecho de la vida en Sever, pero el apartamento, Kaia y el paseo ordenado habían puesto un barniz de seguridad en todo. Los nervios de combate de Sai se habían reducido desde la pelea en el vestíbulo de Salinity, y le costaba volver a activarlos en los confines del apartamento.

Especialmente cuando Rovo, el tercero en entrar con un desconocido detrás de él, parecía tan tranquilo.

Ver a Rovo en absoluto arremolinaba aún más el momento. El novato había sido un rehén durante semanas, y con Aurora y Gregor en la misión de rescate, encontrar a Rovo aquí no tenía sentido. ¿Por qué Renard y sus agentes traerían a Rovo a un secuestro? No es como si necesitaran su ayuda para atrapar a una niña de cuatro años.

—¡Al fondo! —ordenó la mujer que lideraba el grupo, un rostro mayor con las líneas grabadas de una autoridad de larga data, a Kashmal, Raquel y al dúo de Sever—. No venimos por ustedes, pero dispararemos si se resisten.

El rostro de la mujer le resultaba familiar, y su voz lo confirmó. Le había dado a Sai una unidad de memoria en el *Nautilus*, una que contenía información sobre una cadena de mando separada detrás de la versión oficial de Defense-Corp. Ella había estado en esa unidad, al igual que Renard.

Pero, ¿por qué Vana ayudaría a sus enemigos? Sai habría hecho la pregunta si las armas desenfundadas no hubieran exigido mayor atención.

Kashmal levantó a Kaia del suelo y obedeció. Sai tiró de Raquel detrás de él, vio a Eponi retroceder un paso o dos también. Ese movimiento no era exactamente la retirada que parecía: Eponi sabía que debía despejar suficiente espacio para que Sai desenvainara su katana, y la piloto había movido su mano hacia su pistola. Sin importar las probabilidades, no habría rendición aquí. No con Kaia en juego.

No con Rovo de pie detrás de Renard, sin esposas y listo.

—Me llamo Sai —dijo, llevando una mano hacia la empuñadura de su katana—. ¿Te importaría presentarte a mis amigos aquí, y luego podemos pasar a la parte divertida?

Vana le dirigió una mirada que Sai no pudo descifrar del todo. Parecía una mezcla de respeto, lástima y molestia.

—Vana —dijo la mujer, señalando con su pistola hacia la espada de Sai—. Por favor, mantén tu mano lejos de eso. Estamos aquí por Kaia, y nada más. Te prometo que, si nos llevamos a la niña, no sufrirá ningún daño.

—No —dijo Kashmal rápidamente—. No pueden llevársela.

—Tío, cierra la boca —le dijo Eponi, sin apartar la mirada de los intrusos—. Los adultos están hablando.

Raquel, por su parte, retrocedió junto a Kashmal. Sai no podía girarse para ver nada más, pero el científico se mantuvo en silencio, lo cual fue una bendición.

—Están acorralados —dijo Vana—. Atrapados. Cualquier cosa que no sea lo que pedimos terminará en una muerte miserable para todos ustedes. La niña debería tener a su padre de vuelta. No nos obliguen a quitárselo.

Sai dirigió su mirada hacia Rovo.

—Novato, ¿cuál es tu opinión sobre esto? Sé que Renard es un imbécil, pero ¿tú qué piensas? ¿Deberíamos matarlo primero a él o a ella?

El hombre detrás de Rovo se rió, una carcajada totalmente fuera de lugar en la situación. El ruido llamó la atención de Sai hacia la pistola que el hombre tenía, un juguete grande modificado y reluciente con partes verdes y doradas. Cualquier cosa tan extrema significaba que el matón era un tonto para ser ignorado o más peligroso que cualquiera de los demás.

—Creo que deberías hacer lo que ella te está pidiendo —dijo Rovo, manteniendo las manos a los costados, moviendo los dedos.

Las señas de manos de Sever le daban al escuadrón una ventaja en casi todas las misiones, un lenguaje secreto que Aurora había creado y enseñado con un celo implacable a cualquier nuevo recluta. Rovo, al igual que Eponi, Gregor y Sai antes que él, había pasado sus primeros días en el *Nautilus* siendo exprimido en una misión simulada tras otra, con cada hora intermedia dedicada a aprender esas señas.

El novato aún no las había perfeccionado, pero el significado era lo suficientemente claro: Rovo haría un movimiento. Sai y Eponi deberían seguirlo. Mantener a la chica alejada.

—Kashmal —dijo Sai—. Si Kaia va a algún lado, ¿por qué no vas a ayudarla a hacer una maleta? —Los ojos de Vana se entrecerraron, y Renard comenzó a protestar. Sai los interrumpió—: Sin ofender, pero ninguno de ustedes parece tener hijos. Yo sí, y si intentan llevarse a esta niña sin sus cosas favoritas, van a pasarla fatal. Este apartamento tiene una sola salida, la que está detrás de ustedes. Nadie se irá a menos que ustedes lo permitan.

Vana mantuvo su mueca ostentosa, pero asintió:

—De acuerdo, háganlo rápido.

Kashmal, Raquel y Kaia se apresuraron, dirigiéndose hacia los dormitorios y dejando a Eponi y Sai en una sala de estar llena de sofás. Más importante aún, los civiles ya no estaban en la línea de fuego.

Lo que significaba que era hora de destrozar el apartamento de Kashmal.

Rovo fue el primero en actuar, lanzando un codazo hacia atrás contra el hombre que se reía detrás de él. El tipo recibió el golpe sin inmutarse, y la forma en que su sonrisa solo creció hizo que el ojo de Sai se contrajera por una fracción de segundo. Rovo, sin embargo, siguió el codazo con un giro y un lanzamiento que envió al hombre que se reía hacia adelante, chocando contra un Renard que giraba.

Un destello surgió cuando Eponi desenfundó y disparó su pistola, moviéndose con el impulso para ponerse detrás del sofá y cubrirse. El láser dio en el blanco, humeando en el pecho de Vana, revelando —por supuesto— un chaleco protector. Los agentes no habían confiado en su diplomacia, entonces.

Vana, sin embargo, se estremeció lo suficiente con el impacto, su propia reacción desestabilizada, que Sai tuvo tiempo de desenvainar la katana. Con el suave peso en sus palmas, el único espadachín de Sever fijó su ángulo y se puso manos a la obra.

Tres objetivos, todos atrapados juntos, presentaban una elección tentadora: ¿a quién cortar y rebanar en el primer intento?

Renard, obviamente. El agente mayor tenía que ser el comandante aquí, y Sai no podía contar con infinitos ataques. Lo mejor era eliminar el peligro para Kaia y causar confusión entre los otros dos.

Sai optó por un golpe descendente, rápido y listo para separar la molesta cabeza de Renard de su molesto cuerpo. La hoja entró, y el maldito hombre que se reía la bloqueó. Esa pistola verde-dorada se alzó y detuvo el golpe de Sai mientras el hombre, rodando con el lanzamiento de Rovo, empujaba a Renard contra el novato.

La espada se encontró con la pistola en un choque chispeante. La katana de Sai debería haber partido la pistola por la mitad, pero el hombre aparentemente jugaba con mejor calidad que el estándar de DefenseCorp. El hombre empujó hacia arriba en el bloqueo, forzando la katana de Sai en un surco que arañó el techo.

—Abbad —dijo el hombre, acercándose tanto que Sai sintió la saliva de su habla—. ¡Un placer conocerte!

—El placer es todo mío —dijo Sai, pateando el tobillo de Abbad.

Abbad retrocedió bailando ante la patada, liberando la katana de Sai, pero apuntando la pistola a la cara del espadachín. Una muerte segura. Al menos, hasta que Eponi le disparó.

La piloto demostró su valía por segunda vez en la pelea, acertando un tiro sólido en el hombro de Abbad mientras Eponi usaba el sofá para absorber el contraataque de Vana.

Abbad se apartó con un espasmo, su brazo derecho con la pistola colgando. Sai cambió su agarre, cortó horizontalmente con la katana, planeando herir el costado de Vana.

Vana debió sentir algo, porque se lanzó hacia adelante cuando Sai atacó, interrumpiendo su fusilada hacia Eponi y dejando un camino despejado para que la katana de Sai cortara un trozo de la pared del apartamento. Una buena esquivada, una difícil.

Sai intentó calibrar el campo de batalla. Vana ahora se movía detrás y a su izquierda, mientras Abbad luchaba por retroceder hacia la puerta del apartamento. Renard y Rovo peleaban, el viejo agente aparentemente capaz de defenderse cuando las cosas se volvían cuerpo a cuerpo.

—¡Encárgate de Vana! —gritó Sai, lanzándose hacia Abbad y la refriega en la puerta del apartamento.

Si Abbad mostró algún temor al ser cargado en un espacio cerrado por un soldado blandiendo una katana, el hombre no lo demostró. En cambio, la mano izquierda de Abbad agarró su pistola de su inútil mano derecha, la levantó a la altura del tobillo y disparó. El rayo verde bosque destelló y Sai sintió que su pierna izquierda ardía, luego se adormecía. Lo que había sido una carga se convirtió en una caída.

Sai golpeó el suelo de baldosas, balanceando la katana ampliamente para evitar apuñalarse a sí mismo. Vio pasar a Renard, seguido por Rovo. Los dos intercambiaron puñetazos, con Renard llevando la peor parte de un trato que eventualmente se inclinó hacia la fuerza bruta. Abbad siguió, pisando la hoja de la katana de Sai para fijarla al suelo, apuntando esa pistola hacia la espalda de Rovo.

Dispárale al tobillo a un hombre, y no podrá caminar. Eso no significaba que no pudiera pelear.

Soltando la empuñadura de la katana, Sai estiró el brazo

y tiró de la pierna de Abbad, derribándolo. Abbad aterrizó de trasero sobre la katana plana, y el hombre se rio de nuevo. Simplemente se carcajeó con lo que parecía pura alegría mientras esa pistola verde-dorada apuntaba su cañón directamente a la cabeza de Sai.

—Un movimiento brillante, tío —dijo Abbad—. Tengo que respetar eso.

—Claro —respondió Sai, rodando sobre su propia espada.

Otro destello, y Sai olió su cabello quemándose, pero el movimiento desvió lo suficiente la puntería de Abbad como para que el disparo pasara rozando sobre la cabeza de Sai. El vidrio se hizo añicos a la derecha, hacia el balcón. El llanto de Kaia también se escuchó, junto con pies golpeando fuerte el suelo.

Vana maldijo, fuerte. Eponi les gritó que corrieran.

Abbad empujó a Sai, pateando al espadachín en el costado para ganar unos centímetros más. Sai intentó ponerse de rodillas, sacar su pistola del tobillo. Sintió un cañón duro y caliente en su cráneo.

Luego lo sintió desaparecer cuando Renard se estrelló contra Abbad, lanzándolos a ambos en un bulto hacia la puerta. Sai echó un vistazo rápido hacia atrás, vio a Rovo empezar a venir hacia él. Detrás del novato, Raquel parecía estar siguiendo a Kashmal por una ventana rota del balcón y sobre el borde.

¿Simplemente se estaban lanzando a la muerte para evitar que Renard atrapara a Kaia? ¿Y dónde estaba Eponi?

Vana se levantó detrás de Rovo, luciendo frustrada y sangrando por un buen corte a lo largo de su cara.

—¡Detrás de ti! —gritó Sai, finalmente liberando su pistola.

Rovo se hizo a un lado y Sai disparó rápidamente, alcanzando a Vana por lo que parecía ser la tercera vez en ese chaleco protector. Esas cosas no podían aguantar golpes para siempre, y el tropiezo de Vana demostró que esta vez había sentido el calor.

—¡Vamos! —la voz de Eponi llegó a través de la ventana del balcón—. ¡Tenemos que irnos!

El objetivo. Kaia. Sacar a la chica de las manos de estos bastardos era más importante que cualquier otra cosa.

—¡Rovo, corre! —dijo Sai—. ¡Es una orden!

Quién sabía si las palabras tendrían algún significado para el novato, pero Sever Escuadrón enseñaba a sus miembros a leer la situación. Rovo sabría que no tenía ninguna posibilidad de llegar hasta Sai, sabría que la única opción-

El novato corrió, atravesó el salón a toda velocidad, pasó por la ventana abierta del balcón y saltó por el borde. Nadie se molestó siquiera en dispararle. Sai, aún sosteniendo su pistola sobre una rodilla, apuntó de nuevo hacia la puerta.

La patada de Abbad golpeó de nuevo, entumeciendo la mano derecha de Sai y haciendo que soltara su pistola.

—Una buena pelea, amigo mío —dijo Abbad—. Pero creo que esta ya ha terminado.

—Y no ha sido una pérdida total —añadió Renard, acercándose. La expresión cansada, magullada y enojada del hombre le dijo a Sai todo lo que necesitaba saber—. Es hora de tomar nuestro premio e irnos.

Un rehén por otro.

8

ABAJO Y ARRIBA Y ABAJO

El martillo silbaba mientras Gregor lo balanceaba una y otra vez, aplastando paredes, pisos y agentes. Gregor descendía causando desastres, retrasando la construcción del edificio por meses a través de pura devastación. Una ofensiva más limpia podría haber funcionado si Sever Escuadrón hubiera atacado la torre con toda su fuerza, pero con solo dos, Gregor dependía del caos para cubrirse.

Las nubes de polvo levantadas por los golpes del martillo ocultaban el siguiente golpe de Gregor y desviaban el fuego láser por los micrómetros necesarios para mantener fresca su armadura potenciada. Destrozar los pisos para pasar al siguiente mantenía los movimientos de Gregor impredecibles, evitando emboscadas y que los francotiradores pudieran apuntarle con precisión. Y los saltos ocasionales, usando los propulsores de su armadura potenciada, directamente a través del piso superior dejaban a escuadrones enteros tambaleándose.

Gregor no podía estar seguro de cuándo los agentes decidieron que huir era mejor opción que luchar, pero el fuego entrante disminuyó cuando Gregor golpeó a un desafortunado agente hacia el hueco central de la torre. Como si el grito de caída señalara una maniobra preplaneada, los agentes que aparecían por las esquinas salieron corriendo. El sonido de cristales rompiéndose resonó por todas partes mientras los que escapaban se abrían paso por cualquier medio necesario, dejando a Gregor jadeando sobre ese hueco, mirando a través de la luz del día nublada por el polvo hacia su compañera.

Aurora, abajo, continuaba disparando. Su rifle zumbaba con ráfagas precisas tras los agentes que huían. Una dedicación admirable a su destrucción. El visor de Gregor mostraba que no había amenazas en su área inmediata, y el hombre lo confirmó con una mirada circular. Sí, las paredes desmoronadas, los cables expuestos chispeantes y algunas tuberías reventadas escupiendo agua creaban una escena caótica, pero no quedaba ningún peligro real.

Ninguno de los dos confiaba en los ascensores después del estruendo en la torre, así que Gregor bajó al primer piso por una escalera demasiado estrecha a lo largo del costado del edificio. Saltando de un rellano a otro, y dejando grietas en las baldosas a su paso, Gregor hizo buen tiempo, entrando al vestíbulo para encontrar a Aurora, con el rifle enfundado, de pie e inmóvil.

—¿Tienen a la niña? —dijo Gregor.

Una pose como la de Aurora solía significar que la piloto de la armadura potenciada tenía su atención puesta en el mundo digital, jugando con la conexión de la muñequera de la armadura para enviar y ver mensajes.

—La tienen, pero hay un problema —respondió Aurora, su voz indicando que aún leía mientras contestaba—. Eponi está enviando los mensajes rápidamente. Se están enfrentando a más agentes. Y Sai ha sido capturado.

—¿Capturado? ¿Como Rovo?

—Un intercambio accidental —respondió Aurora—. Rovo está con ellos ahora. Junto con Kashmal y Kaia. ¿Alguien llamada Raquel también?

Gregor se encogió de hombros, la armadura zumbando mientras sus hombros metálicos obedecían. No conocía a ninguna Raquel, ni en este sistema ni en ningún otro.

—¿Qué hacemos? —dijo Gregor—. Alguien le contará a Renard lo que pasó aquí.

—Si encuentran otro lugar para esconderse, estaremos de vuelta en el punto de partida. —La frustración de Aurora se filtraba en su voz—. Deberíamos haber confirmado que Renard estaba aquí antes de atacar.

—Difícil de saber.

—Nos movimos demasiado rápido —dijo Aurora—. Ahora tenemos que cambiar el juego.

—¿Cómo?

—Eponi y los demás se dirigen hacia la *Prisa*. Podemos llevar a Kaia a órbita, asegurarnos de que esté a salvo mientras buscamos a Sai —dijo Aurora—. Sabemos que Renard quiere a la niña, así que eso es lo que usaremos.

Usar a una niña como cebo no le parecía a Gregor el mejor plan, pero no tenía uno mejor. Gillane Cuatro tenía demasiados lugares posibles donde Renard podría esconderse, y el hombre probablemente enviaría todo lo que tuviera tras la niña.

Es lo que Gregor haría. Sepultar al enemigo con tus números hasta conseguir lo que querías.

—¿De vuelta, entonces? —dijo Gregor.

—De vuelta.

Correr por las calles con la armadura potenciada, especialmente con el martillo gigante de Gregor, seguía pareciendo una mala idea. Juntos, el dúo subió golpeando los demasiados escalones hasta la plataforma de aterrizaje más baja. Aurora una vez más solicitó un transportador de carga, y los dos salieron pesadamente hacia la plataforma plateada en la brillante tarde dorada para esperar su transporte.

—Eso fue divertido —ofreció Gregor, mirando más allá del borde de Kaiyo hacia el horizonte del océano.

—Fue una masacre —respondió Aurora—. No estaban equipados para enfrentarnos.

—Menos mal.

—Significa que Renard no está tan avanzado en su revolución como pensé que estaría —dijo Aurora—. El hombre tiene que saber que la mayoría de los escuadrones de DefenseCorp tendrán acceso a armaduras potenciadas. Esos agentes no tenían picos EMP, no conocían nuestros puntos ciegos. El equipo de Tarla hizo un mejor trabajo en Wexer.

—La confianza puede crear debilidad.

Una declaración concisa, pero en la experiencia de Gregor, los más propensos a caer duro eran aquellos demasiado envueltos en su propio éxito presumido. Desde oficiales corruptos que creían que nadie se atrevería a hurgar en sus registros hasta objetivos de DefenseCorp demasiado vanidosos para pensar que sus mundos no podían ser borrados, la vida de Gregor había estado plagada de idiotas reacios a ver el fracaso y, por lo tanto, condenados a él.

En el exterior, la seguridad de Salinity comenzó a llegar. Motos de respuesta rápida, diseñadas para deslizarse a un metro sobre el nivel de la calle, transportaban dúos armados hacia la entrada destrozada del edificio. Alguien, aparentemente, había visto u oído la batalla en el interior y había hecho una llamada. Desde esa altura, a Gregor le resultaba divertido observar a las fuerzas policiales, puntos que se movían de un lado a otro, tratando de establecer un perímetro.

—Han cancelado el esquife de carga —dijo Aurora, iniciando la frase con una maldición—. Al parecer, Salinity ha cortado el espacio aéreo sobre el edificio.

—Un nuevo plan, entonces.

—No quiero arrastrar a la seguridad de Salinity todo el camino de vuelta a la *Prisa* con nosotros —dijo Aurora—. Si es eso lo que estás pensando.

—No —respondió Gregor—. Solo que necesitamos llegar a un edificio diferente. Uno que no estén vigilando.

Desde la plataforma de aterrizaje, con Kaiyo extendiéndose a su alrededor, varias opciones se perfilaban lo suficientemente cerca en los pisos inferiores. Un salto potenciado cinéticamente podría llevar la armadura de poder de una estructura a otra. Una jugada audaz, y una que necesitaría algo de ayuda.

Los trajes grandes y blindados volando por el aire tendían a atraer la atención.

Al volver al interior, los dos escucharon las órdenes ladradas por las fuerzas de Salinity que subían por la torre. Gregor calculó que tenían que bajar cinco niveles para llegar a un rango desde el que pudieran hacer el salto. Las escaleras funcionaron bastante bien para eso, aunque desde el primer salto estruendoso, las fuerzas de Salinity lanzaron alarmas.

—De todos modos no íbamos a permanecer ocultos —dijo Aurora mientras aceleraban el paso, ahora pateando los descansos tan pronto como aterrizaban—. Sigue moviéndote, ignóralos.

Eso se volvería más difícil cuando empezaran a disparar, pero Gregor mantuvo la boca cerrada, concentrándose en los saltos. Dejando de lado la huida, esto se sentía más divertido que cualquier cosa que hubiera hecho desde que luchó contra esos trajes invisibles en el *Nautilus*.

Irrumpieron en el nivel objetivo, uno que Gregor ya había dejado devastado en la pelea anterior. Aurora silbó mientras se acercaban pesadamente al lado con ventanas, mirando a través de una brecha considerable, con una caída de varios pisos, hacia el siguiente edificio.

—Hiciste un buen trabajo aquí arriba —dijo Aurora.

—Me divertí.

Ahora venía la parte difícil. Ambos Severs miraron la brecha. Las fuerzas de Salinity se acercaban, y con el ruido que habían hecho, cualquier ojo exterior estaría mirando hacia arriba. Necesitaban una distracción.

Gregor sacó una granada de fractura de la ranura de su armadura de poder. Aunque prefería acercarse con su martillo a lanzar bombas, Sai había hecho de estas cosas un artículo estándar para Sever hacía mucho tiempo.

—Tú primero —dijo Gregor—. Después de que yo lance.

Aurora asintió, se acercó a la ventana de piso a techo y agarró el marco. Tirando de las líneas oscuras entre el vidrio, la capitana separó el panel de su ranura. La ventana cayó sobre Aurora, haciéndose añicos al golpear su casco y cubriendo el suelo de fragmentos. Sin embargo, nada cayó al exterior. Ninguna pista se derramó sobre la calle.

Gregor lanzó la granada, condimentando el lanzamiento con energía cinética. Sus esfuerzos de limpieza con el martillo dieron fruto nuevamente, proporcionándole una línea directa a través del hueco hasta el lado opuesto del edificio. Un estallido crepitante llegó un respiro después, destrozando ventanas y los espacios inmediatamente arriba y abajo, daños esperablemente lejos de las fuerzas de Salinity que subían.

La capitana de Sever no esperó la señal de Gregor, sino que saltó cuando la explosión ondulante creció. Aurora voló por la ventana, encogiéndose, pero manteniendo sus pies hacia abajo, donde esos propulsores cinéticos harían su trabajo y absorberían la energía de la caída. Gregor empezó a moverse en esa dirección a continuación, cuando una segunda explosión destrozó el edificio, seguida de más estallidos, explosiones y estruendos. Como si de repente se hubiera encontrado en medio de un espectáculo de fuegos artificiales.

La armadura de poder se ajustó a la sacudida, las botas nivelando a Gregor mientras daba un paso tras otro hacia la ventana. No es que necesitara muchos, pero, mientras su visor comenzaba a sonar, el suelo a su alrededor se estaba desmoronando. Eso no tenía sentido: la granada de Gregor no era tan potente.

A la izquierda de Gregor, una tubería expuesta se estremeció, con tuercas y pernos saltando como pequeñas balas. La tubería se expandió y luego estalló, con fuego verde y naranja corriendo hacia la oficina. La respuesta inundó a Gregor junto con las llamas: la lucha anterior debió haber roto las líneas de servicios, empujando gases explosivos al aire libre. Había lanzado un gran fósforo a un edificio reducido a astillas.

Hora de irse.

Dando un largo paso, plantando su pie derecho en el borde de la ventana, Gregor activó los propulsores cinéticos de la armadura de poder y voló al espacio, con humo y llamas estallando detrás de él. Por un fugaz momento, el estómago de Gregor se le subió a la garganta mientras caía en el hermoso cielo de Gillane Cuatro. Por un fugaz momento, Gregor vivió ese delirante sueño de vuelo libre que ningún humano estaba destinado a tener.

Golpeó el objetivo y clavó su aterrizaje, destrozando paneles solares y haciendo trizas el silicio negro con la gruesa armadura de Gregor. Aurora lo atrapó con una mano estabilizadora, manteniendo a Gregor erguido. Su visor, sin embargo, miraba hacia atrás de donde venían. Gregor siguió la mirada, vio varios niveles envueltos en llamas. El edificio se sacudió, pero Gregor no creía que fuera a caer. No creía que hubiera miles de víctimas.

Eso esperaba.

—Tenemos que movernos —dijo Aurora—. Vendrán esquifes para apagar ese fuego, y no podemos dejar que nos vean.

La capitana tenía razón, como siempre.

Los dos corrieron por la azotea, haciendo lo posible por evitar pisar más paneles. Este edificio, más bajo y sin alcanzar del todo sus objetivos de forma de gota, terminaba en su lado opuesto con otro descenso de vidrio inclinado. Sin plataforma de aterrizaje, sin una manera fácil de bajar.

Y ningún otro edificio al alcance de un salto.

—Ningún esquife nos recogerá aquí —dijo Aurora, mirando hacia el suelo—. Puede que tengamos que abandonar la armadura.

¿Hacer un paseo de civil de vuelta a la *Prisa*, volver más tarde y recoger la armadura de poder? ¿Si es que seguía allí?

—Se darán cuenta de los paneles rotos —respondió Gregor—. No podemos abandonar nuestra armadura aquí.

—¿Entonces qué? ¿Quieres saltar una docena de pisos hasta el suelo, tener a toda una fuerza tras nosotros?

—No, usaremos eso —dijo Gregor, señalando el edificio a su derecha. Se elevaba por encima de su azotea y sí tenía plataformas de aterrizaje, incluyendo una un poco por debajo de su nivel—. Tomaremos nuestro transporte allí.

—Estás loco.

—No lo negaré.

Aurora llamó a la lista y se conectó con otro esquife de carga pilotado por IA. Este, sin embargo, lo especificó con los lados abiertos. Techo abierto. Una barcaza aérea plana destinada a mercancías de gran tamaño. La llamada se realizó y los dos esperaron, agachados bajo los paneles solares mientras un pequeño ejército de Salinity descendía sobre el edificio en llamas.

—Esto no se desarrolló como pensé —dijo Aurora mientras esperaban.

—Rara vez lo hacen.

—¿Me estás insultando o hablando en general?

—Lo segundo —dijo Gregor—. Aunque por esto es que no hago predicciones.

—Es difícil evitarlo si eres el capitán.

—Por eso no soy el capitán.

Aurora se rio y luego quedó en silencio. Gregor revisó su carga cinética y descubrió que la gran caída hasta el tejado había recargado todo lo que había gastado en el salto. Listo para otro salto, esta vez con un objetivo más pequeño.

—Ya está aquí —dijo Aurora—. O, mejor dicho, allí.

—Entonces vamos.

—Guía el camino, grandullón. Esta es tu idea.

Gregor no discutió. Se puso de pie, sobrepasando los paneles y exponiendo su armadura potenciada a la vista de cualquiera que estuviera prestando atención. Lo cual, considerando el desastre que se desarrollaba a una manzana de distancia, supuso que nadie lo estaba haciendo.

Tres pasos después, Gregor activó sus propulsores, se lanzó al aire y voló hacia un desafortunado esquife de carga.

9

RETIRADA TÁCTICA

El pobre sofá no se lo merecía. Eponi se agachó detrás del rígido mueble azul cuando el cuarteto de Renard y Rovo dejó claro que no habían venido buscando una taza de azúcar. Su líder, una mujer que Eponi no conocía pero que, según las descripciones de Aurora, parecía ser la agente de DefenseCorp Vana, eligió a la piloto como objetivo y las dos se enzarzaron en un vistoso duelo alrededor de una sala de estar destinada a pasar el rato y no mucho más.

Sai y su katana mantenían embotellada la salida del apartamento, y con Rovo demostrando que no se había vuelto completamente malvado, la primera impresión de Eponi sugería que la pelea debería ser una victoria fácil. No había forma de que Renard pudiera seguir el ritmo de la novata, y si Sai podía acabar con el maníaco risueño del fondo, podrían flanquear a Vana.

Pan comido.

Hasta que los malditos disparos empezaron a venir desde atrás. Eponi giró para esquivar un rayo de Vana, grabando otra marca negra en las paredes del apartamento, y recibió otra quemadura de destello sobre su hombro en movimiento. El sofá ardió lentamente cuando su cojín recibió el impacto, y una rápida mirada hacia la ventana del balcón a la espalda de Eponi mostró un agujero fundido. Francotiradores desde el otro lado.

Mirar hacia atrás le costó a Eponi la conciencia de su entorno: Vana aprovechó la ventaja, corriendo a lo largo del sofá para taclear a Eponi, empujando a la piloto contra la pared del apartamento. Eponi rebotó, dejando caer un trozo al suelo a su paso, el dolor de la contusión, y solo eso, en su hombro era una señal reconfortante de que el golpe no había roto nada. Girando para enfrentar a Vana, Eponi blandió su pistola como una bofetada de revés, apartando el disparo mortal de Vana antes de que la agente pudiera apretar el gatillo.

El golpe le compró un segundo de respiro, las dos frente a frente. Agente experimentada, piloto de karts experimentada. Una, una maestra letal del sigilo y diversos medios de asesinato; la otra, una bola de especias arrogante dispuesta a llevar los límites al extremo.

—No vas a ganar —dijo Vana—. Ríndete y te garantizo que vivirás.

—Lo siento, tengo problemas de confianza —respondió Eponi, lanzando su pie en una patada hacia el estómago de Vana.

La agente vio venir el movimiento y desvió el golpe con la mano que sostenía la pistola. Eponi intentó aprovechar la pausa para apuntar su propia pistola en un contraataque desequilibrado. Apretó el gatillo mientras Vana se abalanzaba hacia adelante, el disparo de Eponi volando alto y derritiendo uno de los gabinetes de la cocina de Kashmal. Vana golpeó a Eponi de lleno, esta última soltando su pistola en un agarre frenético para evitar que el arma de Vana consiguiera un ángulo desagradable en el costado de Eponi.

Renard cayó con fuerza al suelo a su izquierda, los taburetes del bar se estrellaron, y el viejo agente maldijo mientras Rovo lo seguía. Eponi aprovechó la distracción para girar y hacer tropezar a Vana, arrastrándolas a ambas a la sala de estar propiamente dicha, justo a la vista de esas malditas ventanas.

Vana, de espaldas sobre la alfombra, debería haber estado en problemas. Debería haber estado diciéndole a Eponi que se detuviera mientras la piloto echaba el puño hacia atrás. En su lugar, la agente contraatacó con más fuerza de la que Eponi esperaba, haciendo rodar a Eponi hacia la derecha y fuera de ella. La espalda de Eponi golpeó la alfombra -hilos de color crema de baja calidad y firmeza, a juego con el pésimo sentido del estilo de Kashmal- y esperaba que Vana la siguiera, hasta que otro disparo láser atravesó la ventana, justo sobre el pecho de Vana.

Justo donde había estado Eponi.

—Gracias por salvarme —dijo Eponi, poniéndose de pie.

—No hay de qué —respondió Vana, igualando el movimiento de Eponi y yendo directamente hacia la piloto, empujándola contra la puerta acristalada del balcón.

El francotirador tenía un tiro claro, y Vana tenía los brazos de Eponi inmovilizados, con su espalda plana contra el cristal. Eponi vio a los otros luchadores a su derecha, con Sai en el suelo y el hombre risueño con él. Rovo lanzó a Renard de vuelta hacia la puerta del apartamento, pero el novato no se movería lo suficientemente rápido para llegar a ella.

Raquel, sin embargo, sí lo hizo.

La jefa de seguridad de Salinity golpeó a Vana por detrás, una carga de hombro que presionó a Eponi contra la puerta debilitada por la explosión y la hizo añicos. Eponi cayó hacia atrás en el balcón, el cristal quedando atrapado en su ropa. Vana, sin embargo, se llevó la peor parte: su cabeza más alta se topó con un fragmento colgante, cortándole una larga herida. Raquel tropezó hacia atrás por el empujón, sacando una pistola, mirando hacia afuera y disparando por encima de la cabeza de Eponi.

Aparentemente, todos tenían sus propias amenazas que enfrentar.

Eponi lanzó una rodilla al estómago de Vana y la agente gruñó, propinó un puñetazo propio a la cara de Eponi, y luego rodó de vuelta al interior del apartamento. Hacia las pistolas. Eponi esperaba que el francotirador la golpeara en cualquier momento, pero Raquel continuó disparando, cada rayo naranja quemado zumbando sobre su cabeza hacia el tirador lejano.

A esa distancia, Eponi dudaba que los rayos pudieran causar un daño serio, pero no iba a decirle a la agente de Salinity que dejara de disparar. En su lugar, se levantó y vio una salida. Retirarse no era una táctica que le resultara fácil a Sever Escuadrón, pero con la reaparición de Raquel recordándole a Eponi el objetivo, sacar a Kaia de allí era lo primero.

La arquitectura de gota de Gillane Cuatro hacía mucho por el tema, pero poco por la función. Los edificios de apartamentos, como la mayoría de los otros en el planeta, iban de estrechos en la parte superior a anchos en la parte inferior, un diseño que ensanchaba los lados a medida que se descendía. El apartamento de Kashmal no era exactamente un ático, y debajo del balcón, el edificio se extendía, creando un tobogán curvo y algo empinado hacia el apartamento -y su propio balcón- de abajo.

Eponi levantó la vista rápidamente, siguiendo otro disparo de Raquel, y trazó la línea hasta un edificio al otro lado. El francotirador había abierto una ventana de oficina, una que ahora estaba llena de agujeros humeantes por el fuego de Raquel. Ya fuera porque Raquel había frito al tirador o lo había suprimido, los rayos ya no volvían en su dirección.

—¡Corran! —gritó Eponi—. ¡Kashmal, saca a Kaia de aquí!

Al escuchar su nombre, el padre de la niña demostró ser capaz de actuar con decisión, doblando la esquina con Kaia en brazos y uniéndose a Eponi y Raquel, cubriéndose ahora en el balcón. Vana, que debía tener las pistolas, se quedó dentro y no intentó disparar ni una vez cuando Kaia entró en escena. En su lugar, la agente intentó de nuevo que el grupo se rindiera.

Ni hablar.

—¿Correr adónde? —dijo Kashmal, ignorando las órdenes de Vana.

—Por el borde —respondió Eponi—. Como un tobogán. Le encantará.

Kashmal miró a Eponi como si estuviera loca, hasta que Raquel repitió la idea:

—Hazlo, Kashmal. Apunta al siguiente balcón de abajo.

—Están locas las dos —dijo Kashmal, sin moverse.

Eponi habría maldecido al hombre, lo habría tachado de imbécil por costarle la vida a su hija, cuando regresó el francotirador. El disparo resonó, atravesando directamente el hombro de Kashmal. El impacto le hizo gritar, le hizo desplomarse en el borde del balcón, con Kaia chillando junto a él. Raquel se dio la vuelta, devolviendo el fuego con la pistola. Rovo, demostrando que al menos alguien del Sever Escuadrón podía ganar hoy, irrumpió en el balcón con ellos.

—Coge a Kaia y salta —dijo Eponi, ya moviéndose para ayudar al padre de la niña.

Rovo, como buen novato, no cuestionó la orden. Siguió moviéndose, rodeó a Raquel y levantó a Kaia de los brazos cada vez más débiles de su padre. Con un brazo sosteniendo a Kaia, Rovo saltó por el borde del balcón y se dejó caer. Kashmal gritó tras ellos, una mezcla de pánico y dolor, un ruido que Eponi cortó cuando apretó al hombre, empezando a levantarlos a ambos sobre la barandilla del balcón.

—Estará bien —espetó Eponi—. Concéntrate, por favor.

Kashmal respondió con un gemido, pero encontró la fuerza para levantar las piernas. Mientras caían juntos, Eponi echó un vistazo hacia el apartamento destrozado. Raquel saltó por la barandilla junto a ellos, dejando a Sai como el último del grupo dentro. Eponi no podía verlo. En su lugar, Eponi captó la mirada sombría de Vana mientras rodeaba el balcón, viendo a su presa huir sin posibilidad de disparar.

Cualquier preocupación por Sai tendría que esperar un minuto, porque Eponi golpeó el lateral de cristal del edificio y se deslizó. La corpulencia de Kashmal lo alejó de ella mientras patinaban los pocos metros de un balcón al siguiente, aterrizando en un montón sobre un juego de patio ya arruinado por Rovo. El novato y Kaia ya se movían cuando Eponi aterrizó, saltando la barandilla y continuando el deslizamiento.

—Este es el peor día —murmuró Kashmal mientras Eponi le ayudaba a levantarse y pasar el borde.

—Estás vivo. Podría ser peor —dijo Raquel, con la pistola en alto y manteniendo la cobertura.

—No estoy tan seguro —replicó Kashmal, entonces Eponi lo empujó y lo vio caer.

—Sabes lo que haces con eso —le dijo Eponi a Raquel—. Gracias por la ayuda.

—Técnicamente, Kashmal es un empleado de Salinity —Los ojos de Raquel se entrecerraron hacia el balcón del que acababan de saltar, y disparó. La cabeza de Vana desapareció de nuevo tras la cobertura—. Es mi trabajo asegurarme de que esté bien.

Eponi quería preguntar si asegurarse de que un empleado sobreviviera realmente incluía contrarrestar asaltos de agentes de DefenseCorp, pero debatir minucias laborales no era la prioridad. Eponi saltó la barandilla, se deslizó de nuevo por el cristal —una sensación increíble, como un héroe de acción— y aterrizó en el siguiente balcón. Otro salto los llevaría al nivel del suelo, y significaría una caída de cuatro metros sobre piedra dura. Rovo comprendió el mal desenlace y saludó a Eponi desde dentro del apartamento del último balcón.

El novato, aún con Kaia en un brazo y con rasguños en un codo, había roto las puertas de cristal. Al apartamento no le gustó el movimiento, sus propias alarmas de seguridad pitando como una horrible banda sonora del momento. Al menos alguien había llenado el lugar de flores, que olían mucho mejor que la tela quemada en el piso de Kashmal.

El padre de Kaia finalmente reconoció lo correcto que debía hacer y se abalanzó, pasando a Rovo y dirigiéndose hacia la salida del nuevo apartamento.

—Pensé que no debería dar ese último salto sin armadura —dijo Rovo—. ¿Estás bien?

—¿Bromeas? Eso fue genial —respondió Eponi—. Estoy bien, aunque creo que Sai podría estar en problemas.

Rovo hizo una mueca, mirando hacia el techo del apartamento como si fuera a formarse una ventana mágica directa a la ubicación de Sai. Raquel se dejó caer junto a Eponi y empujó a la piloto hacia dentro.

—Tenemos que seguir moviéndonos —dijo Raquel mientras seguían a Kashmal hasta la puerta del apartamento —. No sé cuánta gente tienen viniendo tras nosotros.

—Muchos, sería mi suposición —dijo Eponi—. Dime que tienes algunas formas sigilosas de moverse por esta ciudad.

—¿Sigilosas? —dijo Raquel mientras entraban en el pasillo del apartamento y se dirigían hacia las escaleras.

Kashmal parecía un poco maltrecho, aunque ¿cuándo no lo estaba? Por lo demás, Eponi pensó que el grupo había escapado sin demasiados problemas. Mientras caminaban, Rovo insistía en que Vana y Renard no matarían a Sai, no si no tenían que hacerlo.

—Son grandes fans de todo eso de los rehenes —dijo Rovo—. Verán a Sai como alguien a quien utilizar.

—No les dirá nada —Eponi encontró las escaleras, vio que conducían al vestíbulo del edificio, un lugar con gente y muchos puntos donde un tirador podría apostarse—. Raquel, necesitamos otra salida de aquí.

—La entrada de servicio, tal vez —dijo Raquel—. Pero no tengo acceso a ella.

—¿Por qué no?

—¿Porque no trabajo aquí?

Eponi la miró fijamente.

—¿No es Salinity, como, dueña de este planeta?

Kashmal tosió, y algo rojo salpicó la suave alfombra azul. Ese golpe en el hombro del hombre debía ser peor de lo que

Eponi pensaba. Rovo tenía a Kaia girada para que la niña no lo viera, pero Kashmal necesitaba mejor atención médica de la que un pasillo de apartamento podía proporcionar.

—Somos dueños de la tierra, no de todas las estructuras sobre ella —dijo Raquel—. Tenemos una oficina cerca de aquí. Una que podría ayudarlo —Raquel agitó su pistola, frunciendo el ceño—. Pero no voy a llevar un tiroteo a uno de nuestros edificios.

Eponi asintió, consideró a Rovo sosteniendo a Kaia, y se decidió por un plan. Uno estúpido, pero un plan al fin y al cabo.

—No tendrás que hacerlo —dijo Eponi, odiando lo que estaba a punto de decir antes de decirlo—. Los alejaré, luego vosotros id en la otra dirección.

—Eponi —dijo Rovo—. ¿Por qué te seguirían a ti cuando van tras Kaia?

—Tú lo has dicho. Quieren rehenes. Puede que no los atrape a todos, pero debería daros algo de tiempo.

—Pero...

—Novato, quédate en tu carril —dijo Eponi—. Raquel, siento dejarte con estos dos, pero ya sabes cómo va esto.

—En realidad, no lo sé —respondió Raquel.

—Entonces, ¿sorpresa? —dijo Eponi—. Dadme veinte. Cuando oigáis el estruendo, haced vuestra escapada.

La piloto bajó las escaleras con una prisa controlada, tocando cada escalón y pasando al siguiente, con los ojos escudriñando la multitud del vestíbulo. Unos cuantos mirones, hablando sobre los disparos láser del exterior, se mezclaban con un robot de limpieza y un guardia de seguridad con los ojos desorbitados que gritaba como loco en su muñequera. Nadie prestaba atención a la mujer que atravesaba el vestíbulo, aunque una mirada más cercana habría revelado los fragmentos de vidrio incrustados, los desgarrones en su ropa y una seguridad arrogante que sugería que no pertenecía a estos apartamentos.

Eponi buscó y encontró, en cuestión de segundos, su opción. Las calles de Kaiyo no tenían vehículos —las naves se mantenían en el aire, las aceras eran solo para peatones— pero había robots en abundancia. Las máquinas realizaban el trabajo pesado de la ciudad, moviéndose sin prestar atención al tiroteo de arriba. Uno de ellos, aparentemente limpiando los adoquines color crema que componían esta sección de Kaiyo, le dio a Eponi la oportunidad que necesitaba.

Los francotiradores que vigilaban desde arriba contuvieron el fuego. Tal vez aún no habían pensado en mirar hacia abajo. Pero lo harían eventualmente. Eponi tenía que forzar la situación. Tenía que hacer que se enfocaran en ella.

Eponi se acercó al robot, una cosa cilíndrica verde-negra con una base ancha cubierta de cepillos que zumbaban sobre los adoquines. Eponi respiró hondo y empujó la máquina para voltearla. El aparato tenía peso, pero Eponi tenía ventaja y suficiente entrenamiento de fuerza para lograr el trabajo.

El robot de limpieza golpeó las piedras con un estruendo metálico, un sonido que hizo lo que los sonidos han hecho desde que los humanos erigieron grandes edificios en corredores de vidrio y acero: resonar. Uniéndose a las secuelas del estrépito, el robot añadió su propia alarma, una diseñada para atraer a la seguridad y atrapar al entrometido que acababa de declarar la guerra robótica al limpiador de adoquines. Ese ruido también rebotó en los edificios de cristal.

Las cabezas ya atraídas por los sonidos anteriores del tiroteo se asomaron por los balcones, pegaron sus ojos a las ventanas para ver si el día traería aún más caos a la sofocante y pacífica existencia de Gillane Cuatro. Eponi pensó que un poco de acción le vendría bien al planeta, pondría a latir algunos corazones, y tuvo que luchar contra una sonrisa amenazante cuando vio esas miradas sobre ella.

Como ser famosa otra vez.

Entonces echó a correr, esperando que la muerte la siguiera.

10

EL LARGO CAMINO A CASA

La explosión que Eponi había propuesto no fue realmente gran cosa —el sonido se filtró a través del vestíbulo del edificio como un débil chasquido—, pero el cuarteto aprovechó la oportunidad que tenían. Con Rovo cargando a Kaia y Raquel ayudando a Kashmal a avanzar en la delantera, evitaron el vestíbulo y continuaron por el pasillo hacia el lado opuesto del edificio. La última escalera allí conducía a una salida de emergencia designada, con advertencias de alarmas que se activarían al abrir la puerta.

—Es lo mejor, en realidad —dijo Rovo cuando Raquel vaciló—. Hay un tiroteo arriba, Eponi probablemente esté siendo acribillada en la calle. Cuanta más confusión, mejor.

—Podría haber heridos —dijo Raquel mientras Kashmal, sin aportar nada útil en absoluto, seguía quejándose del disparo en su hombro—. Mi trabajo es mantener a salvo a la gente de este planeta.

—A largo plazo, lo estás haciendo al mantenernos con vida —sugirió Rovo. La mirada escéptica de Raquel acabó con ese argumento, así que Rovo cambió de táctica—. ¿Qué tal esto, entonces? Si no abrimos esta puerta, tendremos que volver a ese vestíbulo, donde nos atraparán, Kaia estará en problemas y tú probablemente morirás de todos modos.

Eso, al menos, resultó más persuasivo. Raquel, haciendo una mueca todo el tiempo, empujó la pesada puerta para abrirla. Se derramaron en una calle lateral, donde los adoquines color crema proporcionaban unos pocos metros entre imponentes torres con forma de gota. Mientras que las avenidas principales tenían sus lados repletos de tiendas y cafés, los característicos contenedores de basura aquí mostraban un espacio que no estaba destinado a ser visto, oído ni explorado.

—Puaj —dijo Kaia, pellizcándose la nariz en una respuesta sensata al hedor a moho que flotaba en el aire.

—No es mi mejor atajo —concordó Rovo.

Detrás de ellos, la alarma del edificio estalló en una cadencia estridente, un sonido molesto que Rovo se sintió más que feliz de dejar atrás. La pequeña calle, que no estaba abarrotada, se vació aún más cuando la gente notó la herida sangrante de Kashmal y decidió que no era el momento de jugar a ser héroes, médicos o incluso simples curiosos. Rovo se percató de cómo se escabullían, cómo se escondían.

—¿Qué pasa con este lugar? —le preguntó a Raquel mientras avanzaban, pegándose lo más posible al edificio del otro lado—. ¿Nadie quiere ayudar?

—No es su trabajo —respondió Raquel—. Sabes tan bien como yo que si alguien está herido como Kashmal, hay dinero de por medio. Nadie recibe un disparo así por accidente.

Y nadie quiere verse envuelto en problemas ajenos. Rovo se sacudió el amargo sabor que eso le dejó en la boca. La galaxia estaba llena de tanto cinismo, tantos valores basados en el dinero que se podía ganar. El Sever Escuadrón había ayudado a Kaia a salir de Dynas, había ayudado a los Talpa sin la promesa de un pago, pero, si Rovo era honesto consigo mismo, él había sido el defensor de ambas cosas.

¿Un novato ingenuo? Tal vez, pero Rovo no estaba dispuesto a vender su alma solo por dinero.

Todavía no.

—La oficina está por aquí —dijo Raquel cuando pasaron una manzana sin persecución evidente—. Podremos conseguir una nave de Salinity allí.

—¿Para ir adónde?

—A un lugar que huela un poco mejor —respondió Raquel—. Que no sea tan fácil de encontrar para tus enemigos.

—¿Y luego qué?

—¿Es lo único que haces? —dijo Raquel, lanzando una mirada a Rovo mientras salían de la callejuela y entraban en una plaza dominada por una triple fuente, dirigiéndose en diagonal hacia una ventana en la planta baja que lucía el logo de Salinity en neón azul—. ¿Hacer preguntas?

—Por el momento, sí.

A pesar de la respuesta, Kaia impidió que Rovo hiciera más preguntas. La pequeña, aún agitada por lo ocurrido en el apartamento, aparentemente sintió que el peligro inmediato había pasado y aprovechó la oportunidad para bombardear a Rovo con sus propias exclamaciones y preguntas. Lo más importante para Kaia era cómo Rovo había terminado en su apartamento en primer lugar.

Había mil explicaciones que Rovo podría haber hilvanado para responder a esa pregunta, pero mentirle a una niña, especialmente a una que figuraba como el objetivo principal de un grupo grande y mortífero, parecía incorrecto. Así que Rovo desenredó la historia mientras cruzaban la plaza, mientras Raquel los conducía a través de una oficina poco concurrida y los sentaba en una sala de conferencias vacía mientras ella iba a buscar algún transporte.

Rovo concluyó la aventura cuando un amable bot les trajo agua al grupo, junto con vendas ligeras para Kashmal. Dejando que Kaia jugueteara con su propia hidratación, Rovo se puso a trabajar en su padre.

—Gracias —dijo Kashmal mientras Rovo terminaba de aplicar los ungüentos para quemaduras y los vendajes. El disparo parecía grave, la piel alrededor del impacto ennegrecida por el calor, pero comparado con el disparo en el pulmón que Rovo había recibido en el *Nautilus*, Kashmal no debería tener demasiados problemas—. Sé que te di muchos dolores de cabeza en aquel entonces, pero...

—No te preocupes por eso —interrumpió Rovo a Kashmal, sin querer escuchar al hombre hacer alguna disculpa. Nada de lo que Kashmal pudiera decir compensaría haber encerrado a Kaia en una habitación diminuta durante años, y Rovo no tenía la energía para preocuparse—. Mantén presión sobre la herida. Este no es exactamente un tratamiento médico de primer nivel.

Kashmal captó la indirecta y mantuvo una mano allí. Luego llamó a su hija, quien se acercó dando saltitos para mostrar el vaso con el logo de Salinity que había estado usando para beber agua. Balanceando a la niña en su regazo, Kashmal comenzó a cantar suavemente una canción, a la que Kaia se unió después de un verso. El momento pasó rápidamente de ser tierno a incómodo, con Rovo sintiéndose como un intruso en una familia de la que definitivamente no formaba parte.

El baño resultó ser un escape digno, y Rovo pasó tiempo en el lavabo, atrayendo miradas ocasionales de la multitud de la oficina de Salinity que entraba y salía a su alrededor. Lavándose la sangre de Kashmal de las manos, sacándose trozos de vidrio del cabello y enjabonándose las quemaduras de la piel por deslizarse por el edificio de cristal, Rovo pasó de parecer un extra de una película de desastres a un ser humano real, aunque desesperadamente necesitado de ropa nueva.

—Míralos —dijo Raquel cuando Rovo la encontró fuera de la sala de conferencias, observando a Kashmal y Kaia jugar; el primero rígido pero sonriente, la segunda usando la mesa y las sillas de la sala como una pista de obstáculos por conquistar—. Es casi como si no los hubieran atacado hace una hora.

Rovo intentó calibrar el tono de las palabras. ¿Estaba Raquel diciendo que no se lo estaban tomando en serio, o admirando su capacidad para ignorar la realidad en favor de divertirse un poco?

—No soy un experto —probó Rovo con una postura neutral—, pero no creo que una niña como Kaia vaya a lidiar bien con el pánico.

—¿No eres un experto? —Raquel miró de reojo a Rovo —. Ciertamente la recogiste rápido. La abrazaste fuerte durante la huida.

—Es una niña de cuatro años. ¿Qué más se suponía que debía hacer?

—No necesitas ponerte a la defensiva —Raquel esbozó una sonrisa evasiva—. Solo digo que lo hiciste bien, eso es todo.

—¿Gracias?

Raquel asintió, se apartó de la ventana y señaló hacia la sala de descanso de la oficina.

—Sé que es tarde, pero dado lo que acabamos de ver, ¿te apetece un café?

Rovo supuso que él y el sueño tendrían una relación tenue hasta que se resolviera el asunto de Vana, Renard y sus agentes, así que aceptó la oferta de Raquel. Al entrar en el espacio corporativo achaparrado, adornado con avisos de deportes en equipo y horarios de limpieza del refrigerador, Rovo se dio cuenta de que la última vez que había estado en una sala de descanso como esta, flotaba sobre su mundo natal, llenando formularios y viendo pasar las horas lentamente.

Tomando la taza ofrecida y dándole un buen sorbo, Rovo recordó por qué no extrañaba tanto las salas de descanso: el café, a pesar del agua perfecta de Salinity, sabía aguado e insípido.

—¿No es lo tuyo? —Raquel notó la mueca de disgusto de Rovo.

—Normalmente lo tomo más fuerte —dijo Rovo, y cuando Raquel se volvió hacia la máquina burbujeante, le puso una mano en el brazo—. Por favor, está bien así. Volvamos.

Raquel miró esa mano ofensiva, que Rovo retiró, y juntos regresaron a la sala de conferencias. La pulsera de Raquel había vibrado durante la pausa para el café, informándole que su esquife designado había llegado, así que el cuarteto se apresuró hacia el ascensor de la oficina, subió a un nivel marcado para recogidas y saltó a la nave de burbujas agradables con la marca de Salinity.

Kaia convirtió un viaje que habría sido aburrido en una fiesta de sonrisas, señalando cada pequeña torre por la que pasaba el esquife mientras su piloto robótico los llevaba a su destino. En cuanto a dónde era eso, Raquel no lo diría. No quería arriesgarse a que alguien los escuchara.

—¿Crees que es posible? —dijo Kashmal.

—Estuviste en Dynas, con Helix vigilando cada uno de tus movimientos —respondió Rovo—. Sabes que es posible.

—Ah, cierto.

Debajo de ellos, el paisaje urbano de Kaiyo dio paso al océano profundo mientras el esquife se lanzaba hacia el objetivo de Raquel. El cielo azul sobre ellos, con sus nubes esponjosas, se oscureció a medida que la tarde se inclinaba hacia el crepúsculo, con la estrella blanca de Gillane Cuatro hundiéndose en el horizonte detrás de ellos. Sin los edificios captando su atención, los ojos de Kaia se volvieron pesados y se acurrucó junto a su padre, quien se unió a ella en una siesta una vez que Raquel confirmó que el vuelo duraría un tiempo.

El café y la preocupación persistente por Eponi y Sai mantuvieron a Rovo despierto, y pensó que podría volverse loco si tenía que sentarse en silencio, así que se volvió hacia Raquel, quien observaba el progreso del esquife en la consola central, y fue con la única pregunta que pudo encontrar:

—Entonces, ¿cómo llega alguien a ser el jefe de seguridad de Salinity?

—Largas horas y semanas aún más largas —respondió Raquel—. Quizás sea difícil de creer, pero la mayoría de mis días no implican tiroteos por toda la ciudad. En cambio, hay formularios que llenar. Visitantes y empleados a los que hacer verificaciones de antecedentes.

—¿Y no encontraste nada con este tipo? —Rovo asintió hacia atrás.

—Kashmal tiene grandes cualificaciones —dijo Raquel—. Lo recuerdo porque no recibimos muchos ex investigadores de DefenseCorp. Llamamos a su principal referencia, una mujer, creo, que dijo que Kashmal salvó todo su proyecto. Difícil decir que no a eso.

—Lo salvó sacrificando a su hija.

Los ojos de Raquel destellaron.

—Eso no salió a relucir en la entrevista.

—Qué sorpresa.

—Estás lanzando mucho calor para alguien que entró con las personas que intentaban lastimar a esa niña.

—No tuve mucha elección —respondió Rovo—. Iban a entrar de todos modos. Al menos así ayudé. Un poco.

Mientras hablaba, Rovo se encontró perdido en el momento. Había pasado tanto tiempo desde que tuvo una conversación con alguien que no intentaba usarlo, matarlo o trabajar con él para usar o matar a alguien más. Su instinto lo empujó a buscar un ángulo con Raquel, inclinarla hacia algún objetivo, pero ¿cuál sería ese?

Ella los estaba llevando a un lugar seguro, y una vez que aterrizaran, Rovo intentaría encontrar la *Prisa*, ponerse en contacto con Aurora y Gregor. Armar un plan. Sever continuaría la lucha.

Pero ahora mismo...

—Entonces, ¿ustedes los de DefenseCorp realmente vienen de algún lugar, o salen completamente formados con un rifle en las manos de alguna cuba? —preguntó Raquel.

—Definitivamente la cuba —Rovo se rio, suavemente para no despertar a Kaia—. A DefenseCorp le encantaría eso, en realidad.

—No lo dudo —dijo Raquel—. No miento cuando digo que no vemos muchos ex DefenseCorp. Esa organización te mata. Salinity quería contratar con ellos cuando asumí el cargo, dijeron que sería más barato. ¿Sabes por qué no lo hicimos?

—¿Porque te quedarías sin trabajo?

Raquel puso los ojos en blanco.

—No, porque si lo hubiéramos hecho, este planeta ya no

sería nuestro —Al ver la confusión de Rovo, Raquel continuó—: Rovo, DefenseCorp sigue diciendo que están proporcionando protección neutral para la galaxia. Lo que están haciendo es atrapar a todos bajo sus armas. ¿Qué sucede cuando no queda nadie dispuesto a valerse por sí mismo?

—¿Así que tú y una empresa de agua son la resistencia?

—Alguien tiene que serlo.

Rovo, al menos, no podía discutir eso.

11

ESPECTÁCULO DE FUEGOS ARTIFICIALES

La barcaza de carga los dejó en la *Prisa*, bajo cielos de un púrpura oscuro, con un frío más desagradable proveniente del borde de Kaiyo. Aurora no había captado ningún mensaje por la banda del escuadrón, nada de Sai y Eponi sobre su persecución de la chica. Ese silencio se fue acrecentando mientras los dos inspeccionaban la bahía alrededor de su nave, realizando escaneos con los visores de sus armaduras de combate para asegurarse de que los agentes no hubieran plantado bombas u otras formas más sutiles de sabotaje.

—Todo despejado —dijo Gregor, tocando el cierre del montante frontal de la *Prisa* para bajar su rampa de abordaje—. Buen combate allá atrás.

—Lo mismo digo —respondió Aurora—. ¿Quieres desacoplarte? Yo vigilaré aquí fuera.

La *Prisa* apenas tenía espacio para un miembro del escuadrón con armadura de combate en sus pasillos, y mucho menos para dos. Si ambos entraban y alguna fuerza de agentes los seguía, Aurora y Gregor quedarían atrapados sin mucho margen de maniobra.

—¿Paranoica? —bromeó Gregor mientras la rampa golpeaba el suelo de la bahía con un ligero golpe.

—Con los agentes, siempre.

La bahía de la *Prisa* mantenía el tradicional techo abierto alrededor de un recinto circular destinado a naves ligeras como la suya. Paredes arqueadas rodeaban la nave, listas para desplegar una cúpula en caso de mal tiempo, desastre o para evitar que la *Prisa* se marchara después de ganarse a los enemigos equivocados. Dispersos por el exterior del círculo estaban los tradicionales robots de reparación, mecanismos de repostaje —para naves que no dependían únicamente de la energía solar— y taquillas de pago por uso llenas de equipamiento y refrescos. A diferencia de Wexer, Gillane Cuatro tenía el dinero y la motivación para tratar bien a sus visitantes.

Desafortunadamente para Gillane Cuatro, Sever Escuadrón no era precisamente un invitado civilizado.

Gregor acababa de subir por la rampa de abordaje cuando el canal de Sever crepitó y la voz de Eponi resonó en el oído de Aurora:

—¡Eh, eh! ¿Hay alguien en casa? ¡Esta chica podría usar algo de ayuda!

Aurora dirigió rápidamente su mirada hacia la puerta del muelle de atraque, sin ver nada.

—Gregor y yo estamos en la *Prisa*. ¿Dónde estás tú?

—¡Yendo hacia allá! —La respiración agitada de Eponi se escuchaba entre las palabras. Debía estar corriendo a toda velocidad—. ¿Adivina qué apesta?

Aurora parpadeó. No sabía cómo responder a eso.

—¡Correr por toda una ciudad con gente disparándote!

—¿Intentaste dispararles de vuelta? —dijo Gregor, su voz llegando a través de la transmisión. Un ruido metálico detrás de Aurora anunció que el hombre del martillo tampoco se había quitado su armadura de combate aún—. He descubierto que eso ayuda.

—Si quieres venir a disparar, no me voy a quejar —respondió Eponi—. Estoy a punto de subir a la cápsula, y sería genial si no me pegaran un láser entre los ojos cuando baje.

—No lo harán —aseguró Aurora.

Gregor no necesitó la orden para ponerse en movimiento. Abandonando cualquier pretensión de mantener las cosas en silencio, los dos miembros de Sever corrieron desde la bahía de la *Prisa*, apresurándose con sus armaduras de combate a través de la gran plataforma de atraque hacia las cápsulas que llevaban a Kaiyo en el extremo más alejado. Las cosas no estaban tan ajetreadas como antes durante el día, con la gente acomodándose en sus naves o saliendo a la ciudad para pasar la noche, dejando a los robots y los últimos transportistas de carga boquiabiertos ante el par fuertemente armado que golpeaba los adoquines.

Nadie en su sano juicio haría otra cosa que observar al peligroso dúo.

Nadie excepto la seguridad de Salinity y su escuadrón demasiado estúpido.

Aurora no podía culpar a los diez guardias que se orientaban hacia ellos, con al menos dos gritándoles que se detuvieran. Ganaban dinero para mantener seguras las bahías de atraque, para asegurarse de que los comerciantes pudieran hacer su dinero sin ser alcanzados por láseres. La fuerza de Salinity probablemente pasaba sus días lidiando con peleas menores, con recomendaciones de restaurantes o la ocasional negociación sobre alguna tarifa de atraque.

Aunque llevaban pistolas y esposas aturdidoras, los diez que convergían hacia Aurora y Gregor no tenían nada que los visores de las armaduras de combate clasificaran siquiera como una amenaza. En su lugar, con los civiles dispersándose ante su acercamiento, Aurora y Gregor se apostaron en el punto de descarga de la cápsula y se giraron para saludar a aquellos defensores de la ley.

—Les sugiero que se vayan —dijo Aurora al primer patrullero que se le acercó. El hombre había sido inteligente hasta ahora, sin sacar su pistola a pesar del gran rifle de Aurora. Eso indicaba que sabía que cualquier pelea real aquí no terminaría bien—. Intentaremos minimizar los daños, pero esto es asunto de DefenseCorp.

—No me importa de quién sea el asunto —respondió el patrullero mientras sus compañeros rodeaban la plataforma de la cápsula. Algunos, sabiamente, seguían instando a los curiosos a alejarse más y más—. Este es territorio de Salinity, y Kaiyo está bajo las regulaciones de Salinity, lo que significa que no pueden tener un arma como esa a la vista.

Aurora intentó pensar en una manera de decirle al oficial que no iba a conseguir lo que quería sin iniciar una pelea. Si Eponi tenía gente persiguiéndola, lo último que Aurora necesitaba era estar golpeando a la seguridad local mientras el verdadero enemigo les disparaba libremente a su escuadrón.

—¡Hola! —La voz de Eponi crepitó por la banda del escuadrón, más clara ahora que se acercaba—. Parece que los matones de Renard no quieren disparar a gente al azar, pero están subiendo a la cápsula conmigo. Creo que algunos también están en aerodeslizadores. Estoy, eh, desarmada.

Por supuesto que lo estaba.

—Esto es lo que va a pasar —dijo Aurora al patrullero—. Viene una cápsula en esta dirección que trae problemas por todas partes. Cuando llegue, las cosas se van a poner feas aquí. Sus oficiales y toda esta gente están en riesgo. Hágalos volver a sus bahías, dígales que cierren las puertas. La pelea no durará mucho, lo prometo.

—No lo hará —añadió Gregor, desenfundando el gigantesco martillo de su soporte trasero.

El martillo, quizás, infundió más sensatez en las fuerzas de Salinity que las palabras de Aurora. Simplemente no se veía un arma así y se asumía que lo que estaba sucediendo encajaba en la narrativa habitual. Aurora podía ver al patrullero tratando de encontrar una salida, intentando averiguar cómo podría preservar su autoridad sin que él y su gente fueran masacrados.

—Están en desventaja —dijo Aurora—. Váyanse, busquen refugio y pidan refuerzos. Esa es la jugada inteligente. Mantengan a su gente a salvo.

Los ojos del patrullero se desviaron hacia sus compañeros, que lo miraban fijamente. Si Aurora tuviera que evaluar sus actitudes, clasificaría a todo el grupo como *propenso a huir*. —No puedo simplemente...

—Puede y lo hará —interrumpió Aurora al patrullero, sin dejarlo tomar impulso—. Yo lo he hecho. Muchas veces. No hay nada de malo en buscar una mejor posición táctica.

Eso último dio en el blanco. Aurora logró conectar con el patrullero en un nivel que él deseaba: colegas en un conflicto por encima del tedio cotidiano que había dominado su carrera. Después de esto, si Aurora aún trabajara para DefenseCorp, habría recomendado al patrullero que se alistara. Que dejara los aburridos deberes por algo más emocionante.

Pero no ahora. La cápsula había dejado Kaiyo, sus luces de aproximación flanqueadas por varias otras. Esquifes volando cerca, siguiendo el ritmo del coche. El patrullero finalmente siguió el consejo de Aurora, ordenando a su grupo que se retirara y se llevara consigo a la multitud curiosa. Afortunadamente, no había demasiados mirones aquí, y ante la perspectiva de violencia real, los transeúntes se dispersaron junto con los oficiales.

Dejando a Gregor y Aurora solos para observar el acercamiento.

—Estamos listos para ti —envió Aurora de vuelta a Eponi—. ¿Alguna idea sobre los números?

—Muchos, y están enojados —respondió Eponi—. Espero que estén listos para algo de diversión hoy.

—Ya tuvimos algo —dijo Gregor—. Pero siempre estoy buscando más.

Con la casual sed de violencia de Gregor declarada, el dúo de Sever Escuadrón se alejó de las luces de la plataforma hacia las relativas sombras. Gregor tenía su martillo listo, mientras Aurora levantó su rifle, apuntando a uno de los esquifes.

—¿Estás segura de que cada esquife ahí fuera es enemigo? —preguntó Aurora.

—He estado esquivando sus disparos durante una hora —dijo Eponi—. Sería muy agradable si alguien les devolviera el fuego.

Aurora se preguntó, ante ese comentario, cómo las fuerzas de seguridad de Salinity no habían hecho ningún intento de eliminar a los agentes. Uno pensaría que querrían destruir una fuerza hostil merodeando por Kaiyo, pero Renard tendía a tener sus dedos viscosos en todo. Tal vez había comprado a Salinity, o los había amenazado con algo peor.

De cualquier manera, Aurora apretó el gatillo. Una y otra vez.

Rayos de zafiro salieron disparados del rifle, ajustados por Aurora para disparar más calientes. Obtendría menos disparos por paquete de energía, pero los láseres tendrían una mejor oportunidad de penetrar el casco de un esquife.

Lo cual estos láseres hicieron con aplomo. A cien metros de distancia —según el alcance mostrado en el visor de Aurora— los esquifes, acercándose rápidamente con la cápsula, se estrellaron directamente contra los disparos de Aurora. Los rayos golpearon el esquife líder, una cosa ovalada que, aunque difícil de distinguir en la oscuridad, parecía tener media docena de asientos en su interior, y lo enviaron en espiral hacia abajo y lejos. El humo brotaba de su frente mientras los pilotos luchaban por recuperar el control.

Aurora no observó el descenso, sino que levantó su rifle ligeramente para alcanzar el siguiente. Los esquifes se percataron del ataque y comenzaron a danzar, desviándose ampliamente mientras Aurora mantenía los disparos. Una torreta, con sus ajustes más lentos y su apuntado más complicado, habría tenido dificultades para alcanzar los esquifes. Aurora, con su armadura potenciada ayudándola a ajustar su puntería, se concentró en el esquife de la izquierda y lo hizo bailar entre sus rayos, cada disparo dándole al esquife menos tiempo para esquivar mientras se acercaba a la cápsula. Cosiendo el fuego entre dos lados cada vez más estrechos obligó al esquife a subir o bajar.

—Elige —murmuró Aurora, lanzando un disparo justo en el centro.

El esquife subió, rompiendo su línea con la cápsula y exponiendo su vientre para que Aurora lo golpeara. Sin la trayectoria directa, el esquife no podía esquivar de lado a lado tan ajustadamente, y Aurora trazó el ascenso con suficiente fuego para asestar dos golpes sólidos en el centro del esquife. La nave se estremeció, como un pájaro tratando de ajustar su ángulo en pleno vuelo, luego se inclinó en un picado directamente hacia el centro de la plataforma de atraque.

—¿Gregor? —llamó Aurora.

—Me encargo.

Usando sus propulsores cinéticos, Gregor dio un salto en carrera hacia el aire, dirigiéndose directamente hacia el esquife en picada. Mientras volaba, Gregor balanceó su martillo, sincronizando el golpe para impactar el esquife en caída. Con un estridente y desgarrador estruendo, el martillo golpeó, tal vez a diez metros sobre sus cabezas. El casco fracturado del esquife se rompió con el impacto, expandiéndose y enviando piezas dispersas al suelo. Sus baterías, con su cuidadosa estructura destrozada, estallaron en un fuego verde y crepitante que iluminó el espacio como un ácido fuego artificial.

La explosión lanzó a Gregor de vuelta al suelo, donde rebotó en las piedras con un gruñido pesado. La explosión, sin embargo, no rompió ventanas. No hizo explotar el combustible de repuesto que colgaba alrededor de las bahías ni arruinó los puestos de los comerciantes cerrados hasta la mañana siguiente. Un desastre, sí, pero no uno catastrófico.

Aurora dirigió su atención al esquife final, fácil de hacer ya que la cosa había bajado su techo, liberando a los agentes en su interior para desatar su propio fuego de rifles y —mierda— cohetes. La capitana de Sever Escuadrón se lanzó hacia la izquierda, cerca de un centro de bienvenida cerrado y su oscuridad protectora, cuando un misil explotó en el lugar donde ella había estado, esparciendo adoquines por todas partes.

Que Renard hubiera autorizado artillería para estos agentes significaba que el hombre había cambiado las apuestas. Ya no era esta una pelea en las sombras. Vana y Renard querían una guerra abierta, con Gillane Cuatro como campo de batalla.

A Aurora no le gustaba la idea, pero si los dos querían una pelea, la tendrían.

Expulsando su paquete de energía gastado, Aurora siguió moviéndose mientras el esquife la seguía. El fuego de rifle salpicaba sus pasos resonantes, y dos rayos la alcanzaron, quemando su brazo y hombro derechos. Las defensas de la armadura potenciada mantuvieron a raya cualquier cosa seria, pero cada impacto disminuía sus capacidades deflectoras. Eventualmente, un disparo se fundiría, abrasando la piel y el hueso de Aurora.

Aurora fingió ir hacia la izquierda, hacia la cápsula y sus ocupantes en fuga, luego rodó a la derecha cuando otro cohete se estrelló donde habría estado. Deslizando el nuevo paquete de energía mientras salía del giro, un movimiento que la armadura potenciada hizo profundamente poco agraciado, pero aún efectivo, Aurora apuntó al esquife y lanzó nuevos disparos.

Renard tenía un buen piloto para este, sin embargo. El esquife aceleró sus motores y pasó sobre Aurora, obligándola a girar con él, luego a lanzarse lejos cuando su giro reveló al lanzacohetes dentro apuntando otra ronda.

—¿Alguna ayuda por aquí? —llamó Eponi—. ¡Estoy un poco superada en número!

Gregor gimió, todavía recuperándose de la explosión de la lancha, lo que dejó a Aurora. Una mirada dura hacia la cápsula mostró a Eponi enfrentándose a un trío de agentes. La piloto se movía como una abeja, saltando de uno a otro en un esfuerzo por evitar que alguno encontrara un tiro con sus pistolas. Sin embargo, los agentes estaban captando la idea, retrocediendo mientras desviaban los ágiles golpes de

Eponi y ganando espacio. Pronto tendrían a Eponi atrapada en el centro, inmovilizada y lista para ser asada.

Activando los impulsores cinéticos de la armadura de poder, Aurora saltó mientras la lancha llovía más fuego a su alrededor. El salto la elevó cuatro metros, la llevó a la plataforma y le dio tiempo a su rifle para alinear un disparo. Apretó el gatillo al aterrizar, abrasando al agente más cercano con un rayo azul y enviándolo humeante al suelo.

Eponi aprovechó la oportunidad, forcejeando con el agente más cercano a ella y enviándolo jadeando al suelo con un fuerte codazo en la garganta. El tercero, viendo a Aurora acercarse, huyó hacia las sombras.

—¡Corre! —dijo Aurora a la piloto.

—¡Con gusto! —respondió Eponi, corriendo hacia la bahía de la *Prisa*.

El fuego láser cosió la espalda de Aurora, haciendo estallar algo y enviándola de rodillas cuando la asistencia que mantenía el peso de la armadura fuera de sus músculos murió. No era bueno, pero aún tenía su rifle. Aún tenía una oportunidad. Cayendo hacia adelante, Aurora rodó, levantando el rifle y dándose la oportunidad de disparar.

Pero la maldita lancha jugó inteligentemente de nuevo. Había visto cómo la alcanzaban, visto caer a Aurora, y en lugar de enzarzarse en un tiroteo, la nave voló sobre la cabeza de Aurora, girando hacia donde ella no podía apuntar. Aurora ni siquiera podía ver la lancha, había desaparecido sobre la parte superior de su visor, que continuaba mostrando el rojo enojado de una amenaza en esa dirección.

Sabiendo que vendría una explosión de cohete, Aurora pensó en evacuar, pero saltar libre de la armadura mientras un cohete se acercaba no ayudaría. Tenía más posibilidades acurrucada en su armadura, esperando el ataque bajo su protección.

—¡Levántate! —rugió Gregor, el hombre encontrando su vida y poniendo su armadura, visible en el borde inferior de Aurora, de pie.

Soltando su martillo, Gregor levantó su propio rifle y lanzó rayos rojos de menor potencia hacia la lancha. El fuego debió impulsar a la lancha a abandonar su ataque final sobre Aurora, ya que las líneas rojas de Gregor siguieron la nave hacia la derecha. Gregor debería haber estado corriendo junto con la nave, debería haber estado saltando para evitar ser un blanco fácil.

—Muévete —dijo Aurora—. Muévete, idiota.

—No puedo —respondió Gregor—. Esa explosión dejó fuera de combate mis motores.

Aurora no quería pensar en cuánto esfuerzo debió necesitar Gregor para ponerse de pie en ese traje. Cuánto esfuerzo tomaría hacer que la armadura de poder y todos sus kilos dieran un paso sin los motores zumbando.

No es que importara. Gregor permaneció atascado, y una vez que la lancha lo supo, el cohete llegó rápido.

12

QUIÉN TIENE EL PODER

Ser un rehén no dejaba mucho margen para el placer, pero Sai encontraba bastante en observar y escuchar las continuas maldiciones de Renard mientras el cuarteto navegaba en una lancha. Habían volado desde el edificio de apartamentos y se alejaron de Kaiyo, dejando atrás la ciudad hacia el océano abierto. Sai, atado a un asiento trasero junto a Abbad, soportaba interminables preguntas del maníaco parlanchín, sus manos anhelando sostener su katana. Vana había metido la hoja en el compartimento inferior de la lancha, un giro curioso y una de las mil preguntas que Sai guardaba.

El interrogatorio de Abbad iba desde lo insignificante, como el color y la comida favorita de Sai, hasta lo significativo, como la forma en que había adquirido la katana y si Sever tenía otros espadachines entre sus filas. Sai intentaba evadir las respuestas que le permitirían seguir escuchando a Renard, pero Abbad volvía con seguimientos sinceros.

—Hombre, por favor —dijo finalmente Sai, con un dolor de cabeza floreciendo para igualar sus músculos adoloridos por la pelea—. ¿Puedes parar un minuto?

—No puedo, colega —respondió Abbad—. Los jefes están hablando, y eso significa que no puedo dejar que escuches. Esta chatarra no tiene un lugar donde pueda esconderte, así que esto es lo mejor que puedo hacer.

Sai se recostó en su asiento, miró la noche a través de la ventana y reprimió un gemido.

—Está bien, Abbad —dijo Vana, al frente pilotando mientras Renard hacía lo suyo—. No hay nada de lo que estemos hablando que Sai no pueda saber.

—¿En serio? —replicó Abbad.

—En serio —dijo Vana—. Si es inteligente, Sai entenderá de dónde venimos y tomará la decisión correcta.

—El otro tipo definitivamente no lo hizo.

¿Rovo? Sai miró por la ventana, fingiendo desinterés. ¿Habían intentado que el novato cambiara de bando? Quizás por eso Rovo había entrado en el apartamento sin esposas paralizantes. Por qué había estado con Renard y Vana en primer lugar.

—Aún no —dijo Vana—. Todavía hay tiempo para ese. Y que Rovo no quiera jugar no significa que Sai vaya a elegir lo mismo.

—Voy a elegir lo mismo —intervino Sai—. Lo siento.

Abbad se rió. Sai miró al hombre. Deseaba poder alejarse más, pero la lancha mantenía sus límites reducidos.

—Aún no has escuchado lo que está en juego —dijo Vana. A su lado, Renard bajó su muñequera con un profundo suspiro, uno que Sai había usado una y otra vez cuando sus hijos lo llevaban al agotamiento—. Renard, ¿estás bien?

—Esto no está saliendo como esperaba —exhaló Renard—. Se suponía que era una misión simple, Vana. Tenemos los trajes. Estamos casi allí. Y aun así, no podemos lograr esta única cosa.

—El camino nunca es recto y fácil.

—Deja tus dichos —replicó Renard—. No traerán de vuelta a ninguno de los nuestros, ni nos conseguirán a Kaia. Sever ha causado daños en nuestro hogar en Kaiyo. Salinity lo sabe ahora, y no podemos volver allí. Hemos perdido lanchas, y aún estamos persiguiendo a las que lograron escapar.

Las palabras trajeron una sonrisa al rostro de Sai. Un impulso de confianza. Eponi había logrado escapar entonces, con Kaia y los demás. Aurora y Gregor también parecían haber encontrado un objetivo que destrozar. La imagen de Gregor arrasando con su gran martillo solo amplió la sonrisa de Sai.

Estos bastardos seguían pensando que Sever se desmoronaría. En cambio, habían iniciado una pelea con una fuerza demasiado fuerte para ser detenida.

Un clic hizo que Sai mirara a su izquierda, donde Abbad, ahora serio y con el rostro inexpresivo, sostenía su pistola en la sien de Sai.

—¿Quieres que vuele a este en pedazos ahora mismo? —dijo Abbad—. Garantizado que te hará sentir mejor.

—Lo haría —respondió Renard, mirando al asiento trasero. No es como si estuvieran volando a través de un tráfico pesado en los vastos y vacíos océanos de Gillane Cuatro—. Pero creo que este hombre podría ser la única carta que nos queda por jugar.

No obstante, Abbad pasó el resto del viaje con su pistola en alto y lista, por si acaso Renard cambiaba de opinión.

Los agentes llevaron a Sai a una plataforma más pequeña, rodeada de luces amarillas parpadeantes. Vana, actuando como mediadora para el grupo, describió la punta que sobresalía del océano como un calentador. Utilizando energía solar y un taladro profundo hacia el centro de

Gillane Cuatro, la punta arrojaba calor a las aguas, lo suficiente para alterar las corrientes del planeta y mantener el agua moviéndose como Salinity quería. El intenso calor en la parte inferior de la punta también servía para derretir la basura atrapada por esas mismas corrientes.

—Salinity tiene estas puntas por todo el planeta —dijo Vana mientras la parte superior de la lancha se abría y los pasajeros comenzaban a salir—. No es la forma más fácil de doblegar un mundo a tu voluntad, pero es la que eligieron.

—Tu interminable trivia siempre impresiona —refunfuñó Renard.

—Leo los informes, Renard —replicó Vana—. Siempre lo he hecho. Deberías intentarlo.

—Los informes relevantes importan, Vana. Todo lo demás es solo una distracción.

Habían aterrizado al aire libre, junto a varios otros esquifes. La plataforma de aterrizaje, esta vez, servía como toda la parte superior de la torre. La salinidad cubría la superficie de la torre con una pintura negra que absorbía la energía solar, un color que se mezclaba con la noche oscura haciendo que Sai sintiera como si estuviera entrando en un vacío. Solo el anillo de luz amarilla, parpadeando en un intento de combatir la oscuridad, le daba a Sai algún punto de referencia.

Un anillo amarillo más pequeño y constante se encontraba en el centro de la parte superior. Un panel, cubierto de plásticos resistentes a la intemperie, se erguía, invitándolos a acercarse. Abbad ayudó a Sai, quien, sin las manos libres, encontraba difícil salir del esquife. Mientras se dirigían a la plataforma, Renard mantenía la mirada fija en su muñequera, mientras Vana inhalaba el aire marino y ventoso, aparentemente sin preocupación.

—Estás alegre —dijo Sai a la agente mientras caminaban

hacia la consola, Abbad llevando la katana de Sai en una mano y la pistola en la otra.

De los tres enemigos, Vana parecía la menos propensa a quemarle un agujero en el cráneo a Sai, y la más probable de tener algo de sentido común. Además, no podía sacudirse la pregunta de por qué le había dado la unidad a Sai en el *Nautilus*. Sever había examinado minuciosamente su contenido durante el viaje a Gillane Cuatro, y al final decidió que los mapas, los mensajes y los significados apuntaban a un proyecto mucho más grande que simplemente Renard en busca de gloria.

—Quizás sea una sobreestimación —dijo Vana, girándose y tocando con un dedo el corte curado en su frente—. No ha habido un día sin dolor.

—¿Cuántos de esos tenemos?

Vana se rio, Abbad se carcajeó. Sai sintió la pistola del hombre clavarse en su espalda, empujándolo más rápido hacia el centro.

—No suficientes —dijo Vana, dejando de lado lo gracioso por lo real—. Con suerte, si nuestro proyecto funciona como esperamos, habrá más días riendo, sintiéndonos seguros y felices.

—¿Los trajes invisibles realmente van a lograr tanto?

Vana se acercó a la consola y comenzó a teclear. Abbad dirigió a Sai para que se parara aparte, mientras Renard, sumergido en su propia aventura con la muñequera, se mantenía apartado.

—Solos, no —respondió Vana—. Con la comunicación adecuada, contratos y reclutamiento, le darán a Defense-Corp una ventaja imbatible.

—Justo lo que quieres cuando buscas la paz: una organización militar sin amenazas.

—¿No es así? —La consola de Vana emitió un pitido y la iluminación del borde de la plataforma parpadeó en verde. Una barandilla se elevó del suelo hasta la cintura de Sai, se encajó en su lugar, y comenzó el descenso—. Incluso ahora, DefenseCorp no enfrenta muchas amenazas. Pero ¿quién se arriesgaría a desafiar, quién se arriesgaría a ser un simple pirata, cuando la destrucción total te espera?

Sai rebotó sobre sus pies, manteniendo la sangre fluyendo mientras jugaba con la respuesta de Vana. Abbad apartó la pistola mientras Sai se movía, dándole algo de espacio al espadachín. La katana descansaba sobre el hombro del maníaco, con la hoja reluciente.

—Mi preocupación es, ¿quién decide? —dijo Sai—. ¿Quién puede decir hacia dónde apunta DefenseCorp sus armas?

Vana, asintiendo, se acercó a Sai. Puso una mano en su hombro, como una madre a punto de decirle a su hijo una verdad importante.

—Tú lo harás, si lo deseas —dijo Vana.

Por virtud de sus propias acciones, Sai había esquivado la estructura de mando dentro de DefenseCorp. Había manejado a sus hijos durante su juventud, había manejado equipos en su carrera anterior dirigiendo la seguridad en su planeta natal. Lo último que Sai necesitaba, y por lo que había dado el salto a Sever y sus misiones de alto riesgo y alta remuneración, era más responsabilidad.

Incluso si no significaba unirse a Renard y Vana para embarcarse en algún juego de poder loco a través de las estrellas, ser el que jalara el gatillo masivo de DefenseCorp sonaba como el infierno personal de Sai.

—Creo que necesitas a alguien con menos moral para eso —dijo Sai.

—¿Eso crees? —respondió Vana—. ¿Confiarías en Renard con ese poder, o en el hombre detrás de ti?

—Diablos, no.

—Entonces tal vez deberías ser tú.

—O nadie.

Vana negó con la cabeza mientras la plataforma pasaba por debajo de la base fortificada de la plataforma de aterrizaje y entraba en la torre propiamente dicha. —Será alguien, Sai. Incluso si no es DefenseCorp, será otro. Mejor tener una mano en la elección que no tenerla, ¿verdad?

Antes de que Sai pudiera responder, una luz azul se derramó sobre la plataforma mientras continuaba descendiendo. A lo largo de la torre, alineados con diodos de color aguamarina, había grandes tubos transparentes de cristal. Como los que marcaban el tránsito alrededor de Kaiyo. Cada uno parecía lleno de agua corriente, el líquido casi parecía en suspensión mientras se movía.

—Circulación de calor —explicó Vana mientras la plataforma continuaba su descenso. Sai aún no había visto otro punto de parada—. El agua corre por aquí, recoge el calor de la torre y lo lleva de vuelta al océano.

—No entiendo —dijo Sai, sin estar realmente seguro de por qué a Vana le importaban tanto los procesos de Salinity.

—Salinity establece el estándar galáctico para la generación de agua —respondió Vana—. Todos los que quieren competir con ellos deben igualar su calidad o superarla. Estas torres son caras, especializadas. Ningún planeta que espere llevar su agua a un mercado más amplio podría igualar la calidad.

Ahora la idea se volvía clara.

—Así que estás diciendo que Salinity es la DefenseCorp del agua limpia —dijo Sai, tratando de no reírse.

—Aún no estamos ahí —Vana no captó la broma—, pero lo estaremos.

Sai tenía que asumir que pronto llegarían al fondo de la torre y a donde fuera que estuviera la unidad de vivienda, o a donde sea que Renard y Vana se dirigieran. Una vez que llegaran allí, Vana pondría a Sai en alguna celda, donde se sentaría y esperaría las negociaciones de rehenes. Tal vez Sever lo sacaría, o tal vez Sai terminaría quemado cuando rechazara la extraña oferta de Vana por última vez.

De cualquier manera, todo sonaba horrible.

Abbad no tenía la pistola contra la espalda de Sai, gracias al continuo rebote de Sai sobre sus pies. Ese espacio para respirar le dio a Sai una oportunidad, y el hombre la aprovechó.

Con la plataforma descendiendo, Sai se lanzó hacia atrás. Su hombro izquierdo se estrelló contra Abbad, el hombre maníaco soltando un ladrido de sorpresa. Sai sintió que el hombre caía, escuchó el ruido metálico de la katana mientras Abbad golpeaba el borde de la plataforma y caía por el costado, la luz azul bañándolo todo el camino.

Sai corrió hacia Renard, el oficial mayor levantando la vista de su muñequera al oír el sonido de Abbad. Al ver la embestida de Sai, Renard alcanzó su pistola. No había forma de que la sacara a tiempo.

Sin embargo, Sai nunca llegó hasta el anciano. Vana, interviniendo con una zancadilla baja, atrapó los tobillos de Sai y envió al espadachín de Sever Escuadrón de bruces contra el suelo de la plataforma. Las esposas paralizantes se activaron un segundo después, destrozando los nervios de Sai y provocándole espasmos entumecedores.

Al menos, pensó, había derribado a Abbad.

Ese pensamiento duró otro momento, hasta que la plataforma se asentó en su base. Los tubos de agua se elevaron a su alrededor, con los huecos rellenados por un suelo de acero sólido. Abbad, frotándose el hombro, estaba allí sacudiendo la cabeza, habiendo caído unos pocos metros sin mucho daño que mostrar.

—Mal momento —dijo Vana, mirando a Sai—. Pero me gusta tu espíritu. Ahora, veamos cuánto están dispuestos a pagar tus amigos por tu vida.

13

INTERFERENCIA LOCAL

Cuando golpeó la nave que caía con su martillo, Gregor sabía que la razón por la que Aurora le había pedido que atacara era para salvar vidas. Para mantener la destrucción potencial al mínimo. Gregor, sin embargo, siguió las órdenes porque quería golpear la nave como si fuera una pelota en algún juego, darle un porrazo con su martillo cinético y enviar la nave brillando hacia el cielo nocturno de Gillane Cuatro como si fuera un cometa de baja categoría.

En lugar de eso, aplastar la nave que ya estaba ardiendo hizo que se desintegrara, permitiendo que el martillo se abriera paso hasta las baterías de la nave. Golpeadas con fuerza, esas baterías se abrieron, liberando su energía como una flor de nova, atrapando la armadura de poder de Gregor con su explosión crepitante y enviándolo de vuelta a la superficie de la plataforma sin nada más que un visor parpadeante, chispas en su interior y un hormigueo entumecedor que recorría sus nervios de arriba a abajo.

Mientras Aurora y Eponi luchaban a su alrededor, Gregor se esforzaba por recuperar el control de sus músculos. Emitió una orden verbal tras otra, incitando a la armadura de poder a reiniciarse y reiniciar sus diversos componentes, cada uno devolviendo un brazo, una pierna, el visor a algún tipo de orden operativo.

La estática en este último, lo que permitía a Gregor ver algo en la armadura de poder, se desvaneció a tiempo para ver otra nave alineándose para un tiro claro. Un hombre en esa nave, sosteniendo lo que parecía un tubo negro sobre su hombro, centró a Gregor en su mira y lanzó un cohete de brillo anaranjado directamente hacia el hombre de Sever caído.

Y por mucho que Gregor hubiera vivido, pensó que ese sería su fin. Una armadura de poder ya dañada no iba a soportar un cohete directo a su núcleo.

Destellos brillantes pasaron por encima de la cabeza de Gregor, rayos verdes entrelazándose en el espacio entre Gregor y la nave, convirtiéndolo en una mortífera hoja de energía. El cohete golpeó esas luces y explotó, un estallido algo hueco ya que la energía concentrada del misil no encontró el impacto que buscaba.

Esos láseres verdes ascendieron cuando la nave se dio cuenta de su situación, intentando virar hacia arriba y alejarse sin llegar a ninguna parte, mientras los rayos encontraban su objetivo en los motores de la nave. El calor sobrecargó la delgada protección de la nave, enviando la destrucción profundamente dentro de la nave, y los agentes a bordo saltaron por los bordes antes de que la cosa explotara, abriendo pequeños paracaídas en su caída.

Así que los agentes estaban preparados para el desastre. Inteligente.

Pero sus paracaídas los llevaron a la boca del dragón. Reiniciada y revitalizada, aunque no del todo en su forma perfecta, la armadura de poder de Gregor ayudó al gran hombre a ponerse de pie de un salto. Aunque los escombros cubrían la plataforma de aterrizaje a su alrededor, Gregor no tuvo problemas para distinguir su martillo entre los restos, agarrarlo y girarse para atrapar al primero del cuarteto cuando tocaron tierra.

Antes de que Gregor pudiera asestar su golpe fatal, una luz brillante descendió desde arriba. La salvadora de Gregor, Eponi en la *Prisa,* detuvo su bombardeo láser por una iluminación menos letal y resaltó al grupo que caía en su mira. Aurora se acercó cojeando, rifle en mano, pidiendo a Gregor y Eponi que dejaran vivir a los agentes.

—No hablarán —dijo la voz de Eponi por la banda—. Apuesto todo el dinero de tus cuentas a que no obtendremos nada de ellos.

—Tenemos que intentarlo —dijo Aurora.

La capitana no era muy partidaria de las tácticas de tortura, pero Gregor no tenía reparos en un poco de intimidación. Sosteniendo el martillo, se acercó pisando fuerte hacia donde los cuatro agentes habían aterrizado, el grupo soltando sus paracaídas y levantando las manos. Gregor golpeó el mango del martillo contra la palma de su otra mano, una advertencia y una promesa en una.

Los agentes, con sus trajes lisos de color negro y azul profundo acolchados con chalecos anti-láser, abarcaban un impresionante rango de edad. Cinturones con pistolas y rifles colgados del brazo complementaban sus atuendos, aunque ninguno hizo la estúpida jugada de ir por las armas.

Lamentable.

—¡Alto ahí! —gritó una nueva voz, proveniente de los límites de la sección. El visor de Gregor se iluminó con amenazas potenciales desde todas partes—. La pelea ha terminado. Ustedes cuatro, en el centro, están bajo arresto por amenazar la salud y seguridad de esta ciudad y sus ciudadanos.

La fuerza de seguridad de Salinity y el patrullero escurridizo que había abandonado el consejo de Aurora volvieron, nerviosos y lentos, al centro de atención. Tenían sus pistolas levantadas, las pequeñas armas una patética contrapartida tanto para la armadura de poder de Sever como para las armas más pesadas de los agentes.

—Nos rendimos ante ustedes —gritó uno de los agentes, leyendo la situación y tomando la decisión correcta.

Los ruidos metálicos cuando los agentes arrojaron sus pistolas y rifles al suelo ocultaron el gruñido de Gregor. Sus potenciales rehenes estaban escapando, no por medio de destreza atlética o de combate, sino, de alguna manera, por la ley local.

—¿Quieres que los asuste? —dijo Gregor, usando la banda del escuadrón para mantener el mensaje ajustado entre el trío de Sever—. No me importa si ponen precio a mi cabeza.

—Pero a mí sí —dijo Aurora mientras el grupo de Salinity se acercaba—. Mientras aún estemos en este planeta, no podemos permitirnos hacer demasiados enemigos. Podríamos necesitar su ayuda para llegar a Renard.

—¿Sever cediendo ante los chicos locales? —La risa incrédula de Eponi se escuchó fuerte y clara—. Nunca pensé que vería eso, Aurora.

—No me gusta, pero es la única opción —respondió Aurora—. Si luchamos por este grupo aquí, e incluso si logramos escapar, tendrás a los luchadores de Salinity pisándote los talones en cuestión de momentos. Nunca podríamos aterrizar. Ahora mismo, estamos de su lado bueno. Mantengámoslo así.

Gregor se preguntó si seguirían estando del lado bueno

de Salinity si se supiera quién había incendiado la gran torre en la ciudad. No es que él fuera a decirlo.

Eponi llevó la *Prisa* de vuelta a su lugar en el muelle, permitiendo que Gregor y Aurora abordaran, se quitaran sus armaduras potenciadas y se dieran unas muy necesarias duchas. Cenaron por turnos, siempre con una persona lista en la cabina en caso de que los agentes de Renard intentaran un ataque contra la nave. Ni Gregor ni Aurora podían pilotar la *Prisa* para escapar, pero cualquiera de los dos podía usar las torretas para acabar con los invasores.

Pero no hubo ataque. Ni amenazas. Ni siquiera un seguimiento de la seguridad de Salinity sobre por qué dos personas con armaduras potenciadas andaban por las plataformas de atraque de Kaiyo.

—¿Y no te parece sospechoso? —dijo Eponi, acampando en la cabina después de su comida rica en proteínas.

—Siempre soy sospechoso —respondió Gregor—. No confíes en nadie, estate siempre listo con el martillo.

—Ajá.

—Gracias, por cierto —dijo Gregor—. Por el cohete.

—Salvar tu vida es como un segundo pasatiempo para mí.

—¿Ah, sí?

—Bueno, la de todo Sever Escuadrón, en realidad. —Eponi se recostó en su silla de capitán, con los brazos sobre la cabeza—. Estarían todos tan jodidos si me fuera.

—Estoy de acuerdo —dijo Gregor, y lo decía en serio.

El tono desconcertó a Eponi por un segundo, y Gregor podía imaginar por qué. Sever Escuadrón tenía camaradería, claro, pero ¿afecto real? ¿Apreciación honesta más allá de reconocer las habilidades que todos tenían? Aparentemente, Eponi no pudo encontrar una buena respuesta, porque se limitó a sonreír y luego se lanzó a contar su historia que llevó a ese mismo cohete.

Aurora aún no había vuelto de su propio refresco, dejando a la piloto y a Gregor para repasar el día juntos. La historia de Eponi hizo que Gregor casi deseara haber ido con ella: deslizarse por el costado de un edificio parecía muy divertido. Aunque, atravesar pisos y paredes, incendiar una torre, tampoco estaba mal.

—¿A dónde crees que fueron? —preguntó Gregor—. ¿Rovo y esta Raquel?

Eponi se encogió de hombros y sorbió de un termo humeante de café. Todos suponían que pronto saldrían volando del muelle, ya que era una locura permanecer donde tus enemigos pudieran encontrarte. La pregunta que pendía sobre los minutos era: ¿a dónde ir?

Gregor no podía llamarse a sí mismo detective, pero había pasado suficiente tiempo alrededor de DefenseCorp, de sus agentes -Lani, en Dynas, en gran parte- para deducir que siempre tendrían otro lugar al que replegarse, cada uno más secreto que el anterior. Además, no habían visto señales del gran transporte de tropas que los agentes habían tomado del *Nautilus*, lo que sugería que o bien Renard tenía una base masiva y oculta en Gillane Cuatro, o el transporte había dejado un contingente de agentes y se había movido a otro lugar.

La reflexión murió cuando la consola de la *Prisa* sonó con una llamada entrante. Una llamada dirigida, además, no de una banda abierta como las alertas de seguridad de Gillane Cuatro o el control de atraque. Eponi la activó y sonrió cuando el rostro de Rovo llenó la borrosa transmisión.

—Mira, es el traidor —dijo Eponi.

—Así es, solo yo, el traidor —respondió Rovo, y luego

entrecerró los ojos hacia la cámara—. ¿Gregor, eres tú? ¿Sigues vivo?

—Sigo vivo. —Gregor se acercó y tomó el asiento del copiloto junto a Eponi—. Tú también, veo. Tus heridas eran graves.

—Renard y Vana no querían dejarme morir, afortunadamente —dijo Rovo—. Les estoy enviando las coordenadas de donde nos estamos escondiendo. Creo que podemos reunirnos aquí, planear nuestros próximos movimientos.

—¿Dónde es eso? —dijo Eponi, deslizando el rostro de Rovo a un lado para mostrar esas coordenadas—. ¿No está en la ciudad?

—Raquel pensó que sería más seguro fuera de Kaiyo. —Rovo inclinó la cámara lejos de su rostro, mostrando unos estrechos cuarteles de la tripulación—. Es una instalación de Salinity con lugares libres ahora. Estas literas se sienten como en casa.

Literas: rígidas, pequeñas y propensas a darle a Gregor dolor de espalda. La *Prisa* tenía mejores camas, instaladas por los transportistas de carga que habían tenido la nave antes de que la labia y los puños duros de Gregor le permitieran secuestrar la nave. No obstante, poner algo de distancia entre donde los agentes creían que estaba Sever Escuadrón y donde realmente estaban sería una buena cosa.

Aurora dio su aprobación al plan, y Eponi puso la *Prisa* en movimiento, enviando la nave de vuelta al cielo nocturno. Aurora se acomodó como copiloto, y Gregor aprovechó la oportunidad para dirigirse a una torreta, apretándose en la silla de artillería y mirando las brillantes luces azul-blancas de la ciudad de Kaiyo.

La tecno-majestuosidad de las grandes ciudades de la galaxia siempre asombraba a Gregor, que había pasado su infancia en la penumbra y oscuridad de una roca helada.

Tanta gente agrupada allá abajo, pasando sus vidas, sin saber que sobre ellos, a su alrededor, fuerzas que podían arruinar completamente sus planes luchaban entre sí. Gregor sabía que prefería blandir el martillo, ser una de esas fuerzas, pero en algún lugar allá abajo, Parts-picker preparaba su huida.

El hombre había elegido abandonar la vida que Gregor había adoptado. Una vida que o bien mataría a Gregor, o lo dejaría, eventualmente, incapaz de seguir el ritmo. ¿Qué haría Gregor entonces? ¿Vender salvamento? ¿Intentar entrenar a nuevos reclutas, ladrando órdenes que él mismo ya no podría ejecutar?

La consola de la torreta zumbó. La voz de Eponi, llegando por la banda interna de la nave.

—Oye, ¿no te habrás dormido ahí atrás, verdad? —preguntó Eponi.

—Todavía no.

—Entonces hazme un favor, espabílate. Parece que podríamos tener compañía.

—¿Renard?

—Sospecho que sí. No creo que hayan terminado con nosotros todavía.

Gregor deslizó la consola al escáner de campo cercano, vio los puntos que se acercaban. Naves más pequeñas. Tal vez más esquifes, o cazas monoplaza. El tipo que podrías esconder en un planeta sin llamar demasiado la atención.

Con los dedos encontrando el mando de la torreta, Gregor se acomodó. Aumentó la potencia. Pensó que, al menos, podría hacer esto mucho después de que el resto de su cuerpo se convirtiera en papilla.

Disparar a las cosas era, después de todo, casi tan divertido como hacerlas pedazos.

Sin embargo, antes de que la diversión pudiera comenzar, Eponi llamó de nuevo a través de la nave. Los cazas que se acercaban no pertenecían a Renard o DefenseCorp, sino a Salinity. Una escolta, llevando a la *Prisa* fuera de la ciudad.

Gregor dejó caer sus manos de los controles de la torreta, un poco decepcionado, un poco aliviado: Eponi señaló que el vuelo tomaría unas horas a velocidad de crucero atmosférico.

El momento perfecto para una siesta.

14

SALVAR E INTERCAMBIAR

El mensaje llegó por la mañana, a la hora en que el aura del amanecer comenzaba a juguetear con el mar ondulado y suave alrededor de las instalaciones de Salinity. Aurora lo captó primero, con su brazalete en la banda abierta mientras pasaba las primeras horas de la mañana sentada en una terraza panorámica, salpicada de mesas y sillas para gente como ella. Eponi encontró a la capitana en su habitual estado contemplativo, siendo la piloto también una madrugadora.

Eponi había pasado las pocas horas de sueño en la *Prisa*, junto con Gregor, aunque el hombre roncaba lo suficientemente fuerte como para hacer temblar la nave. Los tapones para los oídos funcionaron bien en ese aspecto, pero bloquear el sonido no hizo nada para calmar su mente. A pesar de la valentía mostrada ayer, seguía volviendo mentalmente al apartamento, a esos segundos en los que disparó contra Vana, al hombre maniático en la parte trasera.

¿Podría Eponi haber tomado un ángulo diferente? ¿Haber alcanzado a Renard con el rayo en su lugar, dando tiempo a Rovo y Sai para escapar?

Dejando la *Prisa* con su ruidoso durmiente, Eponi salió vestida con varias capas casuales —Salinity mantenía sus malditas instalaciones heladas— e intentó caminar lo suficientemente lento para evitar que las luces automáticas se encendieran. De esa manera, Eponi podía usar la luz de las estrellas reflejada de una pared a otra como guía hacia la terraza.

Ya había sido tomada como rehén antes. En Dynas, había entregado a Sai, poniéndolo en manos de un científico despiadado que había inyectado al espadachín con un virus experimental. Uno que necesitaba unas cuantas vueltas más en la incubadora. Sai casi había muerto allí, y no de la manera en que la mayoría de los soldados de DefenseCorp quieren morir. No hay nada glorioso en perder la mente y los músculos ante una enfermedad devoradora.

Y ahora lo había hecho de nuevo. Había dejado a Sai en manos de personas que podrían hacerle quién sabe qué. Que no tenían razón para mantenerlo con vida.

La culpa era una pésima compañera de sueño.

—¿Absorbiendo las estrellas? —dijo Eponi mientras abría la puerta y se unía a Aurora en la terraza.

—Estaría agradecida si me dieran algunas respuestas —respondió Aurora, sin volverse hacia Eponi pero levantando su muñeca con la pantalla brillante—. Hasta hace un minuto, no había oído nada.

—Dime que es Sai —Eponi interpretó bien el gesto: la pantalla del brazalete tenía el fotograma de reproducción en pausa parpadeando—. ¿O es que Deepak ha vuelto a enviarte notas de amor?

Ahora Aurora se dio la vuelta, con los ojos entrecerrados midiendo la distancia hasta Eponi para un merecido puñetazo en el estómago.

—Él nunca...

—Tranquila, capitana —dijo Eponi, uniéndose a Aurora en su mesa y tomando la otra silla. Si Salinity mantenía sus edificios fríos, y la implacable brisa de Gillane Cuatro le mordía los huesos, la silla resultó ser un respiro: las baterías solares en el mobiliario negro activaron los calentadores cuando Eponi se sentó—. Es demasiado temprano para alterarse.

Aurora midió a Eponi con una mirada silenciosa que decía que había archivado el comentario sobre Deepak para más tarde. Eponi se habría encogido de hombros; a estas alturas, todos tenían algo contra ella. La mayoría no eran lo suficientemente graves como para merecer un láser en la espalda, pero Eponi supuso que cruzaría esa línea eventualmente.

Y dispararía primero cuando llegara el momento de ajustar cuentas.

—Vana envió el mensaje, no Renard —dijo Aurora, como si ese fuera el detalle más importante.

—¿Y?

—Complica las cosas —dijo Aurora—. Prefiero un líder claro. Un objetivo claro.

Aurora no había ocultado el objetivo final de Sever Escuadrón. Salvar a Kaia, sí, pero la niña estaría en peligro mientras los agentes en la unidad de Sai sobrevivieran. Todos en ese organigrama tenían que desaparecer. Deepak dijo que pondría feelers para cada nombre, intentando encontrar su ubicación, pero transmitir algo a través de una red galáctica llevaría mucho tiempo.

Lo mejor era empezar con los objetivos que conocías y eliminar primero a los más peligrosos.

—Los atraparemos a ambos —dijo Eponi—. Se lo merecen.

—De acuerdo —Aurora miró su brazalete, extendió el

brazo sobre la mesa para que Eponi pudiera verlo, y luego tocó para que el mensaje se reprodujera de nuevo.

Vana expuso los términos como un simple hecho. Un lugar, una de las pocas masas terrestres de Gillane Cuatro desarrolladas por Salinity para la cordura de la población del planeta. Resultó que ayudaba a la mente de las personas entrar en contacto con la naturaleza real por un tiempo, no solo un parque de la ciudad.

Sever Escuadrón debía presentarse en esa masa de tierra más tarde ese día. Llevarían a Kaia y Kashmal. A cambio de la niña, Vana y Renard devolverían a Sai. Los dos grupos se marcharían sin disparar un solo tiro, y la galaxia seguiría girando.

Al menos por un tiempo.

—Suena como un trato de mierda —dijo Eponi cuando la voz desgastada de Vana terminó con una súplica para que Aurora lo pensara bien—. Sai definitivamente no vale lo mismo que la niña.

Eponi había estado bromeando, pero el ceño fruncido de Aurora, junto con su giro de vuelta hacia el cielo púrpura, sembró algunas dudas en el momento. Vana había sido directa: si Sever Escuadrón no se presentaba, Sai sería arrojado al mar con dos disparos láser en la parte posterior de su cabeza.

—No esperarán que juguemos limpio —dijo Aurora—. Ya hemos intentado tenderles una emboscada, y les hemos costado vidas y ubicaciones. Vana podría contenerse, pero Renard querrá venganza. Sus agentes también la quieren.

—Odio decírtelo, Aurora, pero no son los únicos que quieren un poco de acción.

Aurora soltó una breve carcajada.

—Ponte a la cola.

Resultó que la cola incluía a más personas además de

Aurora. La capitana de Sever Escuadrón reunió al equipo, incluyendo a Raquel, la oficial de seguridad de Salinity, quien declaró que su participación era importante porque el posible enfrentamiento amenazaba la paz de su planeta. Eponi no pudo argumentar mucho en contra, considerando que los tiroteos del día anterior habían incendiado un edificio, acribillado otro y dejado una de las principales plataformas de atraque fuera de Kaiyo llena de cuerpos y escombros.

El informe de Aurora se mezcló con sugerencias de ida y vuelta del grupo, terminando con un mensaje afirmativo para Vana y un plan establecido. Un plan que ponía a Eponi de vuelta en la cabina de la *Prisa*, con carga completa dirigiéndose hacia la roca designada.

Kashmal y Kaia ocuparon el centro de la *Prisa*, y el padre de la niña alegró el día diciéndole a Kaia que iban de excursión. Al principio, Eponi arqueó una ceja ante la explicación, pensando que una roca en medio del océano no sería tan especial, pero luego recordó que la vida de Kaia había transcurrido, en gran parte, en armarios, naves y apartamentos. Llevar a la pequeña a un lugar donde pudiera sentir una brisa real y ver el horizonte por todos lados podría ser mágico.

Especialmente porque, si Sever Escuadrón fallaba en esta misión, Kaia podría no sobrevivir el día.

Todos se pusieron sus armaduras potenciadas, excepto Eponi, ya que la *Prisa*, a diferencia de las lanzaderas de DefenseCorp, no había sido diseñada para armaduras potenciadas en la cabina. Cargaron los rifles y revisaron las pistolas. Gregor agarró su martillo y Rovo conectó la extraña guadaña que había ganado en Wexer.

—Me alegra tenerte de vuelta, novato —dijo Eponi mientras la *Prisa* se elevaba sobre el mar, transmitiendo el mensaje al canal del escuadrón a través del intercomunicador de la nave. Nadie más compartía la cabina con ella ahora, y volar en línea recta sobre un océano no requería exactamente toda su atención—. ¿Echaste de menos todo esto?

—Definitivamente mejor que ser interrogado, sin duda.

—¿Qué te hicieron? ¿Te cortaron los dedos? ¿Amenazaron a tu familia?

Rovo permaneció en silencio por un minuto y Eponi se preguntó si había cruzado alguna línea. Había optado por la exageración, pero tal vez las cosas eran demasiado reales. Quizás estos nervios no deberían calmarse.

—Me dijeron que debería unirme a ellos, porque iban a asegurarse de que DefenseCorp controlara la galaxia.

Ahora le tocó a Eponi quedarse callada por un segundo. Nunca había creído en la sed de poder que tipos como Renard consideraban como el objetivo final. Ella prefería la acción, aunque sin láseres ni muertes, junto con un generoso salario en efectivo para no tener que preocuparse por su próxima comida o su próxima nave. Si Renard y Vana le ofrecieran eso a cambio de la vida de una niña pequeña...

La risa de Kaia resonó por la *Prisa*, seguida del mal canto de Gregor mientras el hombre entonaba una de las canciones que habían cantado mientras cortaban rocas en el cometa. Lo que en cualquier otro momento habría hecho que Eponi hiciera una mueca, ahora le curvaba los labios en una sonrisa, todo gracias al deleite de una niña.

—Tomaste la decisión correcta —dijo Eponi.

—Definitivamente la decisión correcta —interrumpió Aurora—. Vana o Renard te habrían disparado en el momento en que tuvieran lo que necesitaban. Gente como ellos no divide su poder voluntariamente.

Las palabras de la capitana mataron la conversación, y

Eponi volvió a juguetear con la *Prisa*, ajustando sus sistemas para asegurarse de que la energía llegara a los lugares correctos. Estaban volando hacia territorio peligroso, y dado un probable aterrizaje, además de gente en tierra, Eponi pensó que potenciar los motores no sería la mejor opción. Escudos y armas, ahí es donde la *Prisa* necesitaba enviar su energía.

Y, según la petición de Raquel, Eponi también tenía listas las cámaras exteriores de la nave. Obtener pruebas de que Vana y Renard tenían motivos malvados podría hacer que los expulsaran del planeta. Eponi no le daba mucho crédito a esa idea, ya que los agentes de DefenseCorp podían manipular a casi cualquier compañía para sus fines, pero bueno, cuando esto inevitablemente le explotara en la cara a Renard, Eponi disfrutaría viendo el fracaso en repetición.

El objetivo, una masa abultada de color verde y marrón que emergía del océano como un diente, apareció en el horizonte. Eponi transmitió las primeras órdenes, poniendo a Gregor y Rovo en posición. El novato había protestado por esta parte, queriendo estar presente cuando Kaia cambiara de bando, pero Aurora insistió en lo contrario. Las emociones de Rovo podrían arruinarlo todo, y no podían exponer a Sai a ese tipo de riesgo.

Además, el mensaje de Vana insistía en que Kaia no sería lastimada.

Claro.

—Reduciendo velocidad, prepárense para el salto —dijo Eponi, inclinando la *Prisa* hacia la roca en un descenso diagonal.

Las plataformas de aterrizaje estaban todas en el centro superior, desde donde los visitantes podían embarcarse en numerosos senderos de senderismo a lo largo de la roca de varios kilómetros de ancho. Oportunidades de escalada salpicaban los enormes acantilados, la roca a menudo cubierta de gruesas enredaderas que aprovechaban el clima y los interminables recursos hídricos. Un espeso bosque templado cubría la parte superior, con enormes pinos que se elevaban hacia el cielo. Aves revoloteaban alrededor de la isla, sin duda traídas por Salinity para proporcionar ese toque de emoción real y natural.

Olas coronadas de blanco lamían la base de la roca, su rocío salado casi alcanzando la *Prisa* mientras Eponi reducía la velocidad de la nave antes de inclinarla casi en vertical. Había pedido a todos que se abrocharan los cinturones, pero los golpes y algunas maldiciones sugirieron que no todos lo habían hecho correctamente. Ir directamente hacia arriba era un movimiento duro para el cuerpo, pero crucial para mantener alejados los ojos curiosos.

Si es que había alguno: hasta ahora, Eponi no había visto ni una sola nave en los escáneres. O Vana y Renard ya estaban aquí, o Sever Escuadrón había llegado antes. En cualquier caso, menos de una docena de metros separaban ahora la *Prisa* del acantilado, con Eponi ascendiendo. Comenzó una cuenta regresiva, primero en silencio y luego en voz alta.

Al llegar a cero, tocó la consola y abrió bruscamente la escotilla de carga de la *Prisa*. Normalmente, esa escotilla habría conducido a un contenedor de carga, destinado a ser acoplado a la parte inferior de la nave para viajes largos. Sin él, la escotilla silbaba ofreciendo una salida libre hacia el aire de media mañana. El repentino rugido atravesó la *Prisa*, y una alarma pitó advirtiendo que las cosas, quizás, no estaban del todo bien.

—Ya se han ido —dijo Aurora—. Ciérrala.

Eponi no había visto el salto, los propulsores de las

armaduras potenciadas lanzando a Rovo y Gregor desde la *Prisa* hacia la isla, pero el tono de Aurora indicaba que la primera parte real del plan había funcionado. Ahora tenían dos combatientes en la isla, armados y listos para actuar.

Ahora venía la parte difícil, donde Eponi salvaría a su amigo o perdería a una niña pequeña.

O ambas cosas.

15

UN INTERCAMBIO

La orden escocía. Escocía aún más mientras Rovo seguía a Gregor por la roca, ambos haciendo lo posible por moverse silenciosamente con sus armaduras potenciadas, un equipo diseñado para asaltos ruidosos contra fuerzas enemigas y no para aproximaciones sigilosas en un acantilado isleño.

—No serás tú mismo —había dicho Aurora, de vuelta en la *Prisa*, después de la reunión informativa.

Había excluido a Rovo del grupo que abandonaría la nave para saludar a Vana, entregar a Kaia y recuperar a Sai. Al menos, el intercambio figuraba en el título, pero Aurora prometió negociar. La niña no abandonaría la roca con Renard y Vana si Sever Escuadrón podía evitarlo.

El problema, según Aurora, era que Rovo podría sacar su rifle y empezar a disparar antes de que las conversaciones pudieran llegar a una solución. Rovo no tuvo una buena respuesta en la *Prisa*, y seguía sin tenerla ahora, mientras su traje metálico apartaba ramas de pino y sus pies blindados aplastaban helechos.

En cuanto a cavilaciones se refiere, el ascenso ofrecía un

entorno bastante agradable. El viento de Gillane Cuatro, una ráfaga más placentera que las cortadoras polvorientas de Wexer, soplaba con un mordisco afilado en la pendiente rocosa. La brisa, sin embargo, transportaba un fresco aroma a pino mezclado con el lejano rocío del océano, una combinación bendita después de los confines estériles de la nave y los aposentos mohosos de Renard en Kaiyo. La comida adecuada y un buen descanso sin enemigos mortales acechando en los pasillos hacían maravillas también: Rovo casi se sentía como un humano de verdad.

Casi.

El inminente destino de Kaia impedía que cualquier consuelo se afianzara por completo.

—No lastimarán a la niña —dijo Gregor, su voz cortando a través de la banda de corto alcance—. No te preocupes.

—¿Cómo lo sabes?

—Porque estarán muertos antes de que la toquen.

Gregor pronunció las palabras con la misma dureza implacable que el hombretón había usado para molestar a los nuevos reclutas en el *Nautilus* antes de aplastarlos en las simulaciones de entrenamiento. Gregor no dejaba lugar a dudas en sus amenazas, y Rovo se encontró asintiendo junto al portador del martillo.

—Me alegro de que veamos las cosas de la misma manera —dijo Rovo—. Son monstruos.

—Una vez pensé que lo éramos nosotros —respondió Gregor, el hierro en su voz derivando hacia un peso contemplativo, una reflexión con significado—. Sever Escuadrón, campeones de DefensaCorp. Llamados para destruir lo indestructible, para ganar cuando la derrota era segura. Ahora, lo veo de manera diferente.

Rovo esperó mientras se desplazaban hacia la izquierda,

dirigiéndose a un punto elevado desde donde podrían ver toda la plataforma de aterrizaje y determinar si un puesto de francotirador o una emboscada a corta distancia resultaría más letal, pero Gregor no continuó.

—¿Qué quieres decir? —finalmente lo instó Rovo—. ¿Diferente?

—Soy un arma —dijo Gregor—. Siempre lo he sido. Empecé en la mina de roca, luego en las patrullas planetarias, y después en Sever. Un arma para ser apuntada al enemigo y desatada.

—Como muchos de nosotros.

—Excepto que ahora estoy pensando que quizás sería mejor si *yo* eligiera dónde usar mis habilidades.

Rovo parpadeó.

—¿No es eso lo que estás haciendo ahora mismo? Ya no eres un empleado de DefensaCorp, hombre. Puedes hacer lo que quieras.

—Hmm. Un buen punto. —Gregor miró hacia atrás y abajo a Rovo, el rostro del hombretón iluminándose detrás de su visor—. Creo que lo que quiero es destruir a esta agente y su ejército.

Rovo esperó hasta que Gregor se volvió y continuó el ascenso antes de poner los ojos en blanco. Vaya epifanía. Al menos las grandes ideas de Gregor mantuvieron a Rovo distraído por un rato, el tiempo suficiente para que llegaran a su punto objetivo justo a tiempo para presenciar el comienzo del evento.

La zona de aterrizaje se encontraba en el centro de la isla, suspendida sobre una piscina con gruesos cables que se ramificaban hacia los riscos circundantes. Con espacio para veinte o más esquifes, la zona abrazaba el tema de la isla, diagramando los espacios en líneas tropicales. Hoy, sin embargo, Rovo no contó ni un solo barco civil.

—Raquel lo hizo —dijo Rovo. Tan pronto como Aurora comenzó la sesión informativa, Raquel había empezado a teclear en su muñequera, afirmando que iba a cerrar la isla a los visitantes por el día. Ningún inocente perdería la vida en este intercambio—. Supongo que es más poderosa de lo que pensaba.

—Las empresas se asustan fácilmente —respondió Gregor.

Bastante cierto. Las prácticas comerciales de Defensa-Corp generaban suficientes protestas, tanto de víctimas como de daños colaterales, que Rovo había visto más de un recordatorio fluir a través de las redes galácticas de la compañía exigiendo que las unidades hicieran todo lo posible para alejar a los civiles.

Siempre y cuando esos esfuerzos no afectaran negativamente a las ganancias, por supuesto.

El estándar moral más alto de Salinidad permitió a Eponi aterrizar la *Prisa* en el lado derecho. La nave cubría numerosos lugares para esquifes. Su rampa estaba bajada, y agrupados enfrente estaban Aurora, Raquel, Kashmal y Kaia. La niña tenía su mano aferrada a la de su padre, aunque por el movimiento de su brazo libre, Kaia no sabía lo que estaba a punto de suceder.

Al otro lado, Rovo frunció el ceño hacia el grupo oponente. A diferencia del *Prisa*, Renard y Vana aparecieron en los esperados esquifes burbuja. Varios, todos estacionados con espacios entre ellos. Práctica estándar para minimizar el daño en caso de que uno fuera alcanzado. Vana y Renard estaban de pie, libres, con Sai y Abbad detrás, el hombre maniático sosteniendo una pistola cerca del Sai esposado.

Otros agentes tenían posiciones cerca de los esquifes. Las armas aún no estaban desenfundadas, pero los rifles colgados hacían visible la amenaza. Fácilmente el doble del número de Sever.

Rovo seguía olvidando que Renard tenía cerca de mil agentes en el *Nautilus*, todos trabajando para avanzar en los trajes y mantener vigilado a Dynas. Ese planeta se había salido de control, pero estaba justo en el sector asignado al *Nautilus*, un lugar fácil para dejarse caer mientras Helix, esa compañía fantasma, desarrollaba su desastre creado en laboratorio. Ahora Kaia, el único y maravilloso éxito, estaba a punto de ser reclamada por lo peor de lo peor.

—¿Puedo dispararles ahora? —dijo Rovo.

—No puedes —las palabras de Gregor eran ciertas en más de un sentido. El hombre grande llevaba el rifle de largo alcance, gracias a la orden de Aurora que impedía que Rovo lo obtuviera. El papel del novato aquí arriba era solo de escolta, solo proteger—. Todavía.

Juntos, Rovo y Gregor se tumbaron, aprovechando algunos pinos pequeños y los helechos de hojas grandes debajo para cubrirse. Gregor desenfundó el rifle y levantó la mira, acomodándose en la tierra. Al menos aquí arriba, las cosas no eran solo piedra: las agujas de pino proporcionaban algo de cama, suficiente amortiguación para que Rovo pudiera tener una buena vista del espacio entre los dos grupos, donde se llevaría a cabo el intercambio.

Usando el visor de la armadura de poder, Rovo hizo zoom. El enfoque le dio una vista clara mientras el cuarteto de Sever comenzaba a caminar, con el propio cuarteto de Renard moviéndose para encontrarse con ellos. Acercarse tanto con el visor provocaba un remolino desorientador con cada movimiento de cabeza, una vulnerabilidad si alguien se acercaba a los dos Severs por detrás. Técnicamente, Rovo no debería estar haciendo esto en absoluto. Técnicamente, debería haber estado varios metros detrás de

Gregor, vigilando el bosque en busca de cualquier emboscada.

Técnicamente, Rovo debería haber estado en la maldita plataforma de aterrizaje, diciéndole a Vana dónde meterse su trato.

—Seré rápida, porque no creo que a nadie aquí le importen las cortesías —la voz de Vana llegó a través del visor de Rovo, rasposa y distante. Un micrófono de traje de poder sintonizado a la máxima sensibilidad, transmitiendo en la banda abierta. Aurora haciendo una concesión para Rovo—. El trato sigue siendo el mismo. La chica por Sai.

La mandíbula de Rovo se tensó. No había pensado que el gran momento llegaría tan rápido, pero aquí estaban. Su mano derecha se dirigió al rifle en su espalda, lista para balancearlo hacia adelante. Sin mira, le sería difícil disparar con precisión desde aquí con el arma que rociaba pernos, pero, al menos, podría hacer que algunos agentes se pusieran a cubierto.

—Estamos alterando el trato —respondió Aurora—. No necesitas a la chica. Necesitas su sangre —Aurora asintió a Kashmal, quien, metiendo la mano en un bolsillo, sacó una jeringa sellada y un vial para eso mismo—. Podemos extraerla aquí mismo. Ustedes obtienen lo que quieren, nosotros obtenemos a Sai, y Kaia se va a casa con su padre.

Las palabras sonaban tan pequeñas en esa zona de aterrizaje, en el centro de la isla, pero Rovo se tensó de todos modos. Vana, levantando un solo dedo, se volvió para hablar con Renard.

—¿Los tienes centrados? —susurró Rovo a Gregor—. Aquí es donde todo saldrá mal.

—Paciencia, novato —respondió Gregor—. Aceptarán el trato.

—¿Cómo lo sabes?

—Porque no quieren morir hoy. Sueñan con cosas más grandes.

Un razonamiento interesante, y la idea evitó que Rovo sacara su rifle. En cambio, el novato tomó un largo y profundo respiro mientras Vana y Renard terminaban su conferencia. La agente líder se tocó el dedo con los labios, miró a Aurora en toda su armadura de poder, luego se agachó y sonrió hacia Kaia.

—Una tan pequeña para tener todo lo que queremos dentro de ella —dijo Vana—. Podemos aceptar sus términos, con un cambio —Vana se levantó, hizo un gesto hacia Kaia y su padre—. No hay garantía de que la muestra que tomemos hoy tenga suficiente de lo que necesitamos. Debemos tener acceso a la niña. Cuando necesitemos más, *si* necesitamos más, ella estará disponible.

—Kashmal puede mantenerlos informados de sus movimientos —dijo Aurora—. Las extracciones de sangre no son difíciles.

Ahora Renard negó con la cabeza, y Vana le cedió el terreno—: Años luz separan la distancia entre este planeta y donde necesitaremos la sangre. No podemos esperar tanto si esto no es perfecto. ¿Qué pasa si el vial se contamina antes de que lleguemos?

—Ese es su problema —replicó Aurora.

—No, no —respondió Renard—. Eso es ser insensato. Queremos la sangre de la niña, y la tendremos. Hasta el momento en que podamos reproducir la infección correcta. Una vez que tengamos eso, la niña será libre. Y debidamente compensada.

—Además —añadió Vana al final de las palabras de Renard—, nos llevaremos a Kashmal también. La niña no necesita ser separada de su padre.

La sangre de Kaia. Ese era el trato. La niña no iba a ir

con Renard, para ser metida en alguna jaula en cualquier planeta al que el maldito agente la fuera a llevar. Rovo no creía ni por un segundo que Kashmal y su hija recibirían algún alojamiento de lujo. Ella sería explotada, como cualquier recurso, y su padre probablemente recibiría un láser en la espalda la segunda noche.

—¿Kashmal? —dijo Aurora—. Esta es tu decisión.

Rovo sintió que su propia sangre se helaba. ¿La líder del escuadrón de Sever no estaba contraatacando? ¿No estaba declarando toda la farsa por lo que era? Con su armadura de poder y la pistola enfundada en su cintura, Aurora podría haber abatido a Renard y Vana en segundos. Todo podría haber terminado.

—Sai —dijo Gregor, aparentemente sintiendo la agitación de Rovo. Bastante obvio, notó Rovo, dado que el novato había estado arrojando agujas de pino mientras hacía el equivalente acostado de caminar de un lado a otro—. No arriesgará a Sai.

—Ni siquiera lo está intentando —replicó Rovo. Alcanzó hacia atrás, levantó su rifle. Intentó apuntar—. La está entregando.

La voz de Kashmal vino a continuación, nerviosa, pero forzando algo de confianza—: ¿Cómo sabemos que cumplirán su palabra?

—La confianza es todo lo que tienen —respondió Vana—. Pero lo haremos. Necesitamos a Kaia viva y bien, y la mejor manera de hacer eso es mantener a su padre feliz.

—Y —agregó Aurora—, si no lo hacen, yo misma los cazaré.

Rovo captó la sonrisa de Vana, el leve asentimiento de la mujer. La amenaza de su capitán solo hizo que Rovo apretara más el gatillo de su rifle. La venganza no significaba nada para quien ya estaba muerto. Matar a Vana después del hecho no salvaría a Kaia.

—Novato —advirtió Gregor mientras Vana hacía señas a Kashmal y Kaia—. Quita los dedos del gatillo.

Rovo no respondió. Solo observó cómo la pequeña niña que había salvado en Dynas, que se había arrastrado sobre sus hombros durante las semanas en el espacio volando hacia Wexer, que había enviado esos mensajes atravesando las estrellas a Rovo casi todos los días desde entonces, solo para decir buenas noches, se alejaba de la seguridad hacia...

El rifle se apartó, liberándose del agarre de Rovo. Gregor tenía el arma y la arrojó al bosque detrás de ellos. Rovo se puso de pie de un salto, mirando el fusil largo en la otra mano de Gregor.

—No podía confiar en ti con eso —dijo Gregor—. Baja los humos, Rovo.

—Sí, verás, tú mismo lo dijiste —replicó Rovo—. Ahora todos somos nuestras propias armas.

El novato no esperó, sino que saltó al final de su frase, activando los impulsores cinéticos y estrellándose contra Gregor, con las manos buscando el rifle.

Por la única oportunidad de evitar que Kaia cayera en manos de esos bastardos.

16

QUEMADURA DE LÁSER

Aurora hizo la llamada en el momento en que vio a Sai. Con la visera bajada, el rostro expuesto al mundo, observó cómo Renard y Vana conducían al espadachín de Sever Escuadrón desde la lancha, esposado y con aspecto de haber pasado una larga noche. Con ojeras y moretones a juego, Sai caminaba cojeando y con una sonrisa apática, la mirada de un hombre que intenta fastidiar a sus captores cuando ya no tiene nada que perder. Tras él venía un agente de aspecto extraño, vestido con un inmaculado traje carmesí —más elegante incluso que los atuendos de Renard y Vana—, que parecía estar pasándolo en grande empujando a Sai hacia adelante. La katana de Sai colgaba sobre la espalda del hombre, descansando en su vaina.

Alrededor de Aurora, Raquel se formó con Kashmal y Kaia detrás de ella. La jefa de seguridad de Salinity tenía una pistola, un chaleco absorbe-láser y poco más que la recomendara en un tiroteo. Sin embargo, con Aurora en su armadura potenciada y Eponi manejando las torretas dobles de la *Prisa*, Raquel no tendría que hacer mucho. Sin mencionar a Gregor y Rovo en los árboles.

Aurora no miró a la izquierda, donde debería estar el dúo. El bosque mantenía las cosas lo suficientemente espesas, pero cualquier inspección medianamente decente hacia los pinos probablemente revelaría a los dos, y Aurora no necesitaba esa complicación. En su lugar, avanzó, encontrándose con Renard y Vana a mitad de camino.

Manteniendo el foco en sí misma.

Vana y Renard parecían haber dormido mejor que Sai. Ambos tenían ojos brillantes que lanzaban miradas hambrientas hacia Kaia, aunque Vana tuvo la gracia de disimularlo cuando Aurora se acercó. Sus uniformes carmesí mostraban más del desgaste propio de la huida que Aurora habría esperado después de los acontecimientos de ayer, y ambos agentes llevaban pistolas en sus cinturones: Vana dos, Renard una.

Las negociaciones fueron rápidas.

Aurora operaba bajo principios. El escuadrón primero, la misión segundo, las bajas externas en algún lugar más abajo en la lista. Kaia, debido a que Aurora había pasado semanas con la chica en ruta a Wexer, no era exactamente una civil al azar, pero enfrentada a Sai, no había mucho que argumentar. El espadachín de Sever Escuadrón ofrecía al escuadrón la oportunidad de continuar luchando contra los agentes, una oportunidad de abrazar el estilo de vida mercenario de corta duración que Sever había iniciado en Wexer.

Incluso si Aurora no confiaba en que Vana y Renard trataran a Kaia, o a Kashmal, con algo que se acercara a la dulzura de las promesas de Vana, recuperar a Sai era la prioridad. Demonios, una vez que el espadachín hubiera descansado, Sever Escuadrón podría lanzarse de nuevo en persecución de la chica y su padre.

Lo que Aurora no quería, no necesitaba, era un tiroteo. Vana y Renard llegaron con cuatro lanchas, agentes saliendo de algunas, con asientos vacíos en otras. Recordando el *Nautilus* y esos trajes casi invisibles, Aurora no podía apostar que esos asientos vacíos realmente estuvieran, bueno, vacíos. No era suficiente potencia de fuego para desafiar a la *Prisa*, pero sí lo suficiente para poner en riesgo a su escuadrón en el campo.

Kashmal y Kaia aceptaron el intercambio con calma, el padre con un ceño nervioso, la hija aparentemente ajena al peligro mientras caminaba hacia la sonrisa maternal de Vana.

Sai comenzó su propio camino a través de la plataforma de aterrizaje, reconociendo el rescate de Aurora con un asentimiento a medias. Después de dos pasos, sin embargo, el espadachín se giró, miró al agente que sostenía su espada.

—Me la devolverás ahora —dijo Sai, sin dejar espacio para negociación.

—Nah, creo que me gusta —respondió el hombre—. Considéralo un pago por ese truco sucio que hiciste ayer.

Sai se congeló, y aunque Aurora solo podía ver la parte trasera de la cabeza de Sai, sabía lo que el hombre estaba pensando. De ninguna manera se iría sin esa espada. Aurora lanzó una mirada a Vana, advirtiendo que su chico mejor le devolviera el arma o todo se iría al infierno.

—Abbad —dijo Vana, captando el mensaje—, te conseguiremos una propia más tarde. Devuélvele a Sai su espada, por favor.

¿Te conseguiremos una propia más tarde? ¿Qué demonios de conversación era esa?

Abbad hizo un puchero digno de un niño de tres años, luego se encogió de hombros, se estiró y deslizó la katana de sus hombros. La crisis habría terminado, debería haber terminado ahí, excepto que un nuevo ruido se extendió por el centro de la isla: un sonido de arañazos, de ruptura seguido por un tremendo chapoteo a la izquierda de Aurora.

Gregor estaba al borde del acantilado, el rifle largo en una mano, mirando hacia el agua. Rovo nadaba allí, la armadura potenciada no haciendo mucho para mantener a flote al novato. Mil preguntas golpearon la mente de Aurora en ese instante, y las descartó todas, porque estaban a punto de perderse vidas.

—¡Emboscada! —gritó Vana, lanzándose a la peor reacción posible—. ¡Tomen a la chica, maten a los demás!

Todos se movieron después de la primera palabra. Aurora corrió hacia Sai, que cargaba contra Abbad, aún con las esposas aturdidoras puestas. Junto a Aurora, Raquel se lanzó hacia Kashmal y Kaia mientras los primeros disparos láser surcaban el aire. Si Aurora hubiera sido mejor diplomática, o hubiera estado más interesada, podría haber intentado gritar para que todos se calmaran. Podría haber empujado las cosas de vuelta desde el precipicio por el que habían caído.

Pero, en realidad, Renard y Vana no merecían a la chica.

Aurora activó los propulsores de su armadura potenciada, lanzándose hacia adelante y golpeando a Sai por detrás. Lo empujó hacia el pavimento mientras los disparos se dirigían hacia ella desde las lanchas. La armadura potenciada recibió impactos, parpadeando en rojo en la visera ahora cerrada sobre su rostro. Derribando a Sai y su cuerpo sin armadura, Aurora mantuvo el impulso, rodando y volviendo a ponerse de pie, rifle listo.

Para ver a Abbad, sonriendo como si acabara de llegar a su propia fiesta de cumpleaños, sosteniendo la katana de Sai en una postura alta. Aurora niveló el rifle, apuntó al gatillo y, a pesar del caos que se desarrollaba a su alrededor, sintió una clara anticipación de nivelar a este idiota.

El ataque de Abbad llegó más rápido de lo que Aurora anticipó. La hoja de Sai silbó en el aire y cortó limpiamente el cañón del rifle de Aurora, enviando la pieza de metal negro en espiral fuera de la plataforma hacia el agua. Abbad tampoco esperó para continuar, girando la hoja para un corte cruzado de regreso que habría bisecado la armadura de Aurora si ella no hubiera saltado hacia atrás.

—¡Cuidado! —gritó Sai cuando las botas de Aurora casi aplastaron sus manos, la voz del hombre elevándose sobre un campo de batalla repentinamente abarrotado.

Con unos metros entre ella y el avance de Abbad, Aurora intentó hacer lo que corresponde a una líder de escuadrón y registrar el campo de batalla en su totalidad. Sai, esposado e inútil, se arrastraba detrás de Aurora. A la izquierda, Vana y Renard arrastraban a Kashmal y Kaia hacia la lancha más cercana. Raquel yacía de espaldas en la plataforma de aterrizaje, con humo elevándose de su pecho donde el fuego láser la había quemado.

Gregor tenía el arma larga levantada, disparando a los agentes desde el bosque y recibiendo fuego devastador a cambio. Rovo no se veía por ninguna parte. Tal vez el novato aún estaba nadando, tal vez se había ahogado.

En general, la situación no era buena.

—¡Vamos! —gritó Abbad sobre la batalla—. ¡Dame algo de diversión!

Oh, este tipo iba a morir.

Manteniendo la boca cerrada, Aurora lanzó el rifle arruinado hacia Abbad. El hombre desvió el arma con la katana lo suficiente para recibir el golpe en el hombro en lugar de la cara, pero el movimiento sacó la espada del camino. Aurora pateó hacia adelante, sus botas aún no cargadas lo suficiente para mucho más que un enérgico empujón, pero cuando eres un monstruo metálico en movimiento, eso es suficiente.

Abbad intentó recuperar la katana, pero Aurora apartó la espada de un manotazo mientras embestía. Su mano izquierda agarró el cuello demasiado planchado de Abbad y lo arrojó al suelo, siguiendo el lanzamiento con un pisotón sobre la katana. Aurora deslizó su pie derecho hacia atrás, arrancando la katana del agarre de Abbad y enviándola a deslizarse por la plataforma de aterrizaje mientras que, con su mano izquierda, recién liberada de dar a Abbad un depósito de concreto, sacó su pistola y la apuntó al hombre.

Dos láseres quemaron a Aurora mientras se erguía sobre Abbad, pero el fuego de pistola no quitó demasiado a las defensas de su armadura de poder.

—¿Qué tal esta diversión? —dijo Aurora, apretando el gatillo.

En la fracción de segundo entre que Aurora terminó su frase, su dedo empujando a través de la ligera resistencia en el gatillo de la pistola para enviar el gas supercalentado del arma desde su paquete de energía a través del cañón, el aire alrededor de Aurora se incendió.

Como mil papeles rasgándose a la vez, las moléculas se dividieron cuando Eponi abrió las torretas gemelas de la *Prisa* y el cañón central de la nave. Hechos para el combate espacial, para perforar cascos enemigos pesados, los rayos blanco-azulados —sintonizados a sus niveles más calientes por razones que Aurora no podía comprender— atravesaron las lanchas de los agentes y las pobres almas detrás de ellas.

Su cobertura se derritió, explotó o simplemente se desintegró mientras Eponi trazaba una línea constante, deteniéndose solo en la lancha hacia la que Renard y Vana corrían, y solo porque aún tenían a Kaia y Kashmal con ellos.

El visor de Aurora se oscureció para protegerla de la luz cegadora del láser, su filtro de ruido se activó para evitar que sus oídos zumbaran mientras continuaba el tiroteo. A través de ese corte sónico, Aurora escuchó un sonido extraño, muy cerca.

Risa. Risa salvaje.

A sus pies, Abbad tenía la boca abierta, lágrimas corriendo de sus ojos, incluso con un agujero humeante en su pecho donde el disparo de la pistola de Aurora, torcido ligeramente por el ataque de Eponi, había dado en el blanco.

—¡Eponi! —la voz de Gregor, por la banda del escuadrón—. Deja de disparar. Matarás a la niña.

—¿Creí que lo estaba haciendo bastante bien evitándolos? —respondió Eponi, pero cortó los láseres, su silencio llegando tan repentino como su destrucción—. Aún están de pie.

Aurora no podía discutir eso: Eponi había convertido al equipo de Renard y Vana en cenizas, y había reducido todas menos una de sus lanchas a metralla. Los dos líderes, sin embargo, aún tenían su ruta de escape. Aún tenían a Kaia.

—Voy por la niña —dijo Aurora, volviendo a apuntar la pistola para terminar el trabajo—. Eponi, sal y ayuda a Sai y Raquel. Gregor, encuentra a Rovo.

Esta vez, cuando Aurora apretó el gatillo, nada detuvo el disparo.

Aurora no se detuvo a verificar los resultados, lanzándose hacia la lancha. Vana y Renard casi habían llegado, pero Kashmal, el hombre terco, parecía haberse dado cuenta de que su mejor opción no estaba en ir con los agentes. Empujó contra Renard, intentó alejar a Kaia de Vana.

—Cuidado —dijo Gregor, mientras el visor de Aurora se iluminaba con un rojo brillante a su derecha.

Crujiendo sobre la metralla, Aurora miró en esa dirección, esperando ver a un agente medio muerto arrastrándose desde un naufragio, tal vez blandiendo una pistola en su dirección. En su lugar, vio fuegos moribundos, cuerpos humeantes y el más leve fallo en la luz, como una pequeña arruga corriendo a través de la realidad.

El agente con traje golpeó a Aurora con fuerza, atacando con un cuchillo del largo de una daga que Aurora no podía ver. El golpe rebotó en el grueso brazo derecho blindado de Aurora, enviando chispas y dándole tiempo a Aurora para ponerse de frente al traje. Enfrentándolo directamente, Aurora vio que el revestimiento reflectante había sido dañado, con marcas de explosiones parcheando los costados y el pecho del traje.

—No tengo tiempo para esto —gruñó Aurora, levantando su pistola.

El traje fue por ella, agarrando el arma y, en el proceso, mostrándole a Aurora exactamente dónde golpear. Activó el impulso cinético de la armadura de poder y asestó un golpe a la cabeza del traje. El golpe aplastó el objetivo, el agente manteniendo su agarre desgarrador sobre la pistola y enviando el arma de Aurora volando hacia atrás con él.

Tan pronto como el traje golpeó el suelo, un destello rojo brillante iluminó sobre el hombro de Aurora, chisporroteando en el pecho del traje. Otro siguió medio segundo después.

—Terminado —dijo Gregor.

—Gracias. —El visor de Aurora mostró el camino despejado—. ¿Los agentes?

—Rovo.

¿Qué? Aurora giró, vio una escena diferente a la que

había dejado desarrollándose alrededor de la lancha. Vana aún sostenía a Kaia ahora, con Kashmal completamente inmóvil cerca con la pistola de Vana en su cabeza. Rovo, su traje empapado y goteando, tenía a Renard en una llave de cabeza. Con la armadura de poder, en una posición así, podría aplastar la vida del hombre sin pensarlo dos veces.

Aurora se lanzó en esa dirección, pisando tan rápido como sus pies se lo permitían.

—Me has oído —decía Rovo mientras Aurora se acercaba—, Kaia por Renard. Ese es el trato.

—Dime que tienes un tiro —dijo Aurora, transmitiendo a Gregor—. Vana.

—Estoy en ello —respondió Gregor.

—Date prisa.

Vana estaba negando con la cabeza.

—Renard lo sabe, al igual que yo. La niña es el tesoro. Si me dejas ir, ella vive. Lo garantizo.

—No te llevarás a Kaia —dijo Rovo de nuevo, como si al exigirlo, el novato lo hiciera realidad—. ¡No te la llevarás!

Kaia, con los ojos como platos, miraba de Rovo a su padre, a Vana. No estaba llorando, y Aurora supuso que era el shock lo que la mantenía en pie. ¿Cómo podría una niña de cuatro años darle sentido a lo que estaba pasando?

—Piensa, Rovo —dijo Vana, con voz baja y serena—. Si nos dejas subir a esa nave, tendrás la oportunidad de recuperarla. Podrás vivir con eso. No quieres saber lo que es estar del otro lado.

Renard intentó hablar, pero Rovo apretó su agarre, haciendo que el hombre soltara un jadeo que se desvaneció en la nada. Aurora se acercó al novato, tratando de encontrar alguna debilidad en el control que Vana ejercía sobre el chico. No vio ninguna. Vana jugaba de manera inteligente, mantenía a Kashmal entre ella y la posición de Gregor, y con Kaia en sus brazos, cualquier disparo corría el riesgo de alcanzar a la niña.

Como en un enfrentamiento de alguna película antigua, los dos miembros del Sever Escuadrón se enfrentaron a Vana y sus rehenes, siendo el único sonido ahora el crepitar de las naves y el silbido del viento a través de los pinos circundantes. El humo nublaba el cielo sobre ellos, pero más allá, la estrella blanca de Gillane Cuatro daba claridad al día.

—Rovo —dijo Aurora—. Déjala ir. La perseguiremos y recuperaremos a Kaia, pero no aquí. No ahora.

—Eso no es una opción —respondió Rovo.

—Es una orden —replicó Aurora—. Baja el arma.

—Ya no puedes darme órdenes —dijo Rovo, mientras su mano izquierda se dirigía a la pistola en su cintura.

El movimiento resultó ser demasiado para Vana, quien giró su pistola de Kashmal a Kaia, acercándose al costado de la nave. La mano de Rovo se congeló, pero Kashmal no. Aurora no tenía hijos, no tenía a nadie en su vida que pudiera reclamar ese tipo de control sobre ella, o tal vez lo habría visto venir.

Tal vez habría detenido al hombre a tiempo.

Kashmal corrió hacia Vana, y la agente volvió a apuntar su pistola y disparó. Kashmal cayó, y Vana, apartando a Kaia de la escena, empujó a la niña dentro de la nave. Rovo se adelantó, pero Aurora lo agarró del brazo, evitando que el novato añadiera a Kaia a las bajas del día.

—La matará —dijo Aurora al aire—. Matará a la niña, Rovo. Vana puede sacar la sangre de un cuerpo si es necesario.

Los motores de la nave se encendieron, Vana le dijo a Kaia que se abrochara el cinturón, aún sosteniendo la pistola contra la cabeza de la niña.

—Puedo disparar —dijo Gregor—. Tengo un tiro limpio.

—No —respondió Aurora, aún sujetando a Rovo, quien maldecía sin parar—. La nave está encendida. Se estrellará. No podemos arriesgarnos.

Vana retrocedió, la nave se elevó, giró y se alejó a toda velocidad, desapareciendo en el humo. Un fuerte golpe sonó a los pies de Aurora, y al mirar, vio a Rovo de rodillas, con las manos en el suelo. El novato formó un puño y golpeó el concreto.

Más allá, silencioso y frágil, yacía Renard, con el cuello roto.

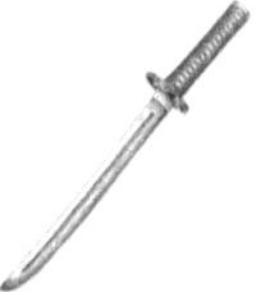

17

RESULTADOS Y VENGANZA

Usando la katana de Sai, Eponi cortó las esposas paralizantes en el chisporroteante final de la pelea. Sai había pasado la mayor parte de la batalla en el suelo, con la mejilla presionada contra la plataforma de aterrizaje mientras los disparos láser zumbaban sobre su cabeza. Cuando el calor dejó de arder, cuando los gritos disminuyeron, Sai se atrevió a levantar la mirada, a intentar ponerse de pie.

A pesar de su arremetida contra Abbad —la idea de que ese hombre tuviera la espada familiar de Sai nubló toda lógica—, Sai sabía que la mejor manera de sobrevivir a una pelea cuando no podías, bueno, pelear, era mantenerse abajo y fuera. El espadachín no ayudaría a nadie convirtiéndose en un blanco, y los agentes lo habían dejado con la ropa de civil de la aventura de ayer: sin armadura, sin oportunidad.

Así, mientras Eponi incendiaba el aire con su descarga, y Vana escapaba con Kaia, Sai observaba. Aunque no sentía afecto por Kashmal, el corazón de Sai dio un vuelco cuando el hombre recibió el disparo de Vana. No podía, ni quería imaginar lo que sería para sus propios hijos ver a su padre abatido ante sus ojos.

Ningún niño merecía eso, mucho menos la brillante y alegre Kaia.

—¿Estás herido? —preguntó Eponi, ayudando a Sai a levantarse. El sarcasmo característico de la piloto, su tono risueño, no hizo acto de presencia esta vez—. Si no, ¿te importaría dar una vuelta y ver si queda alguien de quien debamos preocuparnos?

—¿Qué vas a hacer tú?

—Preparar la *Prisa* para partir —dijo Eponi—. A menos que quieras quedarte en este desastre por más tiempo.

Sai definitivamente no quería. Recuperando su katana de Eponi, Sai echó un nuevo vistazo alrededor, tratando de encontrar esos signos reveladores de vida. Aurora ya había llevado a Raquel de vuelta a la *Prisa*, y Rovo trajo a Kashmal rápidamente después. Si la prisa del novato significaba que el hombre aún vivía, Sai no podía estar seguro. No tenía ningún dispositivo para escuchar la frecuencia del escuadrón, mucho menos para hacer preguntas.

Y, realmente, Sai podía vivir con el silencio por un minuto.

Sus ojos se posaron en Abbad a continuación. Los disparos de la pistola de Aurora habían puesto el sello final al hombre, dejando a Abbad congelado en una expresión de risa. Anoche, retenido en la estructura de Salinity, Abbad había acosado a Sai sin cesar con historias sobre Sever. El hombre había afirmado que quería ser un soldado de asalto, pero que había cometido algunos errores en el camino, con Renard llegando para un rescate inesperado. Sai no llegaría tan lejos como para decir que Abbad había causado una buena impresión, pero el hombre había sido un protector leal.

No es que el héroe elegido por Abbad hubiera corrido mejor suerte. Nadie se había molestado en recoger el cuerpo de Renard, y la forma rota yacía sola. Sin la lancha y nada más a su alrededor, careciendo de los escombros ardientes en otras partes de la plataforma de aterrizaje, parecía como si Renard simplemente se hubiera rendido y caído muerto. Una historia mucho más pacífica que la realidad.

Sai descubrió que no sentía lástima por el oficial. Renard había ordenado que Sai, Eponi y Aurora fueran arrojados al vacío en el *Nautilus*, había intentado una y otra vez que los mataran. Si fallas en acabar con Sever durante el tiempo suficiente, te alcanzará. Aun así, Sai no encontró mucha satisfacción en la muerte del hombre.

¿Se habría sentido como una victoria mayor con Kaia en sus brazos?

Probablemente.

Los otros restos ardientes y los agentes calcinados no le dieron a Sai ninguna sorpresa. Eponi y las torretas de la *Prisa* habían hecho un trabajo definitivo contra un enemigo superado. Que Vana y Renard hubieran siquiera intentado luchar tenía poco sentido. No podrían haber ganado. Incluso si los agentes hubieran disparado con precisión, incluso si Abbad hubiera despedazado a Aurora con la katana, Eponi habría tenido una posición casi invencible para desatar la devastación.

—¿Entonces por qué? —dijo Sai, arrodillándose para comprobar otro ritmo cardíaco inexistente en un cuerpo cubierto de escombros—. ¿Cuál era el punto?

El humo de las lanchas humeantes, elevándose hacia el cielo, ofrecía pocas respuestas.

Raquel vivía. Kashmal, apenas. El rápido disparo de Vana había quemado los pulmones del hombre, una lesión con la que Rovo se solidarizaba y que necesitaba mejor atención médica de la que la *Prisa* podía ofrecer. Raquel, entumecida y estimulada por los brebajes de grado militar que Sever tenía a bordo, hizo las llamadas para que el personal médico estuviera listo en la instalación de Salinity que Sever había utilizado el día anterior.

—No es un hospital —dijo Raquel, sentada en el área central del salón de la *Prisa*. Kashmal ocupaba la habitación de Rovo, donde el hombre seguía inconsciente—. Pero tampoco es nada. Podrán estabilizarlo.

Sai, sentado al otro lado del espacio, asintió a la mujer. Rovo también estaba con ellos, mientras que Aurora se sentaba al frente con Eponi y Gregor, aún limpiando su armadura de potencia en el segundo nivel, vigilaba a Kashmal.

—Tampoco hay agentes —dijo Sai—. Una buena decisión.

—No lo sabes —dijo Rovo, con la cabeza apoyada contra la pared, mirando a la nada y a nadie—. Podrían estar en cualquier parte. Podrían ser cualquiera. Incluso podrías ser tú.

Rovo miró hacia Raquel, quien tomó la acusación mejor de lo que Sai lo habría hecho. En lugar de devolver las palabras de Rovo contra él, o de lanzar alguna diatriba a gritos, Raquel respiró hondo y dirigió una mirada empática hacia el novato.

—Lo siento, Rovo —dijo Raquel—. Todos lo sentimos. Todos estábamos tratando de proteger a Kaia.

—No Aurora —replicó Rovo, dirigiendo su ira hacia Sai —. Ella solo te quería a ti. El escuadrón antes que los civiles, ¿no es así?

—Así es —dijo Sai—. No es que importara. Se iban a llevar a Kaia sin importar lo que hiciéramos.

—¡Porque la llevamos directamente a ellos! —Rovo se

puso de pie, su cabeza caliente a toda máquina ahora—. Deberíamos haber dejado a Kaia y a Kashmal en la instalación. ¡No pertenecían a una pelea como esa!

Sai alzó una ceja en dirección a Rovo—. Si hubiéramos venido sin Kaia, nos habrían atacado. Probablemente me habrían ejecutado.

Por una vez, la frustración de Rovo no le ofreció otro camino que recorrer, y el novato se puso a caminar de un lado a otro. Sai podía entenderlo también: querer estar enojado con algo, querer tener un objetivo, un plan para descargar el calor contra tu enemigo.

—Esto aún no ha terminado —dijo Raquel, y tanto Sai como el novato la miraron. La jefa de seguridad de Salinity tenía su muñequera levantada, tecleando. —Vana se fue volando en una lancha, pero eso no los llevará al espacio. Dijiste que Renard tenía una nave especial, ¿verdad?

—Volé en ella —dijo Rovo. —¿Por qué?

—Dame su descripción —respondió Raquel. —Estoy segura de que Renard no la tenía atracada bajo su propio nombre. Pero si podemos encontrar dónde está amarrada, puedo bloquearla. Salinity no la dejará salir.

—Entonces tenemos todo el tiempo que necesitamos para rastrear a Vana. —Los puños de Rovo se apretaron ante la idea. —¿Realmente puedes hacer eso?

—Es como si pensaras que mi papel no tiene sentido —dijo Raquel, su sonrisa ahora no tan triste.

Sai observó cómo continuaba el intercambio, con el novato guiando a Raquel a través de la nave de Renard y sus contornos. La idea tenía sentido, aunque Sai no estaba seguro de cuánto apostaría a que Renard hubiera atracado su preciada nave en una bahía estándar. El oficial muerto había estado en lo alto de la jerarquía clandestina de DefenseCorp, sin duda podría encontrar una bahía fuera de los lugares comunes.

Pero cuando Sai mencionó esa preocupación, una vez que Rovo había terminado su recorrido por la nave, Raquel desechó la inquietud.

—Piensa como si este planeta fuera una de tus naves —dijo Raquel. —Sí, puede haber lugares a los que no prestemos mucha atención, pero nadie saca o mete una nave en este planeta sin que lo sepamos. Si DefenseCorp tiene una bahía privada, la tenemos vigilada. Me aseguro de ello.

—Y una vez que los encontremos, se acabó —dijo Rovo. —La próxima vez, Vana no se escapará.

Después de una larga ducha y un cambio de ropa, Sai encontró a Aurora comiendo una cena ligera en la terraza al aire libre de la instalación. Mucho más agradable que los estrechos y oscuros confines del refugio elegido por Vana y Renard, Sai respiró el aire salado del mar y tomó la silla frente a Aurora sin preguntar primero.

Cuando Aurora sonrió con ironía, Sai se encogió de hombros. Tomó un bocado de, naturalmente, pescado blanco. Un sorbo de agua no salada. Se recostó y disfrutó de una larga mirada al espectáculo del atardecer naranja y púrpura que comenzaba en el horizonte.

—Rovo no está contento conmigo —dijo Aurora después de un largo minuto.

—No está contento con nadie en este momento.

—Si todavía estuviéramos con DefenseCorp, lo habrían despedido por lo que hizo con Gregor. —La sonrisa irónica de Aurora desapareció, su mano derecha tamborileó lentamente sobre la mesa. —O le habrían disparado.

—Lo sé —respondió Sai. —Y sé que quieres que te contradiga, para que puedas decirme todas las formas en que arriesgó la misión, cómo arruinó tu plan, todo para que puedas sacarlo de tu sistema.

Aurora se rio, el ambiente se rompió, y sacudió la cabeza, —Me conoces demasiado bien.

—Hemos estado disparando a las estrellas durante mucho tiempo, capitana.

—Hoy fue un día difícil —dijo Aurora. —No me gusta perder, Sai. Y realmente no me gusta perder ante un agente.

Sai sacudió la cabeza, —No perdimos. Ni una sola muerte de nuestro lado, y eliminamos a Renard. Según mis cuentas, eso es una clara victoria.

—Si ignoras el objetivo principal. Has visto esos trajes, Sai. Si la sangre de Kaia realmente tiene la respuesta, entonces podrías tener agentes invisibles en cualquier lugar sin la más mínima advertencia.

—Lo dices como si fuera nuestro problema —dijo Sai.

Esperaba otra risa, otro movimiento de cabeza y un reconocimiento de que no, el Sever Escuadrón no era la policía de la galaxia. No era culpa de su pequeño grupo si DefenseCorp soltaba un montón de asesinos invisibles sobre cualquiera que no firmara un contrato.

Pero Aurora no mordió el anzuelo. En su lugar, fijó su mirada dura en el horizonte. Esos dedos comenzaron a tamborilear de nuevo.

—Tú y yo vinimos a Sever por el dinero —dijo Aurora. —Hemos luchado y luchado y luchado y siempre pensé que el saldo bancario resultaría ser lo más importante. —Se detuvo, miró a Sai, esbozó la más leve sonrisa, —Y sigue siendo importante, pero puede que ya no sea lo único.

—¿La chica significa tanto para ti? —dijo Sai, luego sacudió la cabeza. —Lo siento, eso salió mal. Lo que me pregunto es, hemos volado y quemado ciudades. Hemos luchado contra padres, y hemos disparado a hijos e hijas. Yo tampoco quiero que le pase nada malo a Kaia, Aurora, pero ahora mismo, todos estamos aquí. Estamos vivos, con una nave reparada y un traje de armadura de poder completo. ¿A quién le importa si DefenseCorp se destruye a sí misma?

—Si le digo a Rovo que nos vamos, no nos seguirá —dijo Aurora.

Sai sintió que había una respuesta más grande a sus palabras que esa, así que esperó. Comió su comida ahora fría. Aún mejor que los paquetes de proteínas sintetizadas en laboratorio.

—Sai, dejamos DefenseCorp por lo de Dynas porque queríamos ser diferentes. Tomar nuestras propias decisiones y no lidiar con sus tonterías. Creo que tenemos que tomar esta decisión ahora —Aurora lo miró. —Voy a necesitar tu ayuda. Rovo está demasiado enojado para mantenerse unido. Eponi es demasiado voluble, y Gregor solo quiere que le digan dónde golpear. Si vamos a encontrar a Vana y recuperar a Kaia, necesito que el viejo Sai esté conmigo.

—¿El viejo Sai? —El espadachín sonrió. —¿Qué significa eso?

—¿Cuándo fue la última vez que construiste una bomba, amigo mío?

18

EN LAS PROFUNDIDADES

La consola parpadeaba frente a él, su amplia pantalla negra esperando recibir la orden de Gregor. O, mejor dicho, su dictado. Eponi había configurado el programa de comunicaciones y dejado a Gregor solo en la cabina del *Prisa*, con la nave acoplada de forma segura en las instalaciones de Salinity. Kashmal había sido trasladado en una nave médica de Salinity, mientras que el resto de Sever, incluida Raquel, terminaba una larga noche en la cubierta abierta de la plataforma.

Gregor se uniría a ellos eventualmente. Los escuadrones tenían que unirse después de un día como este, destrozar una noche o dos juntos para aliviar la tensión. Gregor tendría que hablar con Rovo, especialmente. Explicarle por qué lo había arrojado al agua. Que lo había hecho para salvarlo de un error del que no podría recuperarse.

Sin embargo, ese lanzamiento había roto el delicado hilo de las negociaciones. Gregor había presenciado el descenso hacia el tiroteo a través de su visor, a salvo de los disparos de pistola fáciles por la distancia. Como ver una película realista, y una mala, además.

La culpa no había jugado un papel importante en la vida de Gregor. Se esforzaba por aceptar sus decisiones en el momento de tomarlas. Estando en DefenseCorp, o en las minas antes, no podías detenerte en los errores, en lo que podrías haber hecho diferente. No había tiempo y, de todos modos, no podías volver atrás. Así que Gregor se negaba a revisar las horas y reproducir diferentes escenarios, aquellos que habrían dejado a Kaia en manos de Sever.

Demasiados quizás ahí. Demasiados y si.

Había pasado el viaje desde la isla hasta las instalaciones de Salinity con un ojo puesto en Kashmal, aunque el hombre parecía tan alejado de la vida funcional que enfocarse en él era deslizarse hacia una frustrante náusea. Gregor no podía golpearlo con un martillo para hacerlo más saludable, y no tenía las herramientas ni las habilidades para realizar una cirugía milagrosa.

Sin embargo, podía esperar y ver si Kashmal necesitaba agua. Una mano para apretar mientras su vida se escapaba, si tal cosa tenía que suceder.

Gregor esperó el terrible espectáculo con sus armas. Limpió y reconstruyó el arma larga, su cañón marcado por el fuego láser, pero por lo demás en buen estado. Limpió la armadura de poder, ejecutó las comprobaciones de los sistemas en sus diversas partes y asintió cuando volvieron positivas. Por una vez, el hombre del martillo no había estado en el centro de la pelea. Por una vez, Gregor no había sido un objetivo.

Hacer todo eso mató el tiempo, pero no hizo nada para saciar un empujón cada vez más urgente. Gregor había estado con DefenseCorp durante décadas, y en ese tiempo había dejado de hablar con su familia. Enviar mensajes a través de las estrellas siempre llevaba tiempo, y con sus padres saltando de una roca espacial a otra en su trabajo minero, no había mucha garantía de que las notas los encontraran de todos modos. El silencio gradual volvió a Gregor mientras las palabras de su familia llegaban a cuentagotas, poco a poco, y luego nada.

Y ahora, aquí estaba sentado, tratando de pensar qué decir cuando no había dicho nada durante tanto tiempo.

Más fácil, sin duda, blandir el martillo.

La consola zumbó, su pantalla negra parpadeando en verde por una llamada entrante. El identificador de Eponi se desplazó y Gregor lo tocó.

—Oye, ¿ya terminaste de escribir esa carta de amor? —la voz de Eponi llegó, arrastrando las palabras ligeramente.

—¿Carta de amor?

—Lo que sea. El punto es que Aurora está declarando una reunión de escuadrón, ahora mismo. Bebidas obligatorias. Entonces, ¿vienes?

Gregor miró la caja oscura y vacía en el lado derecho de la consola.

—¿Gregor? ¿Estás ahí, grandullón?

Parpadeó, se enfocó en el verde de Eponi, esbozó una pequeña sonrisa, aunque Eponi no podía ver su rostro.

—Estaré allí enseguida.

—Vale, pero date prisa, porque Sai ya está sirviendo...

Gregor deslizó la llamada, miró la caja negra por otro segundo, y luego la deslizó también.

La lancha no representaba la forma óptima de recuperarse de una resaca, pero el cóctel de drogas que recorría el cuerpo de Gregor hacía un buen trabajo eliminando los efectos posteriores de una sesión informativa del escuadrón que había salido mal. Con Eponi al frente en los controles, Gregor y Sai viajaban con ella hacia Kaiyo. Eponi parecía tener un suministro ilimitado de energía, aunque Gregor supuso que sus vibraciones optimistas provenían más de su elección de abandonar el desastre de anoche a una hora más temprana que, bueno, el amanecer.

Pero pocas cosas curaban las grietas mejor que decir la verdad bajo los efectos de una botella, particularmente una compartida bajo el cielo nocturno bastante asombroso de Gillane Cuatro, con las olas turbulentas debajo rebotando la luz hacia arriba.

—¿Así que son mejores amigos de nuevo? —preguntó Eponi mientras volaba.

—Rovo entiende —respondió Gregor, su voz aún más baja y necesitando agua—. Y yo lo entiendo a él.

—Suena aburrido.

—Eponi —dijo Sai—, no todos resuelven sus diferencias a golpes en la calle.

—Como dije, aburrido.

Gregor se reclinó en el asiento y cerró los ojos. Rovo había estado rígido al principio, quizás esperando que Gregor diera algún monólogo sobre el deber y manejar la misión por encima de las emociones. Gregor, sin embargo, nunca fue partidario de la disciplina. Aurora era la líder del escuadrón, todo eso estaba en su dominio. En su lugar, Gregor tomó el camino del perdón sin decir realmente nada sobre el perdón.

—Yo habría hecho lo mismo, si conociera mejor a la chica —le dijo Gregor al novato, y Rovo se había aferrado a esa amabilidad por el resto de la noche.

Que Gregor nunca arruinaría realmente una misión por un civil no importaba. Sever terminó la noche unido de nuevo.

Eponi inclinó la lancha, siguiendo una proyección verde claro en la cúpula de cristal que le indicaba a dónde ir. A las fuentes de Raquel no les había tomado mucho tiempo encontrar la nave de Renard, estacionada en una bahía poco utilizada destinada a reparaciones y salvamento. La bahía en sí estaba situada en lo profundo de la estructura de Kaiyo, y aunque Eponi había preguntado sobre volar directamente hacia ella, Raquel había sugerido un método más sutil.

Al parecer, a Salinity no le gustaba que estallaran grandes peleas en sus ciudades.

Como tal, el trío de Sever tenía que entrar por el camino largo. Raquel, Rovo y Aurora estaban listos para responder con más fuerzas de seguridad de Salinity. Si Vana y Kaia aparecían en otro lugar, irían al rescate. Una vez más, Rovo se había resistido a quedarse fuera de la fuerza principal. Una vez más, Aurora había persuadido al novato de que se quedara atrás.

Raquel, sin embargo, impuso otro requisito. Uno contra el que Gregor y Sai habían protestado, y que Eponi había aceptado con indiferencia. Nada de armaduras motorizadas. Kaiyo aún zumbaba por las peleas anteriores que habían arruinado una plataforma de aterrizaje y casi derrumbado un edificio, sin mencionar la tienda de salvamento incendiada. Ahora Sever también había destrozado un lugar de vacaciones. Cualquier destrucción más, y Raquel se vería obligada a expulsar al escuadrón del planeta, sin importar la razón por la que habían venido.

—Eligió al equipo equivocado para una misión silenciosa —dijo Sai cuando la resplandeciente ciudad de Kaiyo apareció a la vista—. Gregor nos va a poner en las noticias antes de que hayamos salido de la lancha con ese martillo.

—O tu espada —replicó Gregor.

—Por eso estoy aquí —dijo Eponi—. Ustedes dos atraen todas las miradas, luego yo saco a la chica. Fácil.

—Después de que comprometamos la nave —corrigió Sai.

—Sí, lo que sea. Ustedes hacen lo suyo, yo hago lo mío.

Gregor no podía ver la cara de Sai, pero sabía que el hombre había puesto los ojos en blanco de todos modos.

Eponi atracó la lancha en un muelle de carga de Salinity dos niveles por debajo de la superficie de Kaiyo. El espacio, abarrotado de robots de carga y trabajadores que manipulaban agua purificada en tanques y cajas de todos los tamaños, zumbaba con una industria que no tenía nada que ver con la destrucción. El puro trabajo por el bien de la industria tocó una fibra en Gregor, y se tomó su tiempo caminando desde la bahía, absorbiendo el esfuerzo.

Y dando a todos en la bahía la oportunidad de echar un vistazo al martillo de Gregor.

A pesar de las bromas de Sai, el sigilo no era la estrategia aquí. Aurora, Rovo y Salinity esperaban que Vana pudiera ver al trío dirigiéndose hacia su nave y actuar en consecuencia. Delatarse. Entonces entrarían en acción, rescatarían a Kaia y pondrían un láser caliente entre los ojos de Vana. Un buen plan, especialmente si ser una distracción significaba que Gregor encontraría muchos objetivos.

Un disparo de francotirador simplemente no satisfacía como un golpe de martillo.

Sai iba al frente, con su katana en su vaina en la espalda. Aunque no llevaba armadura motorizada, el hombre, al igual que los otros dos, vestía un abrigo hasta los tobillos, obtenido de los recursos de Salinity destinados a mantener calientes a los trabajadores mientras estaban en el pico a través del planeta. La prenda servía para ocultar las pistolas, cuchillos y, en el caso de Sai, algunas bombas improvisadas diseñadas para cortocircuitar la electrónica cercana.

Plantar las bombas en la nave de Vana, y si Sai enviaba un mensaje en la frecuencia correcta, Vana descubriría que esa nave no despegaría. Crucialmente, las bombas no harían que los niños pequeños sintieran nada más que un pequeño zumbido en el cabello.

Pero, para colocar esas bombas donde debían estar, el trío tenía que llegar a la nave, y tal vez incluso entrar en ella. Nadie pensaba que Vana hubiera dejado su mejor ruta de escape sin vigilancia. Algunos esperaban que la hubiera reforzado.

Gregor, sosteniendo su martillo sobre su hombro derecho, iba detrás mientras salían de la bahía y se adentraban en un mundo diferente. En la superficie, el ambiente limpio y metropolitano de Kaiyo cumplía con la imagen de prosperidad futura que Gregor esperaba de los planetas ricos. Había pasado su carrera mayormente en lo opuesto —los planetas con sociedades saludables no solían necesitar los servicios de DefenseCorp— así que caminar por las calles limpias de Kaiyo, ver cuerpos deslizarse por los tubos de transporte y no escuchar ni un solo grito violento había sido un agradable descanso.

¿Aquí abajo? ¿Donde los techos presionaban, brillando con iluminación amarilla estándar?

Bueno, Gregor tuvo que empujar su propia mandíbula de vuelta a su lugar.

Esas luces aburridas mostraban un nivel extenso, cuyos muros, bordeando tiendas y casas, contenían murales que abrazaban todos los estilos artísticos que Gregor podía imaginar. Música en vivo sonaba, chocando y luego armonizando entre sí mientras los músicos, apostados en sus propias esquinas, lideraban y seguían en igual medida. Las multitudes fluían como ríos, mezclando y combinando trabajadores con compradores y familias por igual. Cada respiración traía consigo un peso sustancial mientras las comidas de mediodía cobraban vida.

La espada de Sai y el martillo de Gregor aseguraban al

trío espacio y una ligera sospecha, pero como animales en una reserva natural, estas personas no caminaban con la violencia mordiendo sus pasos. Las preocupaciones monetarias no estaban envolviendo cada una de sus palabras, clavando garras en sus ojos.

—Maldición —dijo Eponi—. Este podría ser el lugar más feliz que he visto jamás.

—Y nosotros vamos a arruinarlo —dijo Gregor, el hecho casi apagando sus deseos de blandir el martillo.

—Tal vez no —respondió Sai—. La nave está a varios niveles de aquí. Si tenemos suerte, nunca sabrán lo que está pasando bajo sus pies.

Si tienen suerte. Gregor no tenía que señalar lo poco afortunados que solían ser los civiles cuando Sever o DefenseCorp estaban cerca.

—¿Entonces dónde está el descenso? —preguntó Eponi cuando llegaron al centro del nivel, un patio circular que reflejaba los espacios más grandes en la superficie de Kaiyo. No había fuentes ni estatuas altas aquí, pero se habían dispersado bancos alrededor de un pequeño escenario en el centro, perfecto para una banda—. No veo ningún letrero de ascensor.

Sai, mirando su pulsera, respondió:

—Los ascensores abiertos para nosotros están por allá. No muy lejos.

Los ascensores del tamaño de una persona no eran, de hecho, ascensores. En lugar del piso plano que llevaría a Gregor arriba o abajo en una cómoda posición de pie, los ascensores que Salinity daba a su gente eran los malditos tubos. Cápsulas individuales —lo suficientemente grandes para dos si el segundo era un niño pequeño— que se deslizaban por caminos presurizados. La estación de ascensores tenía cuatro tubos a la vista, uno para subir y uno para bajar, con otros dos cuyas cápsulas pasaban zumbando llevando a gente que no estaba interesada en detenerse en este nivel.

—No voy a entrar ahí —dijo Gregor.

—Ay, ¿Gregor tiene miedo? —se burló Eponi mientras se acomodaban en una corta fila que descendía.

—No tengo miedo, simplemente no quiero —Gregor dio unas palmaditas al martillo—. Es demasiado grande.

Aunque eso no era estrictamente cierto. Las cápsulas tenían espacio suficiente para Gregor y su martillo, a pesar de su asiento individual más uno. Simplemente no tenía ningún deseo de meterse en un huevo y ser disparado por ahí.

—No creo que tengamos opción —dijo Sai, volviendo a consultar su muñequera—. Supongo que podríamos pedirle a Raquel que nos autorice a usar los montacargas de carga, pero quién sabe cuánto tiempo llevaría eso.

—Vamos, Gregor. No seas un bebé. Súbete a la atracción con nosotros —se rio Eponi.

Había momentos en los que Gregor deseaba trabajar solo.

Las cápsulas funcionaban mediante una placa de presión. El siguiente pasajero caminaba hacia un cuadrado pintado de blanco y dorado, complementado por un poste texturizado para aquellos que carecían de visión o necesitaban una segunda guía. La señal atraía la siguiente cápsula que pasaba hacia la ranura de recogida, aunque la mayoría de las veces parecía que ya habría una cápsula allí después de dejar a otro pasajero.

Sai, y luego Eponi, se subieron a sus cápsulas y salieron disparados, apuntando tres niveles más abajo. Un viaje relámpago de segundos. Gregor fue el siguiente, la cápsula verde mar y plateada se detuvo frente a él como un huevo colocado de lado. El hombre grande pasó por encima del ascensor, una cuenta regresiva de color rojo brillante le daba treinta segundos para completar el embarque. Tan pronto como Gregor se acomodó en el duro asiento, la cápsula hizo su magia: escaneó el tamaño del hombre, los cinturones se ajustaron y lo aseguraron, fijando a Gregor en su lugar.

El martillo no tenía un soporte, y Gregor no creía que cupiera en el compartimento de carga, así que lo sostuvo con ambas manos mientras el temporizador de la cápsula llegaba a cero. Una cubierta protectora se cerró a su alrededor y el huevo giró, apuntando directamente hacia abajo. Sonó un alegre timbre y la cápsula se lanzó, metiéndose como un rayo en el tubo principal y dirigiéndose hacia abajo.

Rápido.

Demasiado rápido.

Los niveles pasaron borrosos, muchos más que tres, mucho más allá del que Gregor había seleccionado, mientras la cápsula lo lanzaba a las profundidades de Kaiyo.

19

JUEGOS PELIGROSOS

La emoción de carreras de karts cuando la cápsula salió disparada duró aproximadamente lo mismo que le tomó a Eponi notar que el contador de niveles no se había detenido en el piso que ella había elegido. En su lugar, después de varios segundos de más, la cápsula se desvió hacia un lado, depositando a Eponi tres pisos por debajo del objetivo. La cubierta se deslizó a un lado y un breve temporizador le indicó a Eponi que saliera ahora o sufriría consecuencias indefinidas.

La piloto pisó una plataforma desierta, en un nivel que carecía de la alegría de su contraparte superior. Las luces naranja-amarillas permanecían, pero en lugar de un diseño amplio, la plataforma de la cápsula se estrechaba hasta una puerta asegurada, cerrada herméticamente con un escáner rojo brillante a su lado. A su izquierda, las cápsulas que se disparaban hacia arriba pasaban zumbando, ofreciendo una opción fácil de subir.

Y sin embargo.

Eponi había elegido el piso correcto, el que Sai había confirmado con cada uno de ellos antes de entrar en las cápsulas. El espadachín no estaba aquí y, mientras las cápsulas pasaban disparadas detrás de ella, era evidente que Gregor tampoco se había detenido en este piso. Lo cual significaba que la cápsula había fallado, o alguien más le había dicho a dónde ir.

No se consideraría sospechosa, pero Eponi sabía a lo que se enfrentaban: los agentes preferían operar en las sombras, no al frente. ¿Separar a Sever Escuadrón y eliminarlos uno por uno? Primera página del manual del agente, ahí mismo.

Deslizando su mano hacia la pistola bajo su chaqueta, Eponi se alejó de los tubos de las cápsulas y se dirigió hacia la cabina con ventanas situada cerca de la puerta cerrada. El resplandor de una consola chocaba sus azules con las luces de barra superiores detrás del cristal, y el arco de una silla giraba en un círculo lento.

—Vaya, si eso no es ominoso —murmuró Eponi, tomándose su tiempo en el acercamiento.

Quería levantar su muñequera, enviar una pregunta a Sai y Gregor, tal vez una advertencia a Aurora y los demás, pero Eponi no quería morir, y apartar los ojos, su concentración de la escena antes de haberla asegurado era una buena manera de hacer un viaje exprés al más allá.

Acercándose al cristal, al pequeño óvalo donde los visitantes, obviamente, debían mostrar identificación, dinero o lo que fuera, Eponi miró dentro, luego inmediatamente retrocedió, sacando su pistola y haciendo un barrido por el área. Nada, nadie se levantó para saludarla.

Dentro de esa cabina, Eponi había visto un cadáver frío. El guardia que había estado atendiendo esta estación ya no estaría haciendo su trabajo. Varios agujeros negros chamuscados a través del uniforme de Salinity revelaban la causa de la muerte de manera definitiva. Pero ¿por qué asesinar a un asistente de cabina al azar?

Esa pregunta no encontró respuesta en el repentino ruido cuando la puerta cerrada se abrió de golpe, pero sí fue empujada al fondo de la mente de Eponi.

La puerta que se abría reveló a varios oficiales de seguridad de Salinity, estos armados con rifles, pistolas en sus cinturones y las miradas mezquinas de personas llamadas a interrumpir un almuerzo temprano para lidiar con un problema que no querían. Dos vieron a Eponi con su pistola desenfundada e hicieron las llamadas esperadas para que la soltara, mientras que el tercero se volvió hacia la cabina y maldijo en el estilo ruidoso y conmocionado de alguien que nunca antes había visto un cadáver.

Eponi bajó la pistola, pero no la soltó. Sin embargo, levantó su mano izquierda, tratando de poner una cara que dijera que no iba a disparar a nadie.

—Hola —dijo Eponi—. Sé cómo se ve esto, y les voy a decir, esto no es lo que parece.

—Parece que todavía estás agarrando esa pistola —dijo el líder del trío, quien aún no había echado un vistazo dentro de la cabina. De los tres, parecía el mayor, con mechones de cabello gris abriéndose camino alrededor de su cabello castaño y rostro bien afeitado—. Suéltala, o disparamos.

Había varios escenarios en juego aquí. Eponi podría hacer lo que el hombre decía, dejar que los tres la llevaran a algún centro de procesamiento de Salinity donde una llamada a Raquel y evidencia en video (tenía que haber alguna grabación en esa cabina) la exoneraría. Unas pocas horas sudando, y Eponi podría salir de esta.

Unas pocas horas fuera del rastro, durante las cuales

Vana podría ser capaz de escapar del planeta con Kaia a cuestas.

—Lo siento, amigo —dijo Eponi—, sabes que realmente no quiero hacer esto.

El líder arqueó una ceja, levantó el rifle, pero estas eran fuerzas de seguridad de Salinity. Como las del vestíbulo de arriba, no habían visto acción real en demasiados años. Un trabajo cómodo en un planeta cómodo pasado guiando a turistas y al ocasional borracho a donde necesitaban estar.

Eponi se desvió hacia la derecha, dirigiéndose hacia la cabina mientras sacaba su pistola y bajaba su energía. Los disparos aún dolerían lo suficiente como para quitar el aliento, pero no deberían quemar la piel. No deberían chamuscar un pulmón.

El trío reaccionó con una mezcla de bravuconería y pánico. El líder logró apretar el gatillo, enviando energía caliente que quemó la pared detrás de Eponi. Sus compañeros trataron de levantar sus rifles, mientras retrocedían hacia la cobertura más allá de la puerta. Dos frenéticos segundos y la confrontación se había convertido en un enfrentamiento, con Eponi permaneciendo detrás de la cabina y los guardias del otro lado.

—Les diré algo —gritó Eponi—. Envíen a uno de sus chicos a mirar el video. Les dirá que no tuve nada que ver con esto. Mi cápsula fue al piso equivocado. Esto es una trampa.

—Si ese es el caso, el video lo probará. ¿Por qué estás apuntándonos con una pistola? —El líder, para su crédito, sonaba genuinamente confundido. Sin duda preguntándose cómo su sándwich de jamón se había convertido en un posible tiroteo—. Esto no tiene por qué ser así.

—Porque tengo lugares donde estar que no son aquí —

respondió Eponi—. Déjame subir a una cápsula y nunca más me verás, lo prometo.

El líder, al parecer, no estuvo de acuerdo, porque el siguiente sonido que Eponi escuchó provino de una granada de gas rodando por el suelo de concreto hacia ella. Lo hermoso de las granadas, sin embargo, era que si actuabas rápido, podías devolverlas a quienes las habían lanzado en primer lugar. Eponi recogió la granada con su mano izquierda y la lanzó de vuelta hacia el trío de seguridad en un solo movimiento fluido, justo como DefenseCorp le había enseñado a hacer.

El gas se expandió, una nube gris rojiza aprovechando al máximo el espacio cerrado. Eponi escuchó toses, el líder intentando y fallando en completar una frase. Era hora de irse. Conteniendo la respiración, y agradeciendo a Defense-Corp por entrenar a sus reclutas para hacerlo bien —los aterrizajes en agua no eran broma—, Eponi corrió hacia los tubos de las cápsulas. Se paró en la plataforma de llamada, girando en cuclillas, con la pistola apuntando de vuelta hacia la puerta.

No podía ver al trío, y ellos no podían verla, pero la granada no tenía tanto gas. Podría disiparse antes de que una cápsula vacía pasara por este nivel inferior y menos transitado. Eponi debería disparar, debería forzarlos a cubrirse.

Pero estos no eran el enemigo, y Raquel podría no ser tan amable si Eponi empezaba a disparar contra sus compañeros de trabajo.

Eponi realmente, realmente esperaba que no hubiera héroes en ese grupo. Nadie lo suficientemente tonto como para intentar atravesar el gas para llegar a ella. Observó el gas con ojos llorosos y ardientes, escuchó las toses, y no vio ni un alma.

Un timbre sonó detrás cuando una cápsula se deslizó en su lugar. Eponi cayó hacia atrás en la abertura, comenzando a ver manchas frente a sus ojos mientras se le acababa el oxígeno. Tenía que respirar ahora, o arriesgarse a llegar inconsciente al siguiente destino. Introdujo el nivel correcto, esperando que la cápsula lo entendiera bien esta vez, y exhaló todo el aire de sus pulmones mientras la cubierta se cerraba sobre ella.

La inhalación la hizo toser —suficiente gas había encontrado su camino al interior para hacer todo desagradable— pero pronto la cápsula la dejó tres niveles más arriba, permitiendo que Eponi hiciera una salida jadeante donde necesitaba estar. Arrastrándose hacia un lado, con los ojos hechos un desastre borroso, Eponi se recompuso.

Había escapado de la trampa. Vana, o uno de sus agentes, había tendido una emboscada a Eponi. Todo para retrasar o matar a Sever, sin poner en riesgo a sus propios agentes. Pero, una vez más, Eponi había escapado. Porque era asombrosa, increíble y brillante todo en uno. Eponi encontró una pared, se apoyó en ella, y tosió y rio al mismo tiempo.

Habían fallado de nuevo, los perdedores.

Después de parpadear lo suficiente y toser lo necesario para limpiarse, Eponi pudo observar dónde había aterrizado. Las luces rojas de nivel de la cápsula le habían asegurado, incluso a través del gas, que había encontrado el lugar correcto. Y el gran letrero iluminado en plateado lo confirmaba: Salvamento Salinity.

Cualquier emoción por finalmente llegar a donde su misión exigía murió cuando Eponi se dio cuenta de que no escuchaba los ruidos propios de un patio de salvamento. No oía la conversación entre trabajadores, el zumbido, corte y tajo de metales. Ningún bot traqueteando de un sitio de trabajo a otro. El patio de salvamento, aparte de los sonidos constantes inherentes a cualquier instalación moderna, estaba en silencio.

A diferencia del nivel inferior cerrado, el patio de salvamento no tenía una cabina custodiando su entrada. No tenía una puerta cerrada. En su lugar, la plataforma de la cápsula se abría a un espacio amplio vagamente organizado por letreros colgantes que indicaban dónde pertenecían las diferentes partes. Al fondo, cerca de lo que Eponi suponía sería el borde exterior del nivel, colgaba una etiqueta que anunciaba reparaciones de naves.

Eponi habría ido directamente allí de no ser por el movimiento que captó. Sombras cambiantes, jugando con las luces. Un grupo, caminando por la zona. La pared de Eponi, un tramo corto destinado a separar la plataforma de la cápsula de cualquier pila de escombros invasora, no serviría como ningún tipo de cobertura.

La piloto se agachó, volvió a subir la potencia de su pistola. Un nivel como este debería estar lleno de gente, y el hecho de que no lo estuviera significaba que los agentes habían creado alguna excusa para vaciarlo o —Eponi hizo una mueca mientras se escabullía— los habían eliminado. Lo que significaba que cualquiera que quedara seguramente merecía cualquier disparo que Eponi decidiera darle.

Agachándose en las sombras cilíndricas de viejos motores, Eponi se deslizó hacia abajo. Sacó su muñequera y envió rápidamente esos mensajes, uno a Sai y Gregor preguntando dónde diablos estaban, otro a Aurora y Raquel, sugiriendo que Salinity debería enviar algunos refuerzos a su patio de salvamento.

—¿Ya casi terminas? —dijo una voz alegre, y Eponi levantó la vista de su muñequera, directamente hacia el extremo de un rifle. El rostro de la mujer que lo sostenía se estiró en una amplia sonrisa, una que parecía demasiado feliz para las circunstancias—. ¡Estoy tan contenta de haberte encontrado! El jefe ni siquiera pensó que llegarías tan lejos.

Eponi, bajando su muñequera con la menor velocidad posible, intentó equiparar la sonrisa con las palabras que salían de la boca de la persona.

—¿Eh, sí? ¿Aquí estoy?

Su mano derecha aún sostenía su pistola, y con el más leve movimiento, Eponi levantó el cañón, listo para un disparo al estómago. Eponi habría apretado el gatillo también, lo habría hecho, excepto que la agente pateó rápidamente, golpeó la mano de Eponi y envió la pistola volando.

—Tan astuta —dijo la agente, sacudiendo la cabeza—. A mí también me gustan los juegos, ¿qué tal si probamos el mío?

Había momentos en los que Eponi se habría arriesgado a un movimiento audaz, habría intentado un puñetazo al estómago y rodar lejos, pero la rápida patada de la agente había demostrado que no era una tonta matona. Cualquier movimiento repentino probablemente terminaría con un disparo de rifle en su cara, así que Eponi respondió de la única manera que pudo:

—Está bien, amiga. Juguemos.

20

¿QUIÉN PAGA?

Cuando Raquel le preguntó a Rovo, de pie en una sala de conferencias de Salinity en la superficie de Kaiyo, qué había sucedido en la isla, el novato no supo muy bien cómo responder. La primera y mejor explicación era que se había dejado llevar por las emociones y el instinto. La lucha con Gregor había terminado rápido, sin que Rovo pudiera ni superar en fuerza ni en habilidad al luchador más viejo y fuerte. Así que Gregor había arrojado a Rovo al lago de abajo, diciéndole al novato que se pusiera las pilas.

—A partir de ahí, solo intenté llegar a Kaia —dijo Rovo, mirando por los altos ventanales hacia el océano interminable—. Nuestra armadura tiene ganchos de emergencia, así que lo lancé hacia la plataforma de aterrizaje y me impulsé hacia la pelea. —Rovo se estremeció y la miró de reojo—. Lo siento, ni siquiera vi que te habían derribado.

Raquel asintió, igualando la mirada exterior de Rovo.

—Fue una estupidez salir allí sin más protección. Había pasado tanto tiempo desde que tuvimos algo parecido a una pelea real aquí que simplemente... asumí que las conversaciones se llevarían a cabo sin que se disparara un tiro.

—Parece que nunca sucede así con nosotros.

—Aparentemente. —Raquel frunció el ceño—. No has dicho nada sobre el otro. ¿Renard?

No había mucho que decir. Rovo había agarrado al oficial porque no quería arriesgarse con Kaia yendo por ella. Pensó que un intercambio, entregar a Renard por la niña, sería un truco más fácil de lograr. Cuando eso salió mal, cuando Vana disparó a Kashmal y huyó con la niña de todos modos, no hubo mucha razón más allá de un destello ardiente y rojo. La armadura potenciada había hecho su trabajo y emitido un veredicto.

—No tenía la intención de matarlo —dijo Rovo—, pero se lo merecía de todos modos. No era un buen hombre.

Raquel no dio ninguna pista sobre cómo tomó ese razonamiento. En su lugar, respiró hondo de una manera que apenas parecía rozar sus labios.

—En los varios días desde que tu escuadrón está aquí, casi treinta personas en mi planeta han muerto. Todas afiliadas a DefenseCorp. Nuestras propias redes de medios están cubriendo esto como una especie de lucha corporativa, manteniendo a Salinity al margen por ahora, pero está creciendo el pánico en mis calles, Rovo. Nadie quiere salir si existe la posibilidad de quedar atrapado en un fuego cruzado.

—Esto no durará mucho más —respondió Rovo—. O Vana se irá del planeta con Kaia, en cuyo caso la perseguiremos. O las atraparemos primero, y luego nos iremos.

—Entonces, ¿a quién responsabilizo? —preguntó Raquel—. Cuando todo esto termine, ¿cómo puedo enfrentarme a mis jefes y a la gente que vive aquí y decir que todo ese daño, toda esa destrucción, fue solo un desafortunado error?

Rovo no tenía una respuesta para eso. Sever Escuadrón, y la mayor parte de DefenseCorp, no se encargaban de la limpieza después de sus misiones. La mayoría de los contratos que había visto excluían explícitamente esa parte: cualquier daño, cualquier trabajo de relaciones públicas, recaía en quien contratara a la compañía para intervenir. Excepto que, ahora, Sever Escuadrón había tomado su propio camino.

—Puedes culpar a DefenseCorp por todo. Tal vez intenta facturarles los daños —dijo Rovo—. Tienen el dinero.

Raquel se rio, de manera sombría.

—¿Crees que pagarán? ¿Que harán una declaración asumiendo la culpa?

—Si ganamos, tal vez. Si no —Rovo negó con la cabeza—, de todos modos no importará.

Detrás de ellos, la sala de conferencias zumbaba. Aurora hacía de orquestadora, hablando con la seguridad de Salinity sobre dónde podría estar Vana, organizando que sus fotos y las de Kaia se difundieran por todo Kaiyo y las otras ciudades de Gillane Cuatro. Eponi había sido lo suficientemente inteligente como para grabar todo el intercambio en la plataforma de aterrizaje con las cámaras del *Prisa*. Raquel, al principio, intentó mantenerse con Aurora, pero se acercó a Rovo cuando quedó claro que la experiencia de la capitana de Sever Escuadrón superaba el rango oficial en este escenario.

—¿Crees que es tan serio? —dijo Raquel—. Sé que soy más nueva en todo esto que tú, y no estoy tan familiarizada con DefenseCorp, pero lo haces sonar como si toda la galaxia pudiera pagar.

—Tendrá que hacerlo —respondió Rovo—. Ese es el objetivo de Vana. Convertir a DefenseCorp en una máquina invencible, poblada de soldados con trajes que nadie puede ver, que pueden ir a cualquier parte. Ahora mismo, si quieres la protección de DefenseCorp, eliges pagar por ella. Si Vana se sale con la suya, no tendrás esa opción.

—Pero necesitaría billones de soldados para cubrir la galaxia. Billones de estos trajes —Raquel negó con la cabeza—. No es posible. No es posible en un futuro próximo.

—Mi padre siempre me decía que una vida estable era la que valía la pena buscar —Rovo asintió hacia allá, hacia el horizonte, como si esta existencia esperara justo más allá de su vista—. La que tenía la mejor oportunidad de dejarte llegar al final en buena forma. Una vez que DefenseCorp demuestre que es imparable, ¿cuánta gente va a decidir que es la mejor manera de llegar a esa vida?

Esta vez, Raquel no tuvo una réplica. Rovo podía adivinar por qué. Salinity tenía que operar con un ideal similar: una hermosa serie de planetas (Gillane Cuatro era solo uno de los veinte que Salinity había convertido en operaciones acuáticas), un flujo constante de dinero en tu cuenta y un viaje junto a una corporación que había estado allí mucho antes y estaría mucho después de tu vida.

DefenseCorp podría decir lo mismo, pero sus filas se agitaban con turbulencia. La armadura potenciada iba en camino de preservar vidas, pero las batallas aún cobraban su precio. El servicio de guarnición, por otro lado, era un trabajo tan cómodo como alguien podría desear. La gestión planetaria, los impuestos orbitales, todos esos trabajos ofrecían tiempo para tomarse el café de la mañana y pensar qué película ver esa noche.

Y para aquellos que querían la emoción, bueno, los trajes de Vana ofrecerían amplia oportunidad para arrasar cualquier planeta indeciso. Cualquier ejecutivo que no quisiera firmar un contrato. Cualquier pirata obstinado con su independencia.

—Ahora mismo —continuó Rovo—, DefenseCorp tiene una reputación que la mantiene a raya. No puede entrar en territorio no deseado sin hacerse enemigos. Eso terminará cuando nadie se atreva a contraatacar.

—Así que en su lugar contraatacamos ahora.

—Intentarlo, al menos.

Las llamadas llegaron al mismo tiempo. Una, de la seguridad de Salinity protegiendo los suministros de energía en el nivel inferior de Kaiyo, informaba de un ataque de un agente solitario. Una mujer, que creían había asesinado a un guardia de cabina antes de huir en una cápsula a otro lugar. Y la segunda, Vana.

Raquel se encargó de la primera, ordenó a sus fuerzas que rastrearan los niveles inferiores de Kaiyo, exceptuando la bahía de salvamento y reparación. Esa, que seguía siendo el objetivo de la misión de Sever, debía permanecer libre de interferencias. Y Raquel no quería que sus tropas se convirtieran en bajas cuando Gregor empezara a blandir su martillo.

Vana, sin embargo, pidió hablar con Aurora y Rovo, así que los dos fueron a una oficina privada, activaron la transmisión en una consola montada en la pared y observaron el rostro cansado de su adversaria.

—¿Dónde está Kaia? —Rovo abrió la conversación, viendo solo la cabeza de Vana frente a un fondo de metal gris que podría haber sido cualquier lugar—. Si tú has...

—Tranquilo, Rovo —dijo Vana, aunque esta vez no hubo sonrisas ni toques paternales—. La niña está bien. Ya hemos hecho nuestras extracciones y los tubos han salido del planeta.

—Así que ya tienes lo que necesitas —dijo Aurora—. Puedes dejarla ir.

—Prefiero ser cautelosa —respondió Vana—. Unos días más, unas extracciones más, y tendremos suficiente para que dejar atrás a la niña sea una posibilidad. Dadnos eso y prometo que Kaia no sufrirá daño alguno. —Vana frunció el ceño, ladeó la cabeza y continuó antes de que ninguno de los Sever pudiera encontrar una respuesta—. ¿Su padre? ¿Sobrevivió?

—¿Por qué te importa? —preguntó Rovo.

—Porque no soy Renard, y no soy un monstruo —respondió Vana—. No quería dispararle, pero tenía que quedarme con Kaia. A diferencia de vuestro piloto, que asesinó a mis agentes, o de ti, Aurora, matándolos cuando no causaban problemas a nadie, yo prefiero dejar menos cadáveres atrás.

Rovo comenzó a levantarse, simplemente porque ponerse de pie haría que la repentina ira se sintiera mejor. Estar sentado se sentía demasiado pasivo, y quería atravesar esa pantalla y estrangular a la agente. Aurora, sin embargo, le agarró del brazo por debajo de la cámara y mantuvo al novato en su asiento.

—Tú ordenaste la emboscada —dijo Aurora, fría y serena de una manera que Rovo no podía descifrar.

Él había sido una especie de diplomático, pero siempre impersonal, siempre redactando mensajes entre dos bandos a los que Rovo no les importaba un comino. Aurora podía apagar la emoción como un interruptor, incluso en lo más personal.

Una habilidad que aprender.

—Tus palabras provocaron el fuego —continuó Aurora —. No habíamos sacado un arma, no habíamos disparado un láser. Los cuerpos en esa plataforma de aterrizaje son tu culpa, y solo tuya.

—Supongo que una soldado como tú tiene que encontrar alguna manera de aliviar su conciencia —dijo Vana, sin molestarse en entrar en el juego—. Mi oferta sigue en pie, Aurora. Tres días, y podrás tener a la niña.

Aurora negaba con la cabeza al igual que Rovo, esta vez. —Tres días te costarán muchos más agentes, Vana. Tráela de vuelta ahora y salva a tu gente, como dices que quieres hacer.

—Ellos saben por lo que están luchando y el costo que puede exigir —dijo Vana—. Lamento que no hayamos podido llegar a un acuerdo. Realmente quería devolver a la niña a su padre, pero si insistes, continuaremos con este pequeño juego.

Vana cortó el mensaje en ese momento, dejando a Rovo y Aurora mirando una pantalla en blanco. La capitana de Sever, sin embargo, tenía una media sonrisa en su rostro, del tipo que hizo que Rovo se estremeciera. Aurora, la depredadora, había encontrado una manera de atrapar a su presa.

Una vez que Aurora tomó la decisión, esta se extendió por las filas con una rapidez que dejó atónito a Rovo. A pesar de no tener noticias del trío de Sever enviado a sabotear la nave de Vana, Aurora puso el plan de ataque en marcha sin problemas. Vana se había dejado escapar que había enviado muestras de sangre a la órbita y más allá, pero la nave que la agente había pilotado no había hecho ningún atraque registrado en Kaiyo. La agente tenía que estar en otra plataforma, lo que significaba que habría viajes de ida y vuelta, llevando suministros y trayendo de vuelta la sangre.

Salinity, una corporación tan hermética como pudiera existir, conocía sus rutas regulares de naves. Encontraron varios vuelos extra no planeados que atravesaban su espacio aéreo, todos con los códigos adecuados y todos dirigiéndose a un pico en particular. A unas horas de viaje fuera de Kaiyo, bien dentro del alcance del conflicto de la isla, y Sai había mencionado que se habían quedado en una de las plataformas aisladas durante su noche de cautiverio.

—Los otros tres Severs mantendrán a Vana alejada de cualquier escape de último momento —dijo Aurora, informando a Rovo, Raquel y a un escuadrón de seguridad que había estado preparado desde que comenzó la operación—. Rovo y yo lideraremos el asalto. Ustedes vendrán detrás, asegurarán el área y evitarán cualquier fuga con la niña.

—Los picos solo tienen un ascensor —dijo Raquel cuando Aurora le cedió la palabra a la líder de Salinity—. Si controlamos eso y la plataforma de aterrizaje en la cima, será una botella que no se podrá abrir. Mantengámoslo ajustado, simple, eficiente. Si hacemos esto bien, haremos que nuestro planeta vuelva a ser seguro.

Rovo se sentó junto a la mujer en la nave, volando sobre el agua. Cinco más los seguían, cargadas con fuerzas de seguridad armadas y peligrosas, aunque la mayoría no había visto acción en años. Más arriba, Salinity tenía parte de su escasa fuerza aérea proporcionando apoyo de cazas en caso de que Vana lograra hacer una carrera hacia la órbita.

Una operación ajustada. Un plan perfecto.

—¿Listo para recuperar a Kaia? —preguntó Raquel, una vez más con su chaleco puesto y pareciendo pequeña junto a Rovo en su brillante armadura de poder.

—Más que eso —dijo Rovo—. No dejaremos que Vana se escape. No esta vez.

21

DENTRO DEL PINÁCULO

Aurora pasó el vuelo escaneando las noticias de Kaiyo, revisando los titulares más recientes a través de su visor, junto con comprobaciones de la banda de Sever. Gregor, Sai y Eponi habían desaparecido hacía varias horas, y dada su misión, eso no auguraba nada bueno. Aurora no podía imaginar que Vana, incluso si hubiera agrupado a todos los agentes, pudiera eliminar a los tres Severs sin una sola llamada de socorro... y sin embargo.

Raquel y Rovo volaban detrás en otra lancha. La directora de seguridad de Salinity dijo que había enviado una alerta a toda su fuerza en Kaiyo, pidiéndoles que estuvieran atentos a Sever. Ya había habido algunos contactos extraños, y cuando Aurora presionó a Raquel para obtener más detalles —el cuerpo en la cabina y el encuentro asociado con la granada de gas era lo que más preocupaba a Aurora— la mujer solo negó con la cabeza y prometió que Aurora sabría más que ella.

Todo eso para decir que Aurora tenía los nervios zumbando, los ojos entrecerrados y quería hacer algo más que sentarse y esperar noticias. Un asalto a un pináculo del océano exterior parecía que le haría un mundo de bien.

Las lanchas no trataron de ocultar su aproximación. La luz del día bajo otro cielo sin rasgos de Gillane Cuatro aureolaba el asalto, con el vehículo de Aurora a la cabeza. El pináculo, su objetivo y donde Vana debería estar escondida, sobresalía del océano como una clavija plateada en un papel azul ondulante. Su parte superior, una plataforma ancha y plana con esas barreras láser rodeando los bordes, ya tenía una lancha en ella.

—Sobrevuela la lancha —dijo Aurora al piloto—. Y abre el techo.

—¿Abrir el techo? —El piloto miró hacia arriba, a la cúpula que cubría la lancha. La marca de la gota de Salinity adornaba el cristal por lo demás impecable—. ¿Cuando aún no hemos aterrizado?

—Hazlo —respondió Aurora, recurriendo de nuevo al tono que no admitía desobediencia. La autoridad no tenía que ser otorgada—. Mantén el control de la lancha cuando salte y da la vuelta para dejar a los demás.

Vio al piloto murmurar una pregunta para sí misma, pero a Aurora no le importaba. Mientras se siguieran sus órdenes, no importaba lo que pensara el piloto.

El techo se abrió, dejando entrar el viento aullante. Aurora no sintió nada, segura en la lancha, pero el cabello del piloto y los mechones más cortos de los dos soldados de Salinity apretujados detrás se arremolinaron. La armadura de Aurora trató la nueva variable como había tratado todo hasta ahora: no era una amenaza para sus sistemas optimizados, lista y reparada después de los golpes recibidos alrededor de los muelles de atraque de Kaiyo.

La plataforma de aterrizaje del pináculo voló por debajo, y Aurora activó los propulsores cinéticos del traje mientras saltaba. Los propulsores le dieron a Aurora unos metros extra en un instante, suficiente para despejar su vehículo y enviarla en picada directamente hacia la nave atracada. Mientras caía, Aurora sacó su rifle, apuntó hacia abajo y disparó dos rayos antes de impactar.

Los láseres golpearon el techo de la lancha, quemaron dos agujeros y debilitaron su cohesión. Cuando todo el peso de Aurora en caída aterrizó, el cristal no tuvo ninguna oportunidad. Se hizo añicos cuando Aurora lo atravesó, y los asientos debajo no corrieron mejor suerte. Las pesadas botas de la armadura potenciada atravesaron limpiamente el suelo de la lancha, rompiendo tuberías y haciendo que la batería chispeara en llamas.

Aurora no esperó a quemarse, sino que, levantando las piernas impulsadas por el suministro cinético de la armadura potenciada recargado por la caída, salió y subió a la plataforma propiamente dicha. Las fuerzas de Salinity aterrizaron para encontrarse con ella.

—¿Decidiste hacer una entrada? —bromeó Rovo mientras la lancha dañada crujía y estallaba detrás de Aurora.

—Decidí no arriesgarme a un escape —respondió Aurora—. Ahora no pueden huir.

Mientras las fuerzas de Salinity desembarcaban, Aurora y Rovo se dirigieron al ascensor que conducía al interior del pináculo. La única consola que sobresalía de la cosa exigía credenciales, que Raquel proporcionó. La mujer dudó antes de enviar la plataforma hacia abajo, mirando en dirección a Aurora.

—Si nos amontonamos todos en la plataforma, seremos vulnerables —dijo Raquel—. Pero...

—Estaremos bien solos —dijo Aurora—. Envíanos. Cuando regrese, vuelve con tus fuerzas.

—No sabes cuántos tiene allí abajo —protestó Raquel,

pero Aurora sabía reconocer una verdadera discusión cuando la veía, y Raquel no estaba luchando aquí.

Las fuerzas de Salinity a su alrededor estaban armadas, sí, pero eran novatas. No podían enfrentarse a agentes entrenados de DefenseCorp, no sin perder cinco a uno o peor. Aurora no quería tener que cuidarles las espaldas además de la suya propia.

—Estaremos bien —dijo Aurora—. Envíanos.

—Es la persona más letal que conozco —añadió Rovo—. Excepto Gregor con un martillo. Tal vez. Confía en ella, Raquel.

El respaldo pareció convencerla. Raquel introdujo el comando y se bajó de la plataforma mientras esta hacía la cuenta regresiva para su descenso. Aurora indicó a Rovo que se colocara frente a ella, ambos apartados del centro de la plataforma. Era mejor situarse lejos del punto más fácil de disparar, mejor obtener un borde para mirar por encima y alrededor.

—Confía en ti —le dijo Aurora a Rovo por la banda de corto alcance de Sever—. Eso es bueno.

—Ambos queremos ver a Kaia a salvo —respondió el novato—. Resulta que es fácil crear un vínculo cuando se trata de rescatar a una niña.

—Mantén ese vínculo fuerte —respondió Aurora—. Nos ayudará más adelante.

El ascensor descendió con un chirrido, bajando por debajo de la plataforma. Inmediatamente debajo de la superficie, el compromiso de Salinity con la funcionalidad se hizo evidente: la decoración, más allá de una gran etiqueta pintada de blanco que daba al pináculo un número, estaba ausente. Una luz azul fantasmal inundaba desde abajo, envolviendo la plataforma y proveniente de tubos pulsantes de agua.

—¿Ayudarnos luego? —dijo Rovo—. ¿Qué, ya estás pensando en futuros contratos? No creo que Salinity nos quiera en el planeta después de toda la destrucción que hemos causado.

—Ya veremos —respondió Aurora.

Había trabajado con DefenseCorp el tiempo suficiente para saber que algunos de sus mejores clientes recurrentes sufrían todo tipo de desastres a manos de DefenseCorp. Lo que importaba era que, al final, a través de todo el fuego, las explosiones, el humo y la muerte, el trabajo se completaba de la manera que se necesitaba.

Este no sería diferente.

—Cuando esto se venga abajo —dijo Aurora, escaneando las paredes y la luz azul en busca de sorpresas ocultas—, necesito que me escuches. Haz lo que te diga.

—¿Pensé que esto ya no se trataba de órdenes?

—Eso cambió cuando la cagaste en la isla —dijo Aurora. Hasta ahora, no había agentes colgando de las paredes. Ni bombas parpadeando, ni minas preparadas para hacer estallar a Sever en pedazos—. Estoy arriesgando mi vida, Raquel y sus fuerzas están arriesgando las suyas. Serás profesional y competente, o estarás fuera.

Rovo no respondió de inmediato. Una buena señal. Aurora no había querido sentar las bases así frente al escuadrón, pero había tomado la decisión conforme pasaban las horas desde el desastre de la isla. El desesperado desempeño de Rovo había puesto al escuadrón en riesgo, y su impulsivo acto de romperle el cuello a Renard había matado una gran oportunidad de obtener información. Aurora podía manejar elementos inestables.

No iba a hacer de niñera de un niño.

—Espera —dijo Rovo, acompañando la palabra con un giro ruidoso. Aurora habría preguntado de qué hablaba el novato, excepto que su tono indicaba que había pasado de la disciplina a algo más peligroso—. ¿Ves eso?

Aurora siguió su mirada, aunque estaban en lados opuestos del ascensor descendente. Los tubos azules ahora se elevaban junto a la plataforma, colocando a los dos miembros de Sever entre sus túneles gemelos de color aguamarina. Rovo miraba el más cercano a él, a un punto a dos metros y contando sobre su cabeza.

El tubo, allí, parecía parpadear. Sombras negras se deslizaban a través de lo que debería haber sido agua perfecta.

—¡Muévete! —gritó Aurora, levantando su rifle pero sin disparar. No podía simplemente disparar a los tubos, lo que podría causar una ruptura que destrozaría el pico, los ahogaría a todos, o algo aún peor—. ¡Trajes!

Rovo pasó la primera prueba. El novato se agachó a un lado, sus manos alcanzando y sacando el arma de guadaña de dos piezas que había llevado consigo desde Wexer. El fallo negro se movió, sus líneas cortantes cayendo y aterrizando, con un apropiado golpe sordo, en la plataforma.

Había habido seis trajes en el *Nautilus*. Dos habían sido destrozados por Gregor, pero los otros cuatro, uno de los cuales Vana se había llevado puesto, probablemente llegaron aquí. Sai dijo que había encontrado uno quemado en la isla, un golpe de suerte. Lo que dejaba tres.

Rovo balanceó la guadaña hacia el sonido, el extremo en forma de gancho arremetiendo mientras, con un giro de muñeca, el novato desplegó la mitad de la barra en un ingenioso, aunque delgado, escudo. Aurora ajustó su puntería, pero el traje aún tenía los tubos llenos de agua al otro lado, haciendo que un disparo fallido fuera fatal. El piloto del traje bloqueó el golpe de Rovo con un cuchillo largo y grueso, las mismas hojas que habían tenido en el *Nautilus*.

Aurora se movió a la izquierda mientras Rovo adoptaba

una postura defensiva, bloqueando más que atacando. Su oponente parecía estar tomando un enfoque medido, lanzando estocadas y pinchazos para probar los reflejos de Rovo, en lugar de presionar en un intento frenético de igualar las probabilidades en desventaja.

Lo que significaba...

Ya girando cuando sonó el segundo golpe sordo, Aurora una vez más sacrificó su rifle para bloquear el ataque de un enemigo, este un golpe cortante dirigido hacia el rostro de Aurora. El rifle recibió el golpe en su centro, partiendo el paquete de energía del arma y haciendo que el gas ionizante se filtrara, inofensivo, en el aire. El cuchillo quedó atrapado dentro de las entrañas del rifle, y Aurora arrancó la gran arma, arrojando ambas armas al suelo donde el cuchillo, comprando en el mismo tejido que el traje del que provenía, se filtró de negro para coincidir con el suelo de la plataforma.

—Realmente odio esta tecnología —murmuró Aurora, saltando hacia el espacio de donde había venido el corte.

Sin los brillantes tubos azules detrás, el traje no se delataba, y el salto de Aurora falló. Aurora no había tacleado, simplemente, nada en tanto tiempo que la momentánea sensación de flotar se sintió suelta, extraña, antes de terminar en un duro golpe y rodar sobre la superficie del ascensor. Presionando sus manos contra el suelo para detener el deslizamiento, Aurora luego lanzó su brazo izquierdo hacia atrás hacia el centro de la plataforma, donde esperaba que el traje se hubiera movido.

Un segundo cuchillo se lanzó, golpeando el brazo de Aurora y dejando una hendidura en su armadura. El visor se iluminó en rojo con la amenaza, fijándose en el traje y dando a Aurora un objetivo al que apuntar. Gregor había mencionado la asistencia en su propia batalla en el

Nautilus, y ahora Aurora veía el resaltado rojo como su única oportunidad de contrarrestar a su oponente invisible.

Poniéndose de pie, Aurora sacó su propio cuchillo largo, la hoja refinada destinada como último recurso para un soldado de DefenseCorp que hubiera agotado su munición. Tenía pistolas, pero los malditos tubos impedían que Aurora volviera a las armas de energía. En su lugar, atacó directamente hacia adelante, una estocada que habría clavado el traje en el estómago si el mismo cuchillo no hubiera retrocedido para desviarla.

El movimiento le dio a la mano izquierda de Aurora la oportunidad de lanzar un puñetazo potenciado cinéticamente, uno que el traje invisible hizo lo posible por esquivar. Un puñetazo normal, a velocidades humanas normales, habría volado justo por encima del traje agachado, pero uno lanzado a una velocidad más rápida de lo que la biología por sí sola permitiría alcanzó al traje a mitad del movimiento. Aurora sintió el golpe estremecer su brazo, escuchó los ruidos metálicos rodantes mientras su objetivo rebotaba por el suelo.

Y vio ese dulce segundo cuchillo volar y clavarse en la pared del pico, cayendo fuera de alcance mientras la plataforma descendía. Aurora lo ignoró, avanzando y recogiendo el primer cuchillo del suelo, su camuflaje haciendo que Aurora lo agarrara por la hoja. Ignoró los cortes en sus guantes, volteó el arma y se acercó a su enemigo marcado por el visor para dar el toque final.

—¿Algo de ayuda por aquí? —gritó Rovo, desviando la atención de Aurora hacia su derecha.

El novato había perdido su escudo, que yacía en el ascensor a la izquierda del novato. Rovo manejaba su arma con gancho de un lado a otro, tratando de mantener a raya lo que parecían ser dos cuchillos. La armadura potenciada de

Rovo mostraba que esa estrategia no estaba funcionando demasiado bien, con profundos surcos y algunas partes chispeantes salpicando su pecho y cintura.

Sosteniendo su cuchillo robado en alto, Aurora dejó que su visor encontrara al otro luchador. Con un fuerte lanzamiento, Aurora arrojó el cuchillo al objetivo, asintiendo cuando la hoja se clavó en la espalda del traje, haciendo que el traje tropezara. Rovo lanzó una fuerte patada, derribando al enemigo.

—Gracias —dijo Rovo, plantando una bota sobre el traje mientras Aurora sujetaba el suyo en una llave de cabeza—. Aparentemente necesito más entrenamiento en combate cuerpo a cuerpo.

—Necesitas muchas cosas —respondió Aurora, y luego dirigió su atención a los cautivos.

O lo habría hecho, excepto que el ascensor llegó a su destino, encajándose en la base del pináculo. Esperándolos, con las armas desenfundadas, había varios agentes más. Entre ellos, con los brazos cruzados y una mirada fulminante, estaba la razón del ataque: la mismísima Vana.

—Cada vez que te veo, espero que sea la última —dijo Vana—. Y cada vez, no lo es. Cambiemos esa tendencia, ¿de acuerdo?

22

ABAJO Y ARRIBA

Diez niveles más abajo, Sai salió de la cápsula con su katana en alto, preparado para cualquier cosa.

Excepto comida.

La cápsula lo había dejado en un invernadero, un nivel repleto de plantas alimentadas con tantas proteínas fertilizantes que las cosas se apretujaban en cada centímetro disponible. Desde la plataforma de la cápsula, Sai podía ver los pasillos, monitoreados por robots rodantes que cortaban y recogían frutas, hierbas y verduras. Una ligera neblina llenaba el aire, asegurando que las plantas no tuvieran sed. Ni un alma viviente a la vista.

—Así que no hay emboscada —dijo Sai, bajando su katana mientras seguía mirando alrededor.

Ningún agente apareció para atacarlo, ningún peligro surgió para acabar con su vida.

Levantando su muñequera, Sai tecleó un mensaje para Eponi y Gregor, preguntando dónde los habían enviado sus cápsulas. Parecía obvio que alguien con acceso a las cápsulas había enturbiado su tránsito, pero la pregunta ahora era ¿por qué? ¿Qué ganaban enviando a Sai al piso de frutas y verduras?

Sai sacudió la cabeza. No era su problema tratar de averiguarlo. Se giró a su derecha, listo para volver a una cápsula que subiera, y vio la razón. La plataforma que subía estaba cubierta de cinta adhesiva, con señales que marcaban el muelle de carga como inestable. Las grietas en el tubo de cristal detrás de la cinta mostraban que no era mentira. Alguien debía haber estropeado un trabajo de carga.

La cinta respondía por qué Sai había sido enviado aquí. Un retraso. Más tiempo para que Vana llegara a su nave y despegara del planeta. Eponi y Gregor probablemente estaban encontrando problemas propios.

Tenía que moverse.

Deslizando el dedo por su muñequera, usando el acceso que Raquel les había dado a cada uno, Sai pasó rápidamente al mapa de su nivel. Las escaleras, naturalmente, estaban en el extremo opuesto del nivel. Parece que tendría que dar un paseo, y tal vez tomar un bocadillo mientras tanto.

La marcha a través del invernadero no fue exactamente desagradable. Pasando tanto tiempo en el espacio, Sai raramente veía plantas en cualquier forma de florecimiento natural. Estas estaban exuberantes, felices. Dynas tenía vida silvestre, es cierto, pero ese planeta era un lodazal pantanoso con la muerte acechando en cada paso. Mucho más fácil apreciar una flor o dos con suelo firme bajo sus pies y robots inofensivos traqueteando por ahí.

Sai sentía la urgencia —realmente, sabía que tenía que seguir moviéndose— pero Vana no estaría haciendo trucos como este si tuviera mucha respuesta al ataque de Sever. Este movimiento no retrasaría a Sai más que unos minutos, así que o Vana estaba desesperada y haciendo cualquier cosa que pudiera, o...

Apartó una rama de manzano que se extendía demasiado y comenzó a trotar. Vana había separado a Sever, claro, pero Eponi y Gregor estarían haciendo justo lo que Sai estaba haciendo: tratando de volver a la nave. Si Vana había enviado a cada miembro de Sever a un nivel diferente, entonces cada uno podría volver en un momento separado. Lo que habría sido una pelea difícil para los agentes de Vana con el trío junto podría ser fácil con cada uno llegando por separado.

Sai volvió a revisar su muñequera cuando llegó al lado opuesto del nivel. Sin respuesta.

No era bueno.

La puerta de la escalera no tenía cerradura, aunque la entrada tenía un útil cartel que sugería las cápsulas en lugar de los muchos escalones que subían y bajaban. Más allá del cartel estaban las escaleras mismas, escalones poco profundos con protuberancias de concreto y portando la marca brillante del agua. Goteos y gotas sonaban por todas partes, y Sai sintió una salpicadura contra su cabeza mientras avanzaba.

Aparentemente, a Salinidad no le importaban mucho sus escaleras, ni las fugas que pudieran colarse aquí.

No es que importara. Sai tenía que subir siete niveles antes de llegar a su objetivo. Escalando el primer tramo, saltando dos escalones a la vez mientras su katana se balanceaba en su espalda, Sai consideró atravesar el siguiente nivel y tomar una cápsula. Eso, sin embargo, podría llevar aún más tiempo, y quién sabe qué podría ser el siguiente nivel: un encuentro con un guardia de seguridad sorprendido o un robot encargado de mantener fuera a los invitados no autorizados podría llevar más tiempo del que Sai quería perder.

Tres niveles más tarde, Sai y su ritmo cardíaco se arrepentían de su decisión.

Dos niveles después de eso, jadeando y golpeando en las escaleras mojadas, Sai casi choca con la persona que esperaba en el siguiente descanso.

El hombre tenía una amplia sonrisa en su rostro, ropa suelta que sugería mucho peso perdido sin un nuevo guardarropa, y una pistola en su mano.

—Llegas tarde —dijo el hombre, levantó el arma y disparó.

Normalmente, los escalones mojados serían un peligro para la seguridad. Normalmente, Sai habría considerado que los tontos que dejaron que su camino se volviera tan peligroso eran, bueno, tontos.

Los tontos salvaron la maldita vida de Sai.

Ver al hombre, con el enfoque de Sai tan completamente en mover un paso tras otro, sobresaltó a Sai con tal sacudida que sus piernas resbalaron. Sai cayó hacia atrás, el láser destellando sobre su cabeza hacia la pared de la escalera detrás de él. El resbalón que le salvó la vida cobró su venganza medio segundo después cuando Sai golpeó los escalones, su katana proporcionando un horrible primer contacto. El golpe dejó a Sai sin aliento, aunque apenas tuvo tiempo de considerarlo antes de que el peso de Sai lo empujara escaleras abajo, desplomándolo en un montón en el descanso debajo del hombre.

Quien se rió, quien cacareó como si la caída de Sai fuera lo más divertido que había visto en todo el día.

—¡Nunca he visto una esquivada como esa! —gritó el hombre, inclinándose con las manos en las rodillas, la pistola a un lado—. ¿Caer por las escaleras? Clásico. Simplemente clásico.

Sai luchó contra objetivos contradictorios: averiguar por

qué seguía topándose con maníacos entre estos agentes, y hacer que su cuerpo se moviera de nuevo.

—Quiero decir —dijo el hombre, entre jadeos entrecortados—. Vana dijo que eras lo mejor de lo mejor, pero aquí estás, como un extra en una mala película. —Sacudió la cabeza, se secó lágrimas aparentes—. Casi me da pena freírte, amigo.

—Entonces no lo hagas —dijo Sai, recuperando el aliento lo suficiente para responder—. ¿Quién te está obligando?

La mano izquierda de Sai, que trabajaba en la pistola de su cinturón, se acercó al gatillo.

—¿Obligándome? —El hombre se miró a sí mismo—. Yo me estoy obligando, tío. ¡No tengo elección! Es como si, si no consigo la siguiente dosis, todo se va al infierno, ¿entiendes lo que te digo?

¿La siguiente dosis?

—No, no entiendo lo que me estás diciendo —respondió Sai, continuando con su manipulación de la pistola. Ya la había liberado de la funda, manteniéndola aún oculta detrás de su espalda. Necesitaba orientar su mano izquierda, lista para sacarla y disparar en un solo movimiento—. ¿Qué quieres decir con dosis?

El agente esbozó una sonrisa más sutil, recuperando el control. Apuntó de nuevo con la pistola, y Sai disparó. El proyectil surcó las escaleras, impactando al agente justo en el pecho. El agente miró el agujero humeante, se encogió de hombros, y Sai disparó de nuevo, sacando su propia pistola con la mano izquierda para apuntar mejor. El agente devolvió el fuego, acertando a Sai directamente en el chaleco.

El calor que se extendió fue suficiente para que Sai supiera que el chaleco había cumplido su función, y que no debería pedirle mucho más. El agente no tuvo tanta suerte: el segundo disparo de Sai impactó en un punto del que no había vuelta atrás, y el hombre cayó al suelo con fuerza.

—Voy a tener que agradecérselo a Raquel —murmuró Sai mientras se levantaba y comenzaba a subir los escalones.

Salinity había proporcionado los chalecos, después de que se opusieran a enviar a Sai, Eponi y Gregor con armaduras de poder completas. Los pánicos en toda la ciudad eran malos para los negocios. Llegaron a un compromiso con la tela que absorbía láseres, que funcionaba bastante bien siempre y cuando los enemigos apuntaran al pecho y solo acertaran un par de veces. Dado el promedio de Sever, Sai sería hombre muerto en poco tiempo.

Sai miró al agente mientras pasaba, tratando de descifrar lo que el hombre había estado diciendo. Hablando de una dosis, y esa risa, como alguien perdiendo el control de sí mismo... le recordaba a Sai a Abbad, el secuaz de Renard y Vana. Sai lo habría atribuido a una extraña coincidencia, excepto que había tenido un encuentro profundo e íntimo con un virus no hace mucho tiempo.

Tal vez Helix no se había detenido. Tal vez la sangre de Kaia no era el único juguete genético con el que Vana jugaba.

Sai subió los últimos escalones corriendo, con la pistola fuera y lista para cualquier otra sorpresa. Ninguna interrumpió el viaje hasta el nivel de salvamento, marcado por letras blancas garabateadas en la pesada puerta. No había cerradura en esta, nada más allá de un mango ordinario. Dando un paso lateral, Sai abrió el camino lentamente, manteniendo el volumen de la puerta entre él y lo que había más allá.

LA ESPIRAL

La cápsula descendió hasta el fondo. Gregor observó cómo bajaba el contador de niveles, mientras las luces alrededor del tubo y la frecuencia de las paradas disminuían a medida que aumentaba la distancia entre cada nivel. En algún momento durante el descenso, la cápsula se sumergió bajo la superficie del agua, una sensación marcada por nada más que un indicador junto a los niveles: una pequeña línea de agua iluminada en azul.

Después de los primeros segundos aclimatándose a la sensación de caída, Gregor hizo la suposición razonable de que Vana y sus agentes habían ajustado las entradas de la cápsula de Sever, enviándolos a diferentes lugares. La pregunta ahora era si esos lugares fueron elegidos con un propósito o al azar.

Era difícil creer que un número aleatorio eligiera el punto más profundo disponible.

Gregor mantuvo un agarre firme en su martillo mientras la cápsula se abría. A diferencia de las otras plataformas superiores, esta solo tenía dos tubos. Uno que subía y otro que bajaba, ambos terminando justo donde Gregor estaba de pie, bañado en una luz azul profunda, como si los diseñadores hubieran decidido resaltar el ambiente submarino. No es que muchos lo fueran a ver.

El pico de Kaiyo se estrechaba hasta un final sorprendente. Gregor había esperado una pequeña habitación, tal vez algunas consolas que rastrearan varias cosas que Kaiyo quisiera monitorear. En su lugar, la cápsula empujó a Gregor hacia un espacio en expansión. No era muy grande, pero sí hermoso.

El vidrio reforzado se arqueaba desde la plataforma de la cápsula, expandiéndose en una cámara circular. A esta profundidad, cualquier luz de la superficie había cesado su viaje y se había disipado, dejando una oscuridad débilmente penetrada por suaves diodos blancos que entrelazaban el vidrio en patrones de líneas rectas. La vida marina, quizás atraída por el calor de la estructura o la novedad de la luz a esta profundidad, se agrupaba alrededor, nadando hacia la visibilidad y luego desvaneciéndose en las sombras.

Era impresionante, en cierto modo, y Gregor decidió que realmente no le importaba el truco de Vana, aunque solo fuera porque nunca habría visto esto.

Más allá de la vista del mar, sin embargo, la cámara adoptaba propósitos más funcionales. Una escalera marcada ofrecía la oportunidad de descender aún más para cualquier mantenimiento necesario del anclaje profundo de Kaiyo, que corría por debajo del suelo de Gillane Cuatro. Una consola de tamaño considerable hacía notar su presencia, acuclillada contra una pared, con el logotipo de Salinity brillando en una pantalla bloqueada. Una máquina expendedora de proteínas y agua se encontraba en el lado opuesto, cerca de una mesa, sillas y lo que parecía ser un sofá que podía convertirse en cama.

Alguien hacía turnos aquí abajo, vigilando el fondo absoluto.

Gregor dejó que su martillo se deslizara de sus manos, golpeando el suelo con la cabeza. Sin una amenaza inmediata, y sin otra forma de salir de este nivel, Gregor se dirigió a la llamada de la cápsula ascendente y se paró sobre ella.

Demasiado tarde. La cápsula en la que había estado se apresuró alrededor y hacia arriba antes de que Gregor llegara, desapareciendo hacia la superficie. Quién sabe cuánto tiempo tendría que esperar para que otra hiciera el viaje hasta aquí abajo.

Mientras el estruendo de su martillo se apagaba, una respuesta resonó desde la escalera. El pisoteo constante de pies en los escalones. Los sonidos entremezclados llevaron a Gregor a pensar que podría haber más de una persona subiendo, posiblemente varias. Dado el único sofá aquí abajo, tenía sentido que Salinity solo tuviera un trabajador solitario a esta profundidad a la vez.

Lo que significaba que las probabilidades de que algo anduviera mal no eran nulas.

Lo que significaba que Gregor debería recoger su martillo y buscar un mejor lugar.

Dejando la plataforma de la cápsula, Gregor se dirigió al lado opuesto de la escalera, esperando donde cualquiera que subiera los escalones debería tener la espalda vuelta. Como el pozo se hundía directamente en el suelo, solo una ligera barandilla de metal servía para separar a Gregor de su objetivo que se acercaba, y el hombre grande podría asestar un golpe de martillo sobre esa barandilla sin problemas.

Sin embargo, cuando llegó el momento, cuando apareció una desaliñada mata de cabello rubio desigual, Gregor no golpeó. La jugosa oportunidad pasó porque Gregor vio el uniforme carmesí de DefenseCorp, con las barras negras que marcaban una carrera de agente. Eso solo no habría detenido el golpe, excepto que el uniforme colgaba de los hombros del hombre en jirones, y debajo había algo que dejó a Gregor helado.

No se olvida una visión como la de Felix.

El que alguna vez fue humano, en Dynas, había sido una especie de éxito temprano para el trabajo viral que se llevaba a cabo allí. Gregor nunca entendió del todo el objetivo, pero Felix había sido recluido en lo profundo del pantano del planeta, donde el hombre había soportado pruebas y se había mantenido con vida mientras la mutación viral rehacía su cuerpo. Felix había sido capaz de propagar el virus a guardias y otras personas que cometieron el error de acercarse demasiado a él, y la marca de esa propagación venía en crecimientos oscuros y pulsantes a lo largo de las víctimas.

Marcas que se parecían mucho a lo que veía ahora.

La última vez que Gregor vio a Felix, el hombre había sido una cáscara vaciada por la infección. El virus, según dijo Felix, comía y comía y comía hasta que no quedaba nada. Aquella vez, Gregor había blandido el martillo y liberado a Felix de su tormento.

Esta vez haría algunas preguntas primero.

—Puedes detenerte ahí —dijo Gregor cuando el hombre se acercaba al último escalón. Detrás del hombre, una segunda persona, esta vez una mujer que parecía estar aún peor, lo seguía, encorvada—. Un paso más y será el último.

—Como si eso fuera una amenaza —el hombre habló como un silbido a través de grava—. No puedes esperar que los condenados se preocupen por una partida anticipada.

Entonces, como si encontrara sus propias palabras hilarantes, el hombre soltó una risa seca. La mujer, abajo, se unió, su voz tan tenue como un susurro.

—¿Porque están infectados? —preguntó Gregor.

—¿Es tan obvio ahora? —El hombre se dio la vuelta, desafiando a Gregor a golpear, y casi se cae por las escaleras. Con una mano, el hombre se agarró a la pared de la escalera, lanzando una mirada a Gregor como diciendo, ¿no es divertido?—. Solo dos días desde que nos cortaron. Dos días, y esto es lo que pasa.

Gregor dejó el martillo en su mano izquierda y sacó la pistola con la derecha. No vio ningún arma en el hombre, y la mujer, que se había dejado caer de rodillas en los escalones, no parecía capaz de hacer nada peligroso.

—¿Quién os cortó el suministro? —preguntó Gregor—. ¿Y por qué estáis aquí?

El hombre, aparentemente decidiendo que mantenerse en pie requería demasiado esfuerzo, se sentó en el escalón superior e inclinó la cabeza hacia Gregor. Bajo su barbilla, dominando su cuello, había otra protuberancia negra y retorcida. A Gregor se le revolvió el estómago. No temía a la muerte, pero ¿esto?

—Tú eres al que se supone que debemos atacar —dijo el hombre, asintiendo hacia el martillo de Gregor—. Matarte, dijo Vana, y obtendríamos nuestras dosis. —Otra risa, jadeante y corta—. Como si fuéramos a vivir tanto, incluso si fueras lo suficientemente amable como para morir por nosotros.

Un ruido sibilante llamó la atención de Gregor más allá del hombre, de vuelta hacia los tubos de las cápsulas. Su llamada había sido respondida, y una nueva cápsula esperaba. Gregor podría deshacerse de estos dos, volver arriba, donde Eponi y Sai podrían necesitarlo. La misión lo llamaba.

Pero también lo hacían Felix y la memoria del hombre.

Había respuestas esperando aquí, unas que Gregor quizás nunca encontraría si se iba ahora.

—He visto tu infección antes —dijo Gregor, optando por la cruda verdad. Estos dos estaban demasiado lejos para juegos—. En Dynas. Aquel no vivió mucho.

—Helix —respondió el hombre mientras la mujer, arrastrándose lentamente, se colocaba a su lado en los escalones—. Una fachada, pero grande. Renard había convencido a tantos de que los avances estaban casi ahí. Un entorno controlado, libre para experimentar.

—Tres años —dijo la mujer, y Gregor tuvo que concentrarse para oír su voz—. Tres años estuvimos allí. Observando, rastreando, protegiendo a Anaskya y su trabajo. ¿Y esto es lo que obtenemos?

—Renard prometió que nunca tendríamos que preocuparnos por el dinero de nuevo —dijo el hombre—. Si Helix funcionaba bien, DefenseCorp tendría un suministro interminable de soldados fanáticos e invencibles. Ningún planeta podría resistirse. Aquellos de nosotros en primera línea, que trabajamos con él, seríamos recompensados.

—Una falsa promesa —añadió la mujer.

—No lo creo —replicó el hombre, frunciendo el ceño hacia ella—. Renard creía en ello. Creo que lo habría hecho, también, si ella no hubiera aparecido.

Gregor golpeó su martillo en el suelo, haciendo que ambas cabezas volvieran hacia él.

—¿Te refieres a Vana? —Asintieron, lenta y al unísono—. ¿Cuándo llegó?

Los dos se miraron, luego volvieron a mirar a Gregor.

—Después del *Nautilus*. Renard estaba desesperado, y Vana tenía las respuestas para todos nosotros. Dijo que tú nos seguirías, y que teníamos que prepararnos. Teníamos que ser más fuertes.

Habían pasado semanas entre la pelea en el *Nautilus* y la llegada de Sever a Gillane Cuatro. Más que suficiente tiempo para cambiar de estrategia, para que Renard y Vana convencieran a sus agentes de que este era el camino a seguir. Sin embargo, Gregor necesitaba encontrar una pieza que faltaba.

—¿De dónde vino el virus? ¿Las dosis? —preguntó Gregor—. No habrían estado en el *Nautilus*.

—¿Cómo lo sabes? —respondió el hombre—. Ese barco es grande. Muchos secretos allí.

—Lo sé —dijo Gregor—. Deepak no permitiría un contagio como el vuestro en su nave.

El hombre se encogió de hombros, pero la mujer se inclinó hacia adelante, casi cayendo por las escaleras.

—Prométenoslo y te lo diré.

—¿Prometer qué?

—Ya nos encargamos del pobre hombre que vivía aquí abajo. Eso fue hace horas. Pronto necesitaremos más, y las únicas personas aquí somos nosotros —dijo la mujer—. Hicimos la elección equivocada, y hemos sufrido lo suficiente. Por favor. Haz lo que viniste a hacer.

—Nadie debería tener que herir a quien ama —dijo el hombre, apoyándose en la mujer—. Ni siquiera nosotros.

Si había simpatía que encontrar por los dos agentes, Gregor no la buscó. La pareja había tomado innumerables decisiones que los llevaron a este punto, incluyendo años en Helix. Un solo día en ese planeta, en esa maldita ciudad, debería haber revelado su error.

Pero Gregor podía intercambiar misericordia por información.

—Obtendréis lo que merecéis —dijo Gregor—. Ahora explicad.

Trabajando juntos, ya que parecía que ambos necesitaban frecuentes oportunidades para recuperar el aliento entrecortado, los dos pintaron una sombría historia sobre las consecuencias de la fallida insurrección del *Nautilus*. Varios cientos de agentes empacados en el gran transporte, pronto unidos por Vana, Renard y su rehén. El hecho de que no hubieran tenido éxito con el *Nautilus*, que se hubiera enviado un mensaje a través de DefenseCorp advirtiendo de levantamientos similares, arruinó el que hubiera sido un triunfo con la captura de varios trajes experimentales, junto con el conocimiento del paradero de Kaia.

Un vuelo directo hacia Gillane Cuatro tuvo una interrupción que lo cambió todo. Una intercepción con una nave maltratada, pilotada por un mercenario y que llevaba a una siniestra doctora. Gregor supo el nombre antes de que lo dijeran, Anaskya habiendo dejado una mancha lo suficientemente grande en su memoria. Ella negoció su conocimiento, y Renard organizó envíos rápidos de los restos del trabajo de Helix en Dynas para encontrarse con el transporte en órbita sobre Gillane Cuatro.

Pero las inyecciones fueron idea de Vana. Renard llevó a Anaskya a otra instalación, junto con el proceso para hacer los trajes. Preparándose para cuando los agentes hubieran capturado a Kaia.

—Vana, sin embargo, había estado hablando con tu hombre, el rehén —dijo la mujer, llegando al final de la historia—. Él seguía diciéndole que no teníamos ninguna posibilidad. Que seríamos superados. Así que ella nos lo dijo, y así creímos que el gran secreto de Helix había sido su éxito, y que seríamos los primeros en introducirlo en la galaxia.

—Míranos —se rio el hombre—. Y maldita sea la risa. Un efecto secundario, aparentemente, de las dosis que nos mantuvieron vivos tanto tiempo. Tanto poder, y ahora Vana nos arroja a nuestras muertes.

—Calculó mal —dijo Gregor, levantando el martillo y rodeando la escalera. Había oído lo que necesitaba oír, y ahora le tocaba cumplir su parte del trato—. Ninguna droga puede reemplazar la habilidad.

—Todavía no —dijo la mujer, acercándose más al hombre—. ¿Pero mañana? Tal vez.

—¿Listos? —dijo Gregor, en posición.

Su abrazo sirvió como respuesta.

24

GOLPES

La agente sonriente dijo que quería jugar un juego. Para Eponi, ese juego comenzó y terminó rápidamente, con una patada fuerte en la cabeza y un período de inconsciencia que concluyó con Sai subiendo sigilosamente por la rampa de abordaje. La desorientación se mezclaba con el zoológico de dolores y molestias que recorrían todo su cuerpo, una colección que le quitaba el aliento y que Eponi solo podía desviar concentrándose en Sai.

Pero había sido demasiado tarde. Su advertencia, demasiado lenta.

Ahora Sai estaba de espaldas a Eponi mientras los agentes subían por la rampa para hacerle a él lo que acababan de hacerle a ella. Tenía que ayudar al espadachín y, para su sorpresa, Eponi descubrió que no le habían esposado las manos. No estaba atada al sofá en absoluto, sino que yacía allí como si la agente, arrepentida de la paliza, la hubiera acostado para que se recuperara.

Poco probable.

El primer rostro hizo su entrada blandiendo un gran

tubo de metal, una barra corroída de color verde-negro que debía haber canalizado el refrigerante de una nave en su vida pasada. Eponi no podía distinguir mucho más allá del cuerpo de Sai que le bloqueaba la vista, así que intentó incorporarse.

Mala idea.

Algo se revolvió en su estómago cuando hizo el movimiento, revelándose más moretones, y los ojos de Eponi se abrieron de par en par mientras trataba de contener sus entrañas.

—No te muevas —dijo Sai, mientras enfundaba la pistola y cambiaba la katana a una posición de guardia—. Yo me encargo de esto.

La mayoría de los días, Eponi se habría resistido a que Sai necesitara hacer algo por ella, pero ¿hoy? ¿Ahora? No le importaba darle luz verde a Sai. El valor y la vanidad podían esperar hasta que sus entrañas no se sintieran como fruta podrida deshaciéndose.

Además, si estos dos realmente venían contra Sai con chatarra como armas, él no necesitaría ayuda.

Sai parecía pensar lo mismo, porque directamente les preguntó a los agentes que se acercaban qué estaban haciendo.

—Es extraño acercarse a un objetivo sin disparar —dijo Sai, lo suficientemente alto como para que se escuchara rampa abajo—. ¿Cuál es su juego?

—Las reglas son claras —respondió el hombre que empuñaba la barra, aún acercándose—. Solo obtenemos las dosis si no dañamos la nave.

Eponi trató de descifrar qué posible "dosis" podría hacer que alguien se acercara a Sai y su katana levantada mientras el hombre de la barra hacía su movimiento. El agente saltó el último metro de la rampa, aterrizando con un golpe bajo hacia las rodillas de Sai. El espadachín se movió para bloquear, bajando la katana e interceptando la barra. La chatarra resistió mejor de lo imaginado, recibiendo el golpe y atrapando el filo de la katana en sus rebabas irregulares.

Tirando de la barra hacia atrás, el agente arrancó la katana del agarre del Sever, su rostro se transformó en una sonrisa de suficiencia, solo para recibir el puñetazo de Sai con la mano libre. El golpe aturdió al agente, y Sai continuó el ataque con un golpe descendente en la mano que sostenía la barra, haciendo caer el arma y la espada de Sai al suelo. Antes de que Sai pudiera rematar, como si la batalla en la rampa de la nave se hubiera convertido en un juego de feria, un agente diferente reemplazó al tambaleante portador de la barra. Eponi reconoció a este, era el agente que la había pateado hasta la inconsciencia.

Si el primer agente había llegado con fuerza con la barra, este desplegó chatarra más pequeña. Astillas, quizás de medio metro de largo cada una, se lanzaron hacia Sai y atraparon su chaqueta, rasgando el chaleco debajo. Sai retrocedió, fingió alcanzar la katana, aún incrustada en la barra, y atrajo al agente de doble empuñadura hacia una fuerte estocada hacia adelante donde Sai debería haber estado.

El golpe al vacío llevó al agente al último escalón de la nave, poniendo todo su cuerpo al descubierto cuando Sai sacó su pistola, inclinó la cabeza y disparó. Una vez, dos veces, y el agente, con una expresión demasiado sorprendida para hablar, cayó hacia atrás y se desplomó por la rampa. En lugar de rematar, Sai se dirigió al panel de control cercano, golpeándolo y cerrando la rampa de golpe.

—Buenos movimientos —dijo Eponi mientras la nave se sellaba, sin más agentes molestándose en cargar adentro.

—Pelea sucia —Sai sacó su katana de la barra y le dio un vistazo a la hoja.

—Con una victoria limpia y nítida —respondió Eponi.

Una vez más, intentó balancearse para bajarse del sofá. De nuevo, las náuseas y el dolor casi la dejaron inconsciente, pero una vez que Eponi se incorporó y se sentó, encontró algo a lo que aferrarse. Un peldaño sobre un lago de ácido turbulento, pero un peldaño al fin y al cabo.

—¿Estás bien? —preguntó Sai, observándola con ojos preocupados.

—Súper bien —respondió Eponi, dirigiendo su mirada al suelo metálico de la nave. Vana no quería que la nave se ensuciara, pero...—. Oye, ¿te importa revisar si hay algo en esta nave?

—Claro —dijo Sai—, excepto que no sé cuánto tiempo aguantaremos. Puede que puedan abrir la rampa desde afuera.

—Dame tu pistola. —Eponi extendió una mano flácida —. Si la bajan, les dispararé.

—Ajá. —Sai, sin embargo, hizo lo que Eponi sugirió y le entregó el arma—. No te mueras conmigo.

—Oh, no será contigo. No te preocupes.

Sai forzó una risita, deslizó la katana en su vaina y se fue pisando fuerte hacia el interior de la nave para encontrar, con suerte, algo con drogas que pudiera devolver a Eponi a un estado cercano al de combate.

Drogas, dosis. El agente había hablado de las dosis como si fueran dinero, pero mejor. Estar dispuesto a arriesgar tu vida, un trato de una sola vez, por una dosis significaba que lo que Vana tenía en marcha era grande.

Diablos, dado cómo se sentía, tal vez Eponi podría conseguir algo. Levantarla un poco.

Especialmente con la rampa emitiendo pitidos, señalando un desbloqueo exterior. El movimiento de pánico de Sai les había comprado un par de minutos, nada más.

—Oye, amigo —llamó Eponi, odiando cómo las palabras quemaban su garganta magullada. Los agentes habían hecho que su cosa favorita —hacer comentarios ingeniosos— fuera miserable, y eso simplemente no podía ser—. ¿Cómo va esa búsqueda?

Sai apareció como si lo hubieran invocado, volviendo a la cámara central y dirigiendo una mueca a la rampa mientras comenzaba a deslizarse hacia abajo nuevamente. Sus manos sostenían un botiquín de primeros auxilios estándar, bueno para cortes y el ocasional ataque de náuseas en el espacio exterior.

—Hay unos analgésicos ahí —dijo Sai—. No hay mucho más que pueda ayudar.

—Dámelos —respondió Eponi, y Sai obedeció.

Renard debía haber sido uno de esos que fruncían el ceño ante los placeres entumecedores del cuerpo que ofrecía la medicina moderna. El botiquín tenía la menor cantidad de cosas útiles que Eponi había visto jamás, pero se las arregló tragándose unas cuantas píldoras para adormecer los nervios mientras Sai se ponía en peligro. El efecto no sería instantáneo, pero Eponi podría ponerse de pie antes de que los agentes los mataran a ambos.

—¿Crees que vendrán en fila india otra vez? —preguntó Eponi.

—Uno solo puede esperar.

En su lugar, nadie apareció. La rampa bajó, tocó el suelo, y el panel de control pitó en consecuencia. Salir, entrar, ambas opciones estaban disponibles y ninguna parecía estar ocurriendo.

Todavía en el sofá, acunando la pistola, Eponi hizo un gesto a Sai para que se moviera a un lado, pegara su espalda contra la pared interior de la nave, despejando su zona de tiro. Si los agentes abajo querían esperar a que el dúo de Sever Escuadrón saliera, bueno, Sai y Eponi podían quedarse sentados.

¿Hacemos que vengan a nosotros? señaló Sai, usando las señales de mano que Sever Escuadrón había desarrollado a lo largo de los años.

Yo no voy a ir hacia ellos, respondió Eponi, deseando que el lenguaje de señas tuviera un vocabulario más amplio para poder poner las maldiciones apropiadas donde correspondían. Eponi calculó que sus probabilidades de ponerse de pie sin caerse de cara eran catastróficas, así que no había posibilidad de una salida heroica.

Sai pareció entender y se puso en posición. Afuera, las voces subían por la rampa. Conversaciones entre varios agentes, rápidas y mezclándose de vez en cuando con esa extraña risa. Pocas cosas amplificaban más las vibraciones espeluznantes que la gente planeando tu muerte y riéndose mientras lo hacía. Pasaron los minutos, la conversación continuó, y Eponi llegó a su límite.

—¿Van a entrar o no? —gritó Eponi a través de la puerta—. ¡Me estoy aburriendo aquí arriba!

En respuesta, dos pequeñas cápsulas oscuras rebotaron y subieron por la rampa. Cualquier soldado de Defense-Corp que hubiera pasado más de una semana con la compañía sabía lo que significaban esas cápsulas. Eponi cerró los ojos con fuerza, intentó llevarse los dedos a los oídos.

Las granadas aturdidoras hicieron su trabajo. Herramientas probadas y verdaderas que habían existido mucho antes de que Eponi honrara la galaxia con su presencia, las malditas cosas se ganaron su lugar destellando a través de sus ojos cerrados, haciendo estallar sus oídos con tal fuerza que su cabeza ya mareada retumbó. Incapaz de mantener cualquier compostura real con su cuerpo en modo pánico, Eponi se inclinó hacia adelante desde el sofá y golpeó con fuerza el suelo metálico de la nave.

La caída le salvó la vida.

Con los oídos zumbando, los ojos cegados, Eponi no podía oír, no podía ver. Pero sí podía sentir. Los temblores recorrían el suelo y tocaban sus dedos mientras los pies golpeaban la rampa. Eponi rastreó esas vibraciones, apuntó la pistola en su dirección y rezó al infierno para no estar a punto de disparar a Sai.

Apretó el gatillo. Una, dos, tres veces. Los destellos de la pistola se sumaron al dolor coloreado detrás de sus ojos, pero Eponi sintió el golpe más pesado cuando el cuerpo de alguien golpeó el suelo. Sin embargo, antes de que pudiera apretar el gatillo por cuarta vez, la pistola abandonó sus manos, deslizándose por el suelo. Un pie pisó con fuerza su brazo izquierdo, y Eponi sintió que se le rompía un hueso. Dolor agudo, un grito, y solo la adrenalina, solo los analgésicos que había tragado, la mantuvieron alejada de la oscuridad total.

Mirando hacia arriba, con sus ojos volviendo a enfocarse en tonos grises, Eponi vio al agente de pie sobre ella. El hombre tenía esa amplia sonrisa, tenía su pie plantado, y lo que parecía una sombra oscura creciendo en su cuello. El agente jugueteaba con un cuchillo de combate, sosteniéndolo con ambas manos para hundirlo en la espalda de Eponi. Ella no podía poner sus piernas en posición para una patada, y acostada sobre su pecho, con el brazo atrapado bajo la pierna del agente, no le dejaba muchas opciones a Eponi.

—No te muevas ahora —dijo el agente, apuñalando hacia abajo.

Eponi se encogió. Rodó sobre su costado, jadeando por el dolor punzante de su brazo izquierdo roto, y recibió el cuchillo en el costado. La puñalada, un ataque decidido a un enemigo que no se suponía que esquivara, cortó a través de la sección media de Eponi, pero no penetró profundamente, enganchando principalmente ropa en su camino hacia el suelo. Eponi siguió moviéndose, poniendo su mano derecha en la pierna izquierda del agente, usando el tirón como palanca para hacer caer al agente.

Ese movimiento no habría funcionado si el hombre hubiera estado en terreno nivelado, pero el brazo de Eponi, aunque roto, no proporcionaba estabilidad. El agente cayó hacia atrás, golpeando el suelo primero con el trasero. Detrás de él, Eponi vio a Sai, desarmado, luchando con otro par. Ellos también parecían estar trabajando con cuchillos, teniendo cuidado de no dañar la nave sagrada de Vana.

Eponi vio su pistola también, tirada a un par de metros en el suelo. Empujando con sus pies, Eponi se arrastró hacia ella, arrastrando su brazo dolorido. El agente se levantó, riendo todo el camino, y la persiguió. Eponi intentó lanzar una patada mientras se arrastraba, pero el hombre no se dejó engañar esta vez. Pasó junto a ella, se inclinó y recogió la pistola elegida. Volteó el agarre y golpeó a Eponi a un lado con ella, un golpe que hizo que su visión se nublara.

Un golpe que dejó a Eponi vacía. Sus baterías agotadas, su carrera terminada. Intentó moverse, intentó encontrar el esfuerzo para seguir luchando mientras el agente levantaba el cuchillo de nuevo. Su cuerpo no respondía, no podía escalar esa montaña sobre el dolor, el shock, la sobrecarga. Como un kart que había sido lanzado a través de una maniobra de más.

Un golpe pesado resonó a través de la nave, recorriendo los dedos de Eponi. Refuerzos, tal vez. Condenando a Sai también. El agente, sin embargo, se detuvo en su golpe mortal, girando el rostro hacia la rampa, su sonrisa convirtiéndose en un ceño fruncido. Eponi se habría girado también, excepto que su cuello ya no parecía querer funcionar de esa manera.

—No —Una palabra, más gruñida que hablada.

La esperanza de Eponi encontró un destello allí. Y cuando el martillo silbó por encima, estrellándose contra el agente y llevando su ruina a la esquina lejana de la habitación, la esperanza de Eponi encontró una llama.

Se desmayó un segundo después, con los sonidos absolutamente dulces, dulces de Gregor haciendo lo que hacía mejor que nadie.

25

EL ASCENSO

Para ser un momento de triunfo, derribar a los dos trajes en la espiga ciertamente no duró mucho. Rovo, recién salido de un intento algo estable de usar la guadaña, pasó rápidamente de una victoria entusiasta a una ira ardiente cuando Vana y su círculo de amigos aparecieron, pistolas en mano, alrededor del ascensor descendido.

El traje de poder de Rovo le daba un contorno casi sólido de color rojo sobre su visión, mostrando las amenazas potenciales en literalmente todas las direcciones excepto hacia arriba. Desafortunadamente, la armadura de poder no le permitía volar. También desafortunadamente, Aurora parecía estar negociando con la secuestradora de Kaia.

—Entrega a la niña y te dejaremos ir —decía Aurora, manteniendo aún, como Rovo, a su oponente con traje inmovilizado en el suelo—. Ya tienes lo que necesitas de ella.

—Una declaración audaz cuando los tenemos rodeados —respondió Vana—. Propongo un intercambio diferente:

nos dejan salir de este mundo con la niña, y nosotros les permitimos conservar sus vidas.

La oferta le pareció un tanto extraña a Rovo: ¿por qué Vana simplemente no acababa con ambos Severs aquí y ahora, y luego negociaba con Salinity, que sería una entidad más neutral en todo el asunto? Raquel ya había declarado que su objetivo principal era evitar que murieran más ciudadanos de Gillane Cuatro en el conflicto. Ella sería flexible.

Pero tal vez Vana no lo sabía.

—Ya escuchaste mi oferta —replicó Aurora—. Esto no es una negociación.

Vana suspiró.

—Entonces, ¿están dispuestos a morir por la niña?

—Lo estoy —intervino Rovo—. Como dijo Aurora, ya no la necesitas. ¿Por qué estás haciendo esto?

—Una póliza de seguro. —Vana parecía querer continuar, pero su muñequera vibró. Esta vez, el suspiro fue más profundo que antes—. Pero parece que mi seguro no es tan bueno como lo era antes. Tal vez, Aurora, aceptaré tu trato.

Rovo parpadeó. No vio venir ese giro.

—Entonces, ¿dónde está la niña? —dijo Aurora—. Entrégala, subiremos y nos iremos, y luego podrás marcharte.

—No está aquí —Vana hizo un gesto hacia todos los agentes armados con pistolas—. ¿Crees que este es un lugar para una niña? Una vez que hicimos las extracciones, la trasladé. Después de que nos hayamos ido, te enviaré las coordenadas para encontrarla.

—Como si pudiéramos confiar en ti —dijo Rovo.

—Como si tuvieras elección —replicó Vana, y Rovo odiaba cómo Vana siempre sonaba tan calmada. Como si todo pareciera ir de acuerdo a su plan—. Protesta, lucha, haz lo que quieras, pero si quieres encontrar a la niña, necesitarás mi ayuda.

Aurora miró hacia Rovo, y en ese rostro Rovo vio la respuesta que estaba buscando. El novato quería a Kaia viva, quería que estuviera a salvo, pero no podía confiar en Vana. No después de las trampas, los engaños, la coacción continua. Raquel y Salinity tenían el planeta bajo estrecha observación. Los agentes no podrían sacarla, y Salinity rastrearía a la niña sin demasiados problemas.

Rovo tenía que creer eso, porque lo contrario, dejar ir a Vana ahora...

—Apuesto por otra cosa —dijo Rovo.

—¿Qué? —preguntó Vana, y Rovo respondió lanzando el cuchillo robado por encima de la multitud circundante.

La hoja golpeó el grueso tubo que llevaba agua a través de las bobinas de calentamiento. El cristal, diseñado para resistir terremotos y manejar el calor, no estaba construido para soportar una puñalada directa de un objeto diseñado para cortar armaduras. El cuchillo penetró, el tubo se agrietó y comenzó el rocío.

—¡Botes salvavidas! —el grito de Vana se elevó por encima del repentino pánico mientras el agua hirviendo se vertía en la cámara del ascensor.

Dos puertas, que conducían a algún lugar que Rovo desconocía, se atascaron cuando los agentes se apresuraron a llenarlas. Ninguno pensó en disparar contra Rovo y Aurora. Ninguno pensó en interponerse en su camino mientras los dos Severs tomaban una ruta diferente.

Aurora hizo el movimiento más rápido, saltando desde su soldado inmovilizado para agarrar a Vana mientras la líder de los agentes se dirigía hacia una de las puertas. Cuando Aurora agarró el brazo de Vana, el tubo de agua se agrietó más, el cristal se dobló con el rocío, convirtiéndolo en un diluvio. La estructura comenzó a sacudirse, las alarmas sonaron y los agentes continuaron huyendo.

—¿Raquel? —gritó Rovo en su muñequera, apartándose del traje inmovilizado y dejando que ese agente también corriera hacia las puertas. Con un traje así, el hombre nunca cabría en un bote salvavidas de todos modos—. ¡Saca a tu gente de esta cosa!

—¿Qué está pasando? —Rovo apenas podía oír a Raquel por encima del ruido.

—¡Pequeño problema con la espiga! Vigila a los agentes que salgan en botes salvavidas, necesitarán que los recojan. O simplemente puedes dispararles.

—¡Rovo! —gritó Aurora, y el novato se dio cuenta de que el agua en la espiga le había llegado a los tobillos, subiendo rápidamente—. ¡Es hora de moverse!

La capitana Sever tenía a Vana sujeta firmemente con su brazo izquierdo, mientras que con el derecho Aurora liberaba el gancho de la armadura de poder y se preparaba para lanzarlo hacia arriba. Arriba, la larga espiga se extendía con sus luces azules, y ahora parpadeantes rojas de alarma. Podrían haber pasado por las salidas detrás de los agentes y esperado que sus enemigos les dejaran espacio en los botes salvavidas.

Poco probable.

Así que eso significaba subir. Compitiendo contra el agua.

Por un breve momento, Rovo consideró simplemente nadar. Mantenerse a flote en el agua mientras subía. Ese pensamiento murió rápidamente cuando su visor le alertó del creciente calor en sus pies. Esto no era agua fría de mar, sino líquido casi hirviendo sobrecalentado mientras la espiga cumplía su propósito. Más allá de eso, la espiga había sido dañada. Circuitos potencialmente expuestos. En cualquier momento podría convertir la creciente piscina en una trampa mortal electrificada.

Genial.

Aurora saltó, lanzando el gancho mientras se impulsaba. El garfio se clavó en el tubo de agua más arriba, aferrándose al cristal y manteniéndose firme. Con la fuga abajo, no salió más agua por la nueva grieta.

—Buen lanzamiento —dijo Rovo, agachándose para recuperar su escudo guadaña perdido bajo el agua y enganchándolo en su cinturón—. Avísame si necesitas una mano.

—Solo muévete —le gritó Aurora.

En lugar de usar el gancho, Rovo sacó su cuchillo de combate, lo puso en su mano izquierda, mientras mantenía su guadaña de gancho largo en la otra. Activando los impulsores cinéticos, Rovo saltó desde el charco que le llegaba a las rodillas y clavó sus armas en la pared de la espiga. El metal, como el cristal, no había sido diseñado para resistir empujes afilados, y las hojas de Rovo se hundieron bien.

Ahora el novato tenía que hacer algo que nunca había hecho antes: escalar, usando cuchillos como manos.

Rovo empezó con la guadaña, un tirón brusco que lo movió un metro hacia arriba. El cuchillo de combate no ofrecía un agarre tan profundo, y le tomó un par de estocadas conseguir que el arma estuviera lo suficientemente estable para que Rovo pudiera poner algo de peso sobre ella, pero se movió. La armadura potenciada compensaba su propio peso, haciendo lo posible por añadir fuerza de agarre.

Aun así, Rovo sentía como si estuviera levantando un camión.

Aurora, en el lado opuesto, adoptó un enfoque diferente. Uno que parecía, francamente, más inteligente. Usando las abrazaderas de las botas de la armadura potenciada, Aurora fijó sus piernas al costado de la espiga, usando los propios estabilizadores del traje para ayudarse a sentarse erguida, con Vana acunada contra su pecho, mientras Aurora quitaba y luego lanzaba el gancho más arriba.

Vana no parecía estar forcejeando. Tal vez no quería cocerse en la espuma hirviente debajo de ellos.

Una elección razonable.

Después del tercer estiramiento y movimiento con la guadaña, Rovo abandonó su cuchillo de combate y adoptó el método de Aurora. Rovo tenía orgullo de sobra, pero podía ver cuándo había tomado la decisión equivocada. Alcanzando su gancho, Rovo apuntó al tubo de su lado, lanzando el garfio hacia el cristal. El gancho se enganchó, como el de Aurora, y Rovo tuvo esa breve emoción que surge cuando replicas el movimiento de un mentor.

Con un tirón del gancho, la armadura potenciada entró en acción, enrollando el cable metálico del gancho y elevando a Rovo. Debajo de él, el agua continuaba subiendo, pero no tan rápido como para que Rovo sintiera mucha amenaza. No sería una escalada rápida hasta la cima, pero con los ganchos, lo lograrían. Sin problema.

A menos que la espiga decidiera romperse.

La estructura no había estado manejando bien la afluencia de agua. Sus alarmas sonaban, las luces parpadeaban, pero el creciente charco hacía temblar las paredes mientras Rovo y Aurora, con Vana acurrucada contra ella, escalaban. Fuertes gemidos retumbaban en el aire, puntuados por estallidos mientras las juntas y molduras se partían, rompían y astillaban a su alrededor.

—¡Creo que deberíamos darnos prisa! —gritó Rovo al otro lado de la espiga. Había mantenido el ritmo de Aurora, habiéndola alcanzado ahora. Parecía de mala educación abandonar a la capitana que llevaba a la cautiva—. ¿Puedes ir más rápido?

—Si dejara caer a Vana al agua —respondió Aurora, lanzando el gancho hacia arriba nuevamente.

No era la peor idea. Rovo confiaba en que Salinidad podría encontrar a la niña, pero si Sever ya tenía a Vana, parecía una jugada decente mantenerla con vida. Hasta que, de todos modos, tuvieran a Kaia en sus manos.

Rovo había roto un cuello en Gillane Cuatro. Podría hacer que fueran dos.

El pensamiento sacudió al novato mientras subía otro tramo en la espiga. Nada como un poco de autorreflexión en medio de una crisis. Y sin embargo, Sever siempre parecía estar en una de esas. ¿Acaso el continuo golpeteo contra la propia voluntad de Rovo la había desgastado hasta que no le quedaba nada más que ira frustrada? ¿Donde los fines, salvar a Kaia, más que justificaban los medios asesinos?

Cualquier respuesta a esa pregunta tendría que esperar, porque el tubo que Rovo había estado usando para su gancho se desprendió de la pared. No, la pared misma se estaba desmoronando. El agua se derramaba entre los paneles metálicos, duchando a Rovo con líquido helado. El agua fría del mar se precipitaba hacia el charco caliente de abajo, levantando vapor que convertía la vista dentro de la espiga en una niebla impenetrable.

Rovo clavó profundamente su guadaña en la pared, esperando que esta sección no se desprendiera todavía. Levantando su muñequera hacia su boca, le dijo al dispositivo que contactara a Raquel, y la muñequera obedeció sus órdenes.

—¿Rovo? —la voz de Raquel llegó, conectándose al visor del novato—. ¿Dónde están ustedes dos? Tengo la última lancha, estamos esperando...

—Abre la escotilla superior —dijo Rovo—. Por favor, ¡ahora!

—En ello —dijo Raquel mientras Rovo sentía que su gancho se soltaba y caía—. ¿Qué tan cerca están?

—No puedo decirlo —dijo Rovo—. Acercándonos. Aguanta y llegaremos allí.

—La espiga no está...

La conexión de Raquel se cortó cuando la voz de Aurora, tomando prioridad en la banda del escuadrón, irrumpió: —Rovo, ve. No puedo usar el gancho con esta niebla. Sube a la cima, lanza tu línea y nos subiremos por ella.

Una carrera contra el agua que ahora subía rápidamente con más derramándose por todos lados. Tal vez no tan hirviente como para quemar la piel, pero incluso el mejor nadador no podría escapar de quedar sepultado en la espiga que se derrumbaba.

La niebla de vapor se disipó cuando la luz del día brilló desde arriba. Raquel había hecho su movimiento, abierto la escotilla, y Rovo siguió escalando hacia ella, volviendo a la combinación de cuchillo y guadaña, aferrándose a los paneles de pared vacilantes, hasta que llegó a la parte superior de la espiga. Ahora tenía que ir horizontal, escalando a lo largo del techo de la espiga mientras la estructura se desintegraba a su alrededor.

Ya sabes, solo un día normal en el escuadrón Sever.

Abajo, Aurora y Vana se aferraban a la pared, el agua alcanzándolas. El revoltijo burbujeante continuaba levantando vapor, aunque al menos las alarmas estaban muriendo ahora, sus generadores fallando mientras la espiga continuaba su colapso hacia el fondo del océano.

Rovo intentó clavar la guadaña en el techo, pero las paredes aquí eran más gruesas, diseñadas para soportar naves de aterrizaje. El arma no se hundiría, mucho menos sostendría el peso de Rovo. Necesitaría una táctica diferente. Usando las abrazaderas de sus botas, Rovo se reorientó, se giró para enfrentar el centro de la espiga. Bajó un metro, haciendo palanca con la guadaña, para darse un mejor ángulo.

—¿Qué estás haciendo, Rovo? —la voz de Aurora, aún tensa de autoridad, adquirió un tono preocupado.

—Ser asombroso —respondió Rovo.

Dando energía, Rovo se impulsó de la pared en un salto más horizontal que vertical. El salto llevó al novato sobre el hueco central, lo aureolado por un momento en la luz del día. Rovo se estiró hacia arriba, extendido con la guadaña, y casi se arrancó el brazo cuando la cosa se enganchó. Colgando sobre el eje de la espiga y una tumba acuática muy, muy profunda debajo de él, Rovo se negó a mirar hacia abajo.

En su lugar, concentró la poca energía que quedaba del salto en los propulsores de sus botas. El impulso, sin nada contra lo que empujar, no fue mucho, pero la guadaña se mantuvo firme, y la mano izquierda de Rovo logró alcanzar el borde para agarrarse. Más manos cayeron a su alrededor cuando Raquel y un par de leales guardias de Salinity se apresuraron a ayudar, listos para tirar mientras Rovo se impulsaba con la guadaña.

El arma se clavó en la superficie del pico, y con la asistencia de la armadura energética, junto con el trío humano medio útil —la armadura energética tenía demasiado peso para que sus tirones fueran más que mínimos—, Rovo se arrastró sobre la superficie del pico.

Y casi rueda.

El pico se inclinó hacia un lado, convirtiendo la plataforma nivelada en una colina. Las dos naves que permanecían cerca ya no estaban realmente acopladas, sino flotando en las proximidades. Esa inclinación, aunque Rovo no se había dado cuenta desde dentro, hizo posible que su salto desesperado tuviera éxito en primer lugar. A veces, el desastre juega a tu favor.

—¡Rovo! —la voz de Aurora resonó—. ¡Cuando quieras!

Volviéndose, Rovo dejó caer su gancho hacia Aurora. Bañada en los destellos azules restantes, junto con la luz del día, su capitana y su cautiva, con el agua rozando los talones de Aurora, parecían fantásticas. Aurora se enganchó el gancho al cinturón y luego se impulsó con sus propulsores cinéticos, lanzándose hacia la salida.

Vana subió primero cuando se acercaron, trepando por los hombros de Aurora. Rovo se estiró y agarró la mano de Vana. La subiría, la entregaría y luego se estiraría para alcanzar a Aurora. Bastante simple.

La agente subió con facilidad, alcanzando la superficie del pico.

—Gracias por el rescate —dijo Vana—. Pero realmente no deberías ser tan amable.

Rovo, que ya se movía para alcanzar a Aurora, miró hacia Vana.

—¿Qué?

—Siempre acabarás herido —dijo Vana, y mientras Raquel y sus dos guardias iban a por ella, Vana pulsó el botón de liberación del gancho en el traje de Rovo.

El cable se soltó, silbando al pasar por el borde. Aurora, agarrada al extremo del gancho, cayó con el cable, desapareciendo en el mar embravecido.

26

UN CHAPUZÓN

Aurora golpeó el agua con una calma que provenía de mil situaciones de vida o muerte superadas. La armadura de poder reaccionó de manera similar, activando su programación prescrita para cerrar herméticamente cada pequeña válvula y pliegue para mantener a Aurora seca y, más importante aún, respirando el oxígeno almacenado en los compartimentos de la armadura para situaciones como esta.

No es que DefenseCorp aconsejara a los usuarios de sus armaduras de poder realizar inmersiones profundas; el traje, eventualmente, se quedaría sin energía y sin la capacidad de mantener un flujo de aire real, dejando a su piloto inmerso en un capullo eterno en el fondo de algún océano. Los mismos principios se aplicaban al vacío, aunque el espacio exterior al menos le daba a su condenado viajero una mejor vista antes de convertirlo en hielo.

Aurora procesó todos esos pensamientos en un rápido destello mientras el traje se hundía a través de una espiga en la que ya había pasado demasiado tiempo. El truco de Vana persistía mientras Aurora sacaba su propio gancho, lo encontraba inútil en el agua y luego intentaba nadar. Sus piernas y brazos, impulsados por la energía cinética que fluía por el traje, hicieron un trabajo admirable pateando a Aurora hacia arriba. El agua que había estado hirviendo, lista para cocinar una versión anterior del Sever caído en una cena al vapor, ahora solo activaba los sensores de calor medio en la armadura, aparentemente enfriada lo suficiente por el océano circundante.

—Cambia esto por un traje de baño y podría disfrutarlo —murmuró Aurora mientras sus patadas alcanzaban el borde exterior de la espiga.

Lo que había sido una pared lisa se arrugó y dobló mientras la presión del agua desgarraba el edificio. De alguna manera, esto lo hizo más fácil para Aurora, ya que esa pared ahora tenía abundantes puntos de agarre. Aurora encontró un asidero y tiró, impulsándose hacia arriba en ráfagas y agarres. La superficie no estaba tan lejos, brillando a la luz del día.

La contienda, ahora, se convirtió menos en una batalla contra el ahogamiento y más en si Aurora podría llegar a la superficie antes de que la espiga cediera y colapsara por completo. Nadar con la armadura de poder ya era bastante difícil, ¿hacerlo mientras esquivaba placas de metal que caían?

—Aurora, ¿sigues ahí? —La voz de Rovo crepitó a través del comunicador, en la banda del Sever Escuadrón.

—No, he desaparecido —espetó Aurora—. Estoy subiendo.

—Date prisa. Las lanchas están teniendo dificultades para mantenerse a nivel con la plataforma ahora.

—¿Dónde está Vana?

—Raquel está con ella. Están regresando a la base de Salinity.

—¿Tú no? —Aurora quería golpear a Rovo, pero se conformó con otro alcance y tirón. Un metro o dos más y estaría de vuelta en el aire fresco, lista para hacer el ascenso final—. ¿Por qué dejaste ir a Vana?

Rovo no respondió de inmediato. Bien. Al menos el novato tenía el sentido de darse cuenta cuando había hecho algo estúpido.

—Siempre dices que el escuadrón es lo más importante —respondió Rovo—. No quería dejarte.

—No estoy rodeada de enemigos ni desangrándome, Rovo —dijo Aurora—. ¿Puedes subir a esa lancha?

—Ya se ha ido.

La maldición de Aurora coincidió con otro tirón, uno que la sacó sobre la turbulenta superficie. El agua agitada golpeó su visor, confundiendo sus sensores mientras intentaban encontrar el mejor espectro. No es que importara: tendría que estar totalmente ciega para no ver el gran agujero brillante en el medio de la espiga.

Menos fácil de ver pero no menos crítico era el brazo de Rovo. El novato lo tenía extendido hacia abajo en un largo alcance, colgando para que Aurora hiciera un salto con patada de natación. La capitana del Sever hizo lo que la situación exigía, empujándose hacia arriba con toda su fuerza, añadiendo una patada extra con el último poco de energía cinética del traje, cargada mientras chapoteaba en el agua. Como un delfín metálico y feo, Aurora rompió la superficie y se estiró.

En una película, Aurora sintió que el momento se habría reproducido a cámara lenta.

En tiempo real, nunca tuvo una oportunidad.

Mientras Aurora se liberaba del remolino, la espiga de Salinity tuvo su último momento como estructura sólida. Las fibras que mantenían la cosa erguida se doblaron y rompieron bajo la presión del agua, proporcionando un excelente crujido al movimiento llamativo de Aurora mientras señalaban el fracaso de ese mismo movimiento.

La plataforma de aterrizaje del nivel superior se inclinó hacia un lado, lanzando a Rovo hacia atrás desde su percha y fuera de la vista. Aurora escuchó el grito sorprendido del novato a través de la banda, mezclándose con su propio chillido mientras el salto la llevaba al alcance de una palmada de la parte superior de la espiga, sin agarre posible. Su mano derecha se deslizó del metal y Aurora cayó de cara.

El agua corría de acuerdo con las leyes de la física decididamente no a favor de Aurora. En lugar de una caída de vuelta a la profunda piscina, Aurora golpeó una ola de agua que la empujaba hacia el agujero que había estado tratando de alcanzar. Solo que esta vez, en lugar de una mano útil y un tirón hacia una valiente escapada, el agua arrastró a Aurora a través, hacia el aire muy por encima de la superficie del océano.

La cabeza de Aurora, saliendo primero, arrastró su cuerpo en una voltereta mientras alcanzaba y agarraba el borde de la plataforma de aterrizaje. Pateando con sus botas, Aurora activó las abrazaderas, clavándolas en la superficie plana. El agua se derramaba sobre ella y a su alrededor, el visor manteniéndola lejos de sus ojos.

—¿Dónde estás? —llamó Rovo, una sorpresa considerando que Aurora pensaba que habría caído en picado hacia un golpe que le rompería la espalda contra la superficie del agua.

—Colgando del extremo de la espiga. —La evaluación de Aurora tenía una estricta precisión por el momento, pero la continua caída de la espiga, un colapso a cámara lenta mientras la estructura separaba su mitad superior de su base, forzaría una evacuación en cualquier segundo—. ¿Dónde estás tú?

—Salté a una lancha —dijo Rovo—. Iremos, te agarraremos.

—Negativo —dijo Aurora, sintiendo que la parte superior de la espiga continuaba su rotación—. Recógeme del agua después.

El agua rugió con furia y luego se redujo a un goteo mientras el colapso continuaba, separando la parte superior del pináculo del flujo oceánico inferior. El estómago de Aurora dio un vuelco cuando la capitana de Sever Escuadrón se balanceó de espaldas hacia el mar, ahora colgando boca abajo gracias a las abrazaderas de sus botas. Los cables que se rompían y las placas que se agrietaban producían una estridente cascada de sonidos mientras el pináculo comenzaba su caída en picado. El visor de Aurora calculó la caída en unos cien metros, y ella golpearía el agua seguida de quién sabe cuántos kilos de metal roto.

No era bueno.

Aurora tomó aire. DefenseCorp no tenía ningún entrenamiento para esto; normalmente, la artillería o el bombardeo orbital derribaban cualquier edificio importante antes de que llegara Sever Escuadrón. En su lugar, tuvo que recurrir al instinto. Al impulso.

Soltando su agarre del borde de la plataforma de aterrizaje, pero manteniendo sus botas bloqueadas, Aurora se impulsó en un balanceo. En el ápice, mientras el pináculo caía hacia el océano, Aurora liberó las botas. Desbloqueada, con el peso de la armadura potenciada tirando de ella, Aurora voló —tanto como alguien en un traje voluminoso podía volar— hacia abajo y lejos del pináculo que se estrellaba.

La velocidad adicional impulsó a Aurora hacia el agua

como un misil, y ella lanzó sus brazos para cortar las olas, sumergiéndose profundamente. Su puntería la llevó directamente a la estructura aún en pie del pináculo, cuyas luces submarinas le daban a Aurora un objetivo incluso cuando la mitad que se derrumbaba entraba en el mar detrás de ella. El metal que caía empujó el agua hacia adelante en un chorro, haciendo que Aurora se tambaleara hasta que se estrelló contra la mitad inferior del pináculo.

Su traje potenciado gimió junto con los músculos de Aurora, y sus ojos parpadearon con algunos colores fríos mientras su cerebro se sacudía. La presión del agua en movimiento mantuvo a Aurora plantada contra el costado del pináculo durante un largo respiro, pero la succión inversa comenzó rápidamente. Usando esos cierres de las botas —Aurora quería encontrar a quien los había hecho y regalarle todo el dinero que pudiera— la capitana de Sever Escuadrón se selló a la pared exterior, observando cómo el agua se arremolinaba a su alrededor.

La mitad superior del pináculo se hundió, con burbujas elevándose por toda la estructura masiva como una procesión fúnebre natural. Aurora la observó deslizarse frente a ella, dirigiéndose más abajo hacia las profundidades del océano. Acababa de estar dentro de esa cosa, intentando llegar a su cima, y ahora allí iba, desapareciendo para siempre en una oscuridad que Aurora esperaba nunca penetrar.

—¿Capitana? —La voz de Rovo, entrecortada al atravesar toda esa agua, se abrió paso.

Aurora no respondió al principio. Respiró. Esperó. Reconcilió el hecho de que no estaba a punto de morir con lo que acababa de suceder.

—¿Aurora? —Rovo añadió algo de filo esta vez, un poco de pánico—. Por favor, dime que estás ahí.

—Estoy aquí —dijo Aurora, sin moverse. Sin atreverse a desbloquear sus botas—. Estoy bajo el agua. Anclada a los restos del pináculo.

Nadar hasta la superficie, o escalar hasta ella, parecía una tarea imposible. Su visor indicaba que le quedaba aire suficiente para treinta minutos. Aurora podía permitirse recomponerse.

—¿Estás herida?

Aurora cerró los ojos.

—No estoy herida. Cansada, pero no herida.

A menudo, solo después de que el momento había pasado, Aurora sentía miedo, preocupación por lo que había sucedido. En esos segundos cruciales, al bloquear las botas o saltar para agarrar la mano de Rovo, el objetivo primaba en la mente de Aurora. Las acciones físicas necesarias para completar ese objetivo aplastaban cualquier emoción que pudiera interponerse en el camino.

¿Ahora? Ahora Aurora tenía tiempo para reconstruir todo el asunto.

—Fue un buen disparo —dijo Aurora.

—¿Qué?

—Para romper el pináculo. ¿Sabías que eso pasaría?

Rovo se rio, con el sonido cansado y emocionado de un vencedor.

—No tenía ni idea. Pensé que podría rociar algo de agua. Tal vez activar una alarma que pudiéramos usar como distracción. Tomarlos por sorpresa.

—En su lugar, le has costado mucho a Salinity. Raquel no estará contenta.

—Pero estamos vivos —dijo Rovo—. Eso tiene que contar para algo.

—Ya veremos cuánto —respondió Aurora. Tomando

otro gran respiro, suspiró—. Trae mi transporte a la superficie. Cerca de lo que queda. Voy a hacer la subida.

—Nos vemos pronto, capitana.

La lancha, con Rovo y Aurora apretujados en los asientos traseros, se dirigió de vuelta a las instalaciones de Salinity con toda la velocidad que el piloto pudo sacarle. El traje de Aurora goteaba un charco en el suelo, su pintura blanca y negra brillando bajo la luz del día, un bonito contraste con la cara frustrada de su piloto. Habían dejado a los agentes en sus cápsulas de emergencia, flotando en las olas abiertas. La seguridad de Salinity vendría por ellos más tarde, los acusaría de quién sabe qué, siempre y cuando los agentes quedaran fuera de combate.

—¿Raquel sigue sin contestar? —preguntó Aurora a Rovo por cuarta vez en la hora desde que habían despegado.

—No, pero probablemente esté ocupada —respondió Rovo—. Tal vez.

Raquel se había llevado a Vana, supuestamente a las mismas instalaciones a las que Aurora y Rovo se dirigían ahora. Poner a la agente, una luchadora fuerte que, claramente, no tenía nada que perder, en una lancha sin ningún miembro de Sever Escuadrón a su lado había sido una decisión estúpida. El silencio de Raquel podía significar que la mujer estaba involucrada en poner a Vana en una celda, pero Aurora sabía hacia dónde se inclinarían sus apuestas.

Una preocupación igual venía de los otros tres. Gregor, Sai y Eponi habían completado la misión, colocando las granadas EMP en la nave de Renard, pero no había sido precisamente un éxito sigiloso. Los agentes sabían que Sever Escuadrón haría algún intento contra la nave, y Eponi había sido seriamente golpeada. Sai y Gregor habían quemado a los agentes que montaban guardia, y ambos creían que nadie había visto colocar las granadas, así que esa parte del plan aún podría funcionar.

Si es que a Vana le importaba la nave, sabiendo ahora que estaba comprometida.

De cualquier manera, los tres estaban en su propia lancha, regresando a toda velocidad a las instalaciones de Salinity para hablar de los siguientes pasos. Para, con suerte, averiguar por Vana dónde había escondido a Kaia.

—Intenta con la instalación —dijo Aurora—. Raquel ya debería haber llegado, ¿no?

—Debería —respondió Rovo, y luego hizo lo que Aurora le pidió. La llamada salió y regresó casi de inmediato.

Raquel no había aterrizado, y su lancha no había hecho ninguna llamada.

Aurora habría maldecido, pero en su lugar, hizo lo que tenía que hacer: empezó a hacer planes. La próxima vez, ella sería la que se ocuparía de Vana.

Nadie más.

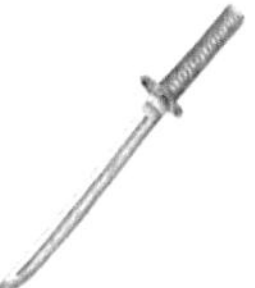

27

CICATRICES DEL PASADO Y DEL FUTURO

Con Gregor cargando a Eponi y Sai empuñando su katana como un faro guía y protector, el trío abandonó la nave de Renard y se abrió paso entre los restos hacia las cápsulas. Con la ayuda de Gregor dentro de la nave, los agentes atacantes habían quedado reducidos a cartílago y huesos destrozados. Aunque la nave había escapado de daños graves, el interior necesitaría, no obstante, una limpieza a fondo para dejarla como nueva.

El combate moderno, a menudo lleno de láseres, tendía a ser más limpio. Los disparos ardientes cauterizaban las heridas, dejando a las víctimas heridas o muertas, pero sin el característico espectáculo físico. Incluso la katana de Sai, lo suficientemente afilada para hacer cortes limpios, evitaba grandes destrozos. Sin embargo, el martillo de Gregor evocaba los viejos y brutales tiempos: sus golpes dejaban tras de sí un relato bárbaro, uno que ensombrecía los pasos de Sai.

Sever Escuadrón y Sai habían bailado con la muerte demasiadas veces desde Dynas. La variedad hacía que Sai se estremeciera mientras el trío subía a las cápsulas. La espera mientras Eponi cargaba la suya lentamente, mientras Gregor se apretujaba en la suya con cuidado, reproducía los daños sufridos. Sai se había encontrado casi empujado al vacío, inyectado con un virus asesino, en el extremo equivocado de quién sabe cuántas pistolas, rifles y torretas de naves estelares.

En algún momento, tenías que mirar a tu alrededor y preguntarte cómo seguías vivo.

La respuesta, por supuesto, se movía delante de él, con Gregor ayudando a Eponi a subir a su asiento. Solo juntos Sever Escuadrón tenía una oportunidad contra los enemigos que seguían apareciendo frente a ellos. Solo juntos podían ayudarse mutuamente a superar los rasguños, las puñaladas y las cicatrices que se acumulaban en sus cuerpos y almas.

Sai, de cara a los silenciosos restos con su katana lista, solo en la plataforma, se rió para sí mismo. Estaba siendo dramático otra vez. Podía ser propenso a tales cosas, una perspectiva lejana que, Sai tenía que creer, surgía de sus hijos y de la ampliación del universo de Sai que venía con su lugar en él. Durante mucho tiempo, había sido capaz de acallar la insistente llamada para volver con su familia.

Pero con cada disparo que Sai recibía, con cada puñetazo que lanzaba, esa llamada se hacía más fuerte.

El grito por el dinero, mientras tanto, se apagaba.

Sai sabía que ahora se quedaba por lealtad y amor a los otros cuatro que viajaban a su lado. Eso era, y tendría que ser, suficiente para llevarlo de esta pelea a la siguiente.

Porque siempre habría una siguiente.

Las naves ligeras llevaron al trío de vuelta a la instalación de Salinity en las afueras de Kaiyo que servía como base de facto de Sever Escuadrón. Mientras que antes los oficiales y trabajadores de Salinity trataban a Sever Escuadrón con una mezcla de deferencia y molestia -intrusos en su territorio-, ahora refunfuñaban abiertamente cuando Sai pasaba. Al principio, las expresiones confundieron a los tres, pero cuando se supo de la ausencia de Raquel, su secuestro en una incursión fallida dirigida por Rovo y Aurora, Sai lo entendió.

DefenseCorp era vengativa. Equivócate con sus unidades y, independientemente del contrato, Defense-Corp no escatimaría recursos para cazarte y destruirte. Esta postura venía de la mano con la protección de la reputación de DefenseCorp como el principal proveedor de destrucción de la galaxia. El propio Sai, tanto antes como después de unirse a Sever Escuadrón, había participado en misiones diseñadas simplemente para dar una lección con fuego y llamas.

La venganza, sin embargo, requería un objetivo. Con Raquel y los otros soldados de la nave ligera desaparecidos, y su presunto captor esfumado, la frustración encontraba demasiado fácilmente un blanco en los intrusos. El extraño escuadrón que había caído en Gillane Cuatro y había traído tanto caos a las vidas de hombres y mujeres de familia, a personas que se creían desde hace mucho tiempo retiradas de los días llenos de fuego láser y las noches vigilando sus espaldas.

Sai lo entendía, pero cuando ayudó a Eponi a bajar de la nave ligera y dirigirse hacia la unidad médica de la instalación, un lugar de tres camas destinado más a dolores de cabeza que a huesos rotos, no le quedaba mucha simpatía para compartir.

—Facturarás el tiempo a quien te dé la gana —le dijo Sai a la médica de guardia y a sus robots de apoyo mientras se agrupaban alrededor de Eponi, mirando las heridas y soportando la descripción arrogante de Eponi sobre cómo se las había hecho—. Esto no se trata de dinero, se trata de devolver a una jugadora a un juego que no puedes permitirte perder.

—¿Que no podemos permitirnos perder? —La médica parecía tan escéptica como Sai había visto a alguien, con ambas cejas levantadas y la boca deslizándose hacia una sonrisa burlona—. Esa es una declaración audaz viniendo de un grupo de terroristas de DefenseCorp.

Una elección de palabras fuerte. Sai habría recogido ese insulto y habría seguido con él otro día, pero después de este, con sus músculos gritando descanso y su cerebro diciéndole que necesitaba encontrar a Aurora y elaborar alguna estrategia para lo que vendría después, el hombre optó por no presionar.

—Solo... solo ayúdala —dijo Sai—. Sé que no es lo que esperabas, y sé que puede que no te caigamos bien, pero ella no se hizo esto a sí misma. Estamos tratando de salvar a una niña. Eso es todo.

Si Sai hubiera estado más en su juego, habría mencionado a Kashmal, que Kaia era hija de un empleado de Salinity, pero esos argumentos lógicos se astillaron y volaron en la brisa mental que revolvía el cráneo de Sai.

Era asombroso cómo un hombre podía pasar de cortar y rebanar con precisión a, unas horas más tarde, apenas mantenerse en pie.

La médica debió notarlo, porque esa mirada de duda desapareció rápidamente en una respuesta fruncida:

—No estoy segura de que ella sea la única que necesita ayuda. ¿Me estás diciendo que no vas a volver a salir pronto?

—Eso depende de cuándo encontremos a la niña —respondió Sai—. Porque cuando lo hagamos, estaré listo.

La médica miró hacia Eponi, apretó los labios.

—Entonces haré lo que pueda para asegurarme de que ella también lo esté.

—Las plantamos todas —dijo Sai, de vuelta en el mirador abierto mientras el atardecer se cernía sobre el horizonte. Aurora tenía la misma mesa, y Sai se unió a ella. Esta vez no había alcohol, ni fiesta. El ambiente parecía sombrío y crudo—. Tres granadas, todas conectadas a mi pulsera. A menos que escape del planeta sin que lo sepamos, podré activarlas.

—Al menos tuvimos un éxito hoy —dijo Aurora.

—Me enteré —respondió Sai—. ¿El novato derribó una espiga entera? Lo llamaría impresionante si no estuviera preocupado de que el dinero salga de nuestras cuentas.

—Esa es una pelea que no voy a tener ahora —replicó Aurora. Su mano, con un tenedor, picoteaba las verduras en su plato, una mezcla naranja y verde que perdía calor por el frío exterior—. Cuando dijiste lo aterrador que se sentía en Dynas, cuando bajaste bajo las aguas del pantano para conseguir esa mina...

—Sí. La armadura de combate no es muy buena para nadar.

—Ahora lo sé —Aurora se puso rígida—. Después de todas las veces que hemos salido, nunca había estado tan profundo bajo el océano. El temporizador de oxígeno realmente te afecta.

—¿El constante tictac, diciéndote cuánto tiempo te queda antes de que te asfixies y mueras?

—Hace difícil concentrarse —dijo Aurora—. Especialmente cuando tienes que decirle a un novato qué hacer.

Sai esbozó una sonrisa, dejándola a medias hasta que Aurora la correspondió. Pasaron unos minutos comiendo mientras el patio se llenaba de empleados de Salinity que cenaban. Con Eponi en la enfermería, Gregor echando una siesta y Rovo lidiando con sus propios demonios, los dos mantuvieron las cosas en calma.

—¿Kaia no estaba allí en absoluto? —preguntó Sai cuando el cielo alcanzó el mejor tono naranja—. ¿Vana te engañó?

—No lo creo —respondió Aurora—. Ha estado un paso por delante de nosotros todo este tiempo. Siempre lista, siempre filtrando la información correcta para llevarnos donde quiere.

—Espera —dijo Sai—. Es tu estado de ánimo el que habla. Estamos ganando esto. Hemos eliminado a tantos agentes, a Renard, y ahora tenemos su única nave saboteada. Las paredes se cierran para Vana, y se va a desesperar.

Esa palabra captó la atención de Aurora. Levantó un dedo, agitándolo en el aire sin apuntar a nada en particular. Era un hábito de Aurora que Sai había notado después de ver a su capitana resolver innumerables misiones que habían salido mal.

—Puede que tengas razón —reflexionó Aurora—. Desesperada. Si creemos a Vana cuando dice que logró sacar la sangre de Kaia del planeta...

—Es probable, sin importar lo que diga Raquel. Gillane Cuatro tiene tráfico aéreo por todas partes, y un agente podría subirse a un transporte.

—Entonces la única razón por la que Vana sigue aquí es que no ha encontrado una manera de llevarse a sí misma y a Kaia a la órbita sin arriesgar su vida —Aurora se detuvo de nuevo, esta vez golpeando la mesa con los dedos para activar su mente—. Está perdiendo agentes, está perdiendo escondites. Si esto continúa, solo hay un final, y Vana lo sabrá.

—Así que lanzará todo lo que tiene en un último intento.

—Es lo que yo haría —dijo Aurora—. Diablos, es lo que

haría DefenseCorp. Nunca se asientan en enfrenta-mientos largos y agotadores. DefenseCorp siempre lo arriesga todo, usa cada gramo de fuerza que pueden reunir.

—¿Que sería qué? —Sai cruzó las manos, con los dedos entrelazados, casi como si la empuñadura de la katana estuviera entre ellos—. Vana no puede volar comercialmente. No dejamos ninguna evidencia en la nave de que plantamos algo.

—Pensará que fue un ataque, uno que la buscaba a ella o a Kaia. Volverá a la nave y la usará. Tiene que hacerlo —Aurora se inclinó hacia adelante, con los codos sobre la mesa—. También dijiste que los agentes eran extraños. Gregor mencionó lo mismo. Ahora parece que los agentes podrían estar muriendo.

—No deberíamos haber dejado ir a Anaskya.

—Otra vez será —Aurora desechó el arrepentimiento con un gesto—. Los agentes no son inconscientes. Se volverán contra Vana si ella no les da una oportunidad de sobrevivir.

—Un hospital —dijo Sai, siguiendo la lógica—. Vana los enviará a un hospital. Les dirá que allí hay una cura. Los agentes entrarán, causarán pánico. Salinity responderá, y en el caos, Vana huirá hacia la órbita.

Aurora no se apresuró a aceptar la sugerencia de Sai. Se recostó en su silla, dirigiendo la mirada hacia el horizonte, como si las nubes dispersas pudieran proporcionar una mejor idea.

—¿No? —preguntó Sai.

—No lo sé —dijo Aurora—. Eso... parece demasiado simple. Si esta enfermedad es nueva, ¿cómo podría un hospital cualquiera tener una cura?

Sai se encogió de hombros. —Estos agentes no parecían

estar muy cuerdos, Aurora. Sea lo que sea que Anaskya les está haciendo, no son los mismos. Vana podría engañarlos.

Aurora aún no parecía convencida, pero cualquier conversación adicional llegó a su fin cuando Rovo entró pesadamente, llevando su propia bandeja y luciendo agotado.

—He revisado todas las frecuencias —dijo Rovo, sentándose en su mesa—. Escaneé todas las frecuencias de DefenseCorp con el Bug. Nada. Ni una palabra sobre Kaia o Raquel. Solo el ruido habitual sobre contratos y cómo estamos haciendo un gran lío.

—No puedo discutir eso —dijo Sai—. Vaya manera de destruir una espiga entera, Rovo. Estoy orgulloso de ti.

Rovo negó con la cabeza, aparentemente sin estar listo para reírse. Lo cual, Sai podía entender.

—Sin embargo, aprendí algo útil —dijo Rovo, animándose un poco—. Salinity ha detectado una nueva llegada al sistema. Deepak está aquí, con el *Nautilus*.

Aurora sonrió, la primera sonrisa genuina que Sai había visto desde que regresaron a la instalación. Sai tampoco pudo evitar corresponderla. La llegada del crucero marcaba el fin definitivo de las posibilidades de escape de Vana. Una vez que el gran barco se acercara, sus cazas podrían poner una red orbital alrededor del mundo. Nada saldría sin una inspección exhaustiva.

—Eso es todo, entonces —dijo Aurora—. Esperamos y observamos. Vana tendrá que hacer su movimiento pronto, o Deepak la atrapará aquí. Descansen un poco, pero mantengan sus armas a mano. Cuando Vana intente algo, la atraparemos.

—Junto con Kaia y Raquel —añadió Sai, más por Rovo que por otra cosa.

El novato parecía necesitar algo de ánimo, igual que Sai necesitaba dormir un poco.

28

UNA HERMOSA NOCHE

La siesta duró más de lo que Gregor había anticipado, pero no había puesto una alarma y se merecía lo que obtuvo: un despertar tardío, con la cocina cerrada y la única comida disponible en algunas máquinas expendedoras. Los suaves objetos luminosos ofrecían productos de proteína sintética, vitaminas artificiales y todo tipo de aperitivos diseñados para durar hasta el infinito y más allá. Gregor se frotó los ojos y miró fijamente la poco atractiva lista.

De vuelta en la *Prisa*, los otros miembros del escuadrón, exceptuando a Eponi y sus necesidades médicas, estaban todos colapsados o a punto de hacerlo después del largo día. Las instalaciones de Salinity hacían eco de la hora tardía, con la mayoría del personal que pasaba la noche —muchos regresaban a Kaiyo en lanchas al final del día— ya instalados en sus habitaciones. La soledad hizo que la decisión de Gregor fuera aún más difícil.

Siendo un hombre de acción, Gregor miró la decepcionante variedad y no pudo encontrar una respuesta fácil. Necesitaba a alguien detrás de él, empujándolo a tomar una decisión. En cambio, y Gregor supuso que esto podría ser un defecto de su siesta que lo llevó a la zona intermedia entre el sueño y la vigilia, examinó la alineación una y otra vez, eliminando lentamente filas y sus opciones de marca.

—Ese —murmuró Gregor, más para algún espectro invisible que observaba y esperaba que para sí mismo.

Su elección, una mezcla de vitaminas y proteínas con sabor a tocino, cayó en la ranura después de que la pulsera de Gregor transmitiera los detalles de su cuenta bancaria a satisfacción de la máquina. Tomando la solución envuelta para su estómago rugiente, Gregor tomó su segunda decisión significativa:

Comería la cosa en la cubierta, en lugar de regresar a los estrechos aposentos de la *Prisa*.

Si no otra cosa, la cubierta no le recordaría posibilidades aún sin cumplir. Eponi no había tenido la oportunidad, todavía, de llegar a la cabina de la *Prisa*. Cuando lo hiciera, la piloto probablemente notaría que Gregor no había hecho uso del relé de comunicaciones, y comenzarían las pullas. Gregor podría ponerle fin, podría regresar a la nave ahora mismo y enviar un breve mensaje al universo.

Sin embargo, fue en la otra dirección, por pasillos tenuemente iluminados, pasando centros de control vacíos y salas de conferencias. Aunque Gregor no sabía todo lo que Salinity manejaba desde aquí, la instalación parecía ser la base principal de la compañía para mantener en funcionamiento a Gillane Cuatro. La sede de Kaiyo se encargaba de más tareas corporativas, mientras que el back-end se mantenía fuera de la vista aquí entre las olas. La vida de oficina se sentía como algo extraño, un camino nunca abierto para un hombre nacido en una roca espacial giratoria y uno que Gregor nunca había sentido el impulso de explorar.

Ver los escritorios vacíos, las sillas vacías, las salas de

descanso con avisos de varios potlucks y eventos corporativos, el atractivo nuevamente falló en capturar el deseo de Gregor.

Pero Gregor pudo y encontró consuelo en la tranquila cubierta. Iluminada por una suave luz roja entrelazada alrededor de los bordes exteriores, una concesión a la contaminación lumínica que le dio a Gregor una vista luminiscente del mapa estrellado en lo alto. Constelaciones desconocidas y brillantes bailaban entre sí en la oscuridad, otra vista alienígena que llamaba a Gregor con todos esos planetas desconocidos y sus problemas.

¿Cómo podías conformarte con solo un hogar cuando tantos otros esperaban ser explorados?

Las sillas térmicas hicieron que sentarse fuera cómodo, le dieron a Gregor la oportunidad de terminar la comida barata en una paz relajada. Los sonidos, que Gregor notó cuando sus propias pisadas no se sumaban a ellos, no coincidían del todo con la vista. La instalación se sentía más ruidosa esta noche que la mayoría, con sus tareas nocturnas generando un fuerte zumbido y vibración abajo. El zumbido hacía eco en las olas, envolviéndose y subiendo, de modo que parecía que un millón de insectos volaban en concierto. Puntuando ese ruido constante venían golpes periódicos y aleatorios, golpes ligeros en metal. Una tubería o dos que necesitaban mantenimiento, o un generador luchando por mantenerse constante.

Para una compañía tan minuciosa como Salinity, los sonidos discordantes parecían inusuales. Aunque, con Sever y Vana arrasando por su planeta, tales rutinas podrían haberse retrasado. El *Nautilus* seguramente había alterado sus horarios después de los combates a través de sus pasillos.

—Pronto —murmuró Gregor—, te tendremos de vuelta a la normalidad.

Una nube fría se disipó con sus palabras. El suéter de Gregor y su pura masa corporal lo mantenían cómodo, pero Gillane Cuatro, especialmente lejos de las ciudades y sus biomas cálidos, abrazaba un clima fresco y azotado por el viento. Incluso con su estancia en el frío Wexer, Gregor no había superado los horrores sudorosos en Dynas, y el hombre, habiendo terminado el aperitivo, se levantó y fue a la barandilla para recibir un beso del viento antes de regresar a la *Prisa*.

Muy abajo, la luz de las estrellas cubría un océano fantasmal. Olas superficiales marchaban a través de su superficie, su tensión yendo y viniendo como formas luchando bajo una red atrapante. Gregor recibió el golpe helado que había estado buscando, inhalando el aire y sintiéndolo entregar una caricia impactante y dulce a sus pulmones.

Pocas cosas eran más refrescantes.

Sus ojos volvieron a las olas, atraídos por un destello que al principio pareció como la naturaleza jugando una broma. Una ola inclinándose en la dirección equivocada, el ondulante negro más sólido de lo que debería ser. La línea —no, el bloque— seguía moviéndose, acercándose a la instalación. Gregor calculó que la nave estaría a solo unos metros sobre la superficie del agua, y las huellas reveladoras de su paso, ahora que Gregor las buscaba, aparecían por momentos antes de que la siguiente ola borrara la evidencia.

¿Una embarcación de Salinity, haciendo un acercamiento nocturno a nivel de superficie, sin luces de navegación?

Gregor siguió el camino de la cosa mientras se deslizaba hacia los robustos pilares que anclaban la instalación a la corteza de Gillane Cuatro. La nave se inclinó hacia la derecha de Gregor, y allí, parcialmente oculto por el volumen de la instalación, Gregor vio algo que hizo que su sangre se helara más de lo que el viento frío jamás podría.

La lancha sin luces no estaba sola.

Varios bloques negros más rodeaban el pilar, y muchas formas más pequeñas trepaban por el poste metálico. Esos golpes sordos que Gregor había estado escuchando aumentaron a medida que los cuerpos distantes clavaban garfios en los costados del pilar, y ¿el zumbido? Los esquifes, flotando sobre el agua.

Ninguna visita amistosa comenzaba con una entrada sigilosa a medianoche.

Gregor levantó su muñequera, con la intención de llamar por radio a Sever Escuadrón y dar la alarma. Cuando el pequeño ordenador llegó a sus labios, un cuerpo apareció sobre el borde del balcón. Con su mano derecha agarrando y apartando la muñequera de Gregor de su boca, la agente impidió que Gregor llamara a su escuadrón. Con su mano izquierda, apuñalando hacia el estómago de Gregor, intentó evitar que volviera a llamar a alguien.

Pero una sorpresa costó la otra: Gregor retrocedió de la barandilla del balcón, lo suficiente como para que el cuchillo solo rozara su piel. El paso arrastró a la agente, que aún sostenía la muñequera de Gregor, sobre el balcón principal, donde Gregor agarró el brazo armado de la mujer. Haciéndola girar, Gregor lanzó a la agente contra una mezcla de mesa y sillas, provocando que todo se derrumbara en un estruendoso enredo.

Maldiciendo su decisión de dejar el *Prisa* sin un arma, Gregor volvió a su muñequera. Esta vez, un disparo vino desde atrás. Fuerte y ardiente, el proyectil se estrelló contra el hombro de Gregor, el dolor empujándolo hacia adelante en un giro de buceo. Otro láser destelló donde había estado su cabeza, dejando una estela de luz azul-negra sobre el mar.

—¡Dejad de disparar! —susurró a gritos la agente que Gregor había lanzado, levantándose del montón—. ¡No hasta que tengamos vía libre!

Su brazo derecho ardía mientras Gregor se levantaba, enfrentando al agente que le había disparado. Ese hombre cambió su pistola por otro de los cuchillos de combate, cosas de dientes largos con bordes diseñados para perforar armaduras corporales que harían chisporrotear un láser. La agente detrás de él estaría de pie en un segundo. A la izquierda de Gregor, la salvación potencial yacía dentro de la instalación.

Gregor fingió avanzar, como si quisiera arremeter contra el segundo agente. El hombre mordió el anzuelo, retrocediendo y poniéndose en posición defensiva justo cuando Gregor se lanzó hacia la puerta del balcón. Las zancadas largas de Gregor deberían haber hecho que fuera una huida fácil, pero los agentes eran malditos agentes por una razón: siempre tenían otro truco bajo la manga.

Algo se clavó con fuerza en la pierna izquierda de Gregor, y aunque sintió que el garfio se liberaba —llevándose una buena cantidad de piel consigo—, la repentina resistencia desequilibró a Gregor. Se precipitó hacia adelante, logrando levantar los brazos a tiempo para evitar un feo aterrizaje de cara contra la superficie texturizada. Gregor golpeó y rodó, quedando boca arriba mientras la mujer seguía su disparo de garfio con un salto de puñalada hacia el pecho de Gregor.

Con su mano izquierda, Gregor encontró una silla y la barrió, atrapando a la agente en el aire y aplastándola hacia un lado. Hizo un trabajo del demonio para mantenerse en silencio mientras se desplomaba. Gregor se sentó a tiempo para recibir una fuerte patada del compañero de la agente, un golpe que revolvió los pensamientos de Gregor, haciendo que el mundo girara.

Pero el instinto es el instinto, y el de Gregor había sido afilado hasta el extremo.

Ignorando el dolor en su hombro y el mundo borroso iluminado por las estrellas, Gregor se levantó y se lanzó contra el otro agente. Con su mano derecha, Gregor agarró y alejó el cuchillo del agente mientras que con la izquierda propinaba un puñetazo tras otro en el estómago, el pecho y cualquier otro lugar donde Gregor pudiera encontrar apoyo. Los golpes continuaron mientras Gregor hacía retroceder al agente, hasta el borde, y con un último empujón, Gregor lo levantó y lo arrojó por encima de la barandilla.

Este no fue tan silencioso. El grito de pánico del hombre resonó mientras caía en picado hasta un fuerte chapoteo en el agua muy abajo.

Dando media vuelta, Gregor vio que tres agentes más se habían unido a él en el balcón, rodeándolo con las pistolas desenfundadas. Detrás de ellos, Gregor vio a los soldados de Vana abriéndose paso por las puertas del balcón, precipitándose dentro de la instalación. No sonaba ninguna alarma, ni llamadas para prepararse. Pronto, no quedaría nadie para escuchar una alerta si llegara.

Gregor golpeó su muñequera, abriendo la transmisión a la frecuencia de Sever Escuadrón. Si iba a morir, lo haría salvando a su escuadrón.

—¡Venid a por mí! —gritó Gregor, lo suficientemente alto para que el micrófono lo captara—. ¿O sois unos cobardes demasiado asustados para morir?

El agente del medio ladeó la cabeza, rió.

—Si fallamos aquí, ya estamos muertos. Matadlo y vámonos.

Gregor enfrentó los cañones con una amplia sonrisa, luego se lanzó a la derecha. Moriría, pero moriría luchando. Cuando Gregor comenzó a moverse, las suaves luces rojas se intensificaron a un blanco brillante. Otras luces se encendieron, estallando cuando alguien en la base se dio cuenta de que algo iba mal. Las alarmas estridentes chillaron, rompiendo el silencio. El destello y el sonido desviaron los disparos de los agentes por milímetros. Quemaron la espalda de Gregor, cortaron su cabello y dejaron una cicatriz a lo largo de su cuello. Rozaron su codo izquierdo y dejaron su suéter ardiendo.

Pero no mataron al monstruo de Sever Escuadrón, y ese fue un error.

Gregor alcanzó a la agente a su derecha, levantándola en un abrazo aplastante y girando, usando a la agente para recibir los siguientes disparos de pistola mientras Gregor continuaba su retroceso, cayendo hacia la esquina del balcón. Los disparos cesaron cuando los agentes se dieron cuenta de que estaban acribillando a su amiga.

—¡Suéltala! —gritó el mismo que había hablado antes.

Gregor lo ignoró, siguió retrocediendo hasta que sintió la barandilla en su espalda. Su mano derecha se movió, encontrando lo que buscaba en el cinturón de la agente.

El agente repitió su orden. La rehén de Gregor gimió, apenas viva. Apenas sería suficiente.

—Ninguno de nosotros morirá hoy —dijo Gregor—. Si tenemos suerte.

Sosteniendo a la agente con fuerza, Gregor los empujó hacia atrás, por encima de la barandilla. Juntos, se precipitaron a través de la luz de las estrellas, hacia las olas embravecidas.

29

REVUELTA DE RECUPERACIÓN

Eponi odiaba despertar. Dormir siempre se sentía mucho mejor que el evento que lo terminaba. Hoy, no, esta noche no era una excepción, un gradual aclaramiento de sus ojos turbios en una habitación que no reconocía, con monitores tenues, una vía intravenosa conectada y una camilla blanda que hacía que su espalda cuestionara, como solía hacerlo, las decisiones de vida de Eponi.

Eponi reconstruyó el viaje de regreso a las instalaciones de Salinity, seguido de la anestesia y una operación que no recordaba que había dejado su antebrazo izquierdo en un grueso yeso. La cosa picaba en la luz azul grisácea. La sensación impulsó a su cuerpo a terminar de despertar, alcanzando un límite biológico que le recordaba que Eponi había estado absorbiendo líquidos durante horas sin tener la oportunidad de ir al baño. Un tanteo confirmó un catéter, confirmó que su cuerpo también seguía teniendo moretones por todas partes y los dolores que los acompañaban.

A su derecha, Eponi vio el botón de llamada para la enfermera de la instalación. ¿O enfermeras? Eponi no podía recordar cuán grande era el ala médica, y, francamente, no le importaba. Después de ser cargada por Gregor, sentarse en una lancha y luego ser depositada en esta cama durante la mayor parte del día, Eponi quería moverse. Quería sentir, aunque fuera por un momento o tres, lo que se sentía operar por su propia cuenta.

Se quitó el catéter —pasa una temporada o dos en una bahía médica de DefenseCorp y averiguas cómo conseguir algo de libertad— deslizó sus piernas hacia el lado derecho, esquivando el soporte de la vía intravenosa y, con un quejido al levantarse, Eponi logró lo mismo que había conseguido al año de vida: ponerse de pie por sí misma.

El mareo la golpeó. El monitor a su izquierda, una útil pantalla que mostraba todos esos datos de salud que Eponi preferiría no saber sobre sí misma, emitió una alerta. El sonido murió cuando Eponi se arrancó los monitores. Esperó a que la enfermera viniera corriendo, preguntándole a Eponi qué demonios estaba haciendo. En su lugar, envolviéndose con la bata, Eponi contó diez segundos antes de dar otro paso, y luego otro, llegando hasta la puerta de la habitación sin ninguna interrupción.

—Holgazanes —murmuró Eponi, arrastrando consigo el soporte de la vía intravenosa.

Los milagros líquidos, como a Eponi le gustaba llamar a las vías intravenosas, eran lo único que Eponi mantendría conectado todo el tiempo que pudiera. El agua, y cualquier medicamento incluido, tendían a hacerla sentir mejor que la alternativa. Valía la pena aguantarlo, incluso si el soporte hacía que caminar fuera una danza incómoda.

La puerta de la habitación no se cerraba por dentro, así que Eponi se levantó para tocar su pulsera contra el escáner, solo para recordar que la maldita computadora ahora tenía un yeso encima. Inútil. En el *Nautilus*, les daban a los miembros de la tripulación con pulseras rotas o yesos como el de Eponi una tarjeta especial para abrir puertas, pedir comida, etc. Aquí, sin embargo, solo podía esperar que presionar con un dedo funcionara.

¿Para salir de la habitación de un paciente? Funcionó.

El ala médica de Salinity ocupaba cuatro habitaciones alrededor de una estación de enfermería equipada con consolas de monitoreo. Eponi no estaba segura de qué hacía Salinity que ponía a sus empleados en suficiente riesgo como para requerir el espacio hospitalario, pero la distancia desde Kaiyo podría exigir el equipo. De cualquier manera, la pequeña sala brillaba en un suave blanco, oscurecida para la noche. Los pitidos de los monitores y el ocasional zumbido de los dispositivos a través de sus procesos proporcionaban el ambiente estándar.

Eponi se dirigió primero hacia esa estación de enfermería, su armada de pantallas protegiendo el escritorio y su ocupante de la vista. Idealmente, la enfermera podría ayudar a quitarle la vía intravenosa a Eponi y autorizarla para regresar al *Prisa*, o al menos darle una actualización sobre cuándo podría liberarse. Pilotar una nave con un yeso no sería lo más fácil, pero quedarse en esta habitación todo el día mientras Sever salía a buscar pelea tampoco era una opción.

Los agentes de Vana le habían hecho esto, y Eponi quería algo de venganza.

Esos pensamientos sangrientos se desvanecieron cuando Eponi vio a la enfermera, o en lo que se había convertido. Desplomada sobre el escritorio, con un corte preciso en el cuello, la enfermera había atendido a su último paciente. Eponi observó la escena durante medio segundo, catalogando todas las razones potenciales —¿paciente enloquecido? ¿Accidente?— y optó por salir del ala médica lo más pronto posible.

Al darse la vuelta, Eponi captó la forma vestida de negro que se abalanzaba hacia ella, el cuchillo del hombre era lo único que reflejaba alguna luz. Eponi blandió su soporte de la vía intravenosa, la cosa poco manejable se estrelló contra el agente y le hizo tropezar. El hombre cayó más allá de ella, un aguijón recorrió el brazo de Eponi cuando el tubo se desprendió. Un dolor más para añadir a todos los demás.

Enfrentada a una elección, Eponi optó por el combate. Podría haber huido, intentando escapar del ala y salir a la base más amplia, pero un agente vestido de negro significaba que tenía que haber más —después de todo, ¿quién elegiría el ala médica como objetivo principal para un asalto en solitario?— y salir del ala desarmada y en pánico para toparse con los amigos del agente, bueno, no saldría bien.

Eponi pateó, golpeando al agente una, dos veces mientras intentaba desenredarse del soporte. Los golpes fueron buenos, pero el agente no había venido a esta misión protegido por papel. Gruñó, continuó moviéndose y se levantó, retrocediendo mientras Eponi volvía a mover los pies.

Una estrategia perdedora, esa. Si Eponi dejaba que el agente se estabilizara, estaría libre para apuñalarla como a la enfermera. Si luchaba contra él, Eponi entraría con una sola mano y golpeada. Tampoco era bueno.

Así que corrió.

De vuelta a su propia habitación.

Tres pasos adentro, un toque en el panel cerró la puerta tras ella. Otro golpe apagó las luces. Ya de por sí baja, Eponi se agachó, respiró hondo y rezó para que el agente la confundiera con una trabajadora de Salinity en pánico.

Oyó moverse el soporte del suero, el agente riendo

suavemente mientras recuperaba el equilibrio. La risa le recordó a Eponi los encuentros anteriores en Kaiyo. ¿Necesitaba este agente una dosis, o ya había encontrado una?

¿Importaba siquiera en este momento?

Una vez más, Eponi miró el yeso en su brazo izquierdo, cubriendo su pulsera. No es que hubiera buenos momentos para romperse un brazo, pero definitivamente había momentos *mejores* que este preciso instante.

Los pasos se acercaron, haciendo temblar el suelo bajo la puerta de la habitación y enviando vibraciones a través de los pies de Eponi. El agente podría haber sido más silencioso: el movimiento descuidado significaba que no se tomaba a Eponi en serio, lo que le daba al menos una ventaja sobre el hombre.

Estúpido. Todos deberían esperar encontrar a un Sever en la enfermería. Siempre se estaban lastimando.

Eponi no podía cerrar su habitación, y el agente ni se molestó en ser discreto. Golpeó el panel lo suficientemente fuerte como para que Eponi lo oyera, y la puerta se deslizó, mostrando al agente mirando directamente al frente, con el cuchillo listo para acabar con el pobre paciente que había salido a caminar en el momento equivocado.

En cambio, Eponi le dio al agente un golpe en el riñón, seguido de un rápido cabezazo en la barbilla. Oyó crujir los dientes del hombre, ignoró el dolor adicional que el cabezazo añadió a su propia sinfonía de dolor, y fue por el brazo del cuchillo del agente. El entrenamiento del agente aún tenía suficiente vida para intentar una puñalada a medias, que Eponi atrapó en su bata mientras tiraba del brazo que apuñalaba hacia ella.

Eponi plantó un pie, ayudando al impulso de la puñalada del agente a seguir adelante. El tropiezo envió al agente al suelo. Cayó, girando en un movimiento que se detuvo en el marco de la puerta. Mientras movía las manos bajo su pecho para levantarse, Eponi volvió a sus patadas.

Esta vez, apuntó al cráneo.

Esta vez, el agente se desplomó, inconsciente.

—Gregor estaría impresionado —murmuró Eponi mientras despojaba al agente de sus pertenencias.

La bata del hospital no proporcionaba un lugar para un cuchillo, pero Sai o Gregor habían sido lo suficientemente amables como para traer algo de ropa. Eponi, lenta y cuidadosamente, se puso el atuendo. Usando los cordones de la bata, Eponi improvisó una funda de muslo funcional para el cuchillo y mantuvo la pistola del agente en sus manos.

Al salir de la habitación, el rubor triunfante de Eponi murió una muerte fea. Un agente había acechado la enfermería, probablemente para asegurarse de que no surgiera resistencia de los enfermos y heridos. Las probabilidades parecían escasas de que un solo agente representara toda la incursión, un ataque planeado solo para acabar con Eponi, o tal vez con la enfermera. Si los agentes de Vana estaban atacando la instalación, y no se había activado ninguna alarma, entonces las cosas podrían ser... siniestras.

El primer movimiento de Eponi la llevó de vuelta al mostrador de enfermería, buscando alguna forma de activar una alarma. La estación de trabajo estaba vinculada a una identificación de Salinity, presentando a Eponi nada más que una pantalla de bloqueo inútil, aunque de aspecto amigable. La pulsera de la enfermera había muerto con ella, y ningún gran botón rojo se ofrecía como una forma de salvar el día.

Si tan solo más organizaciones tomaran tan en serio los posibles asaltos e invasiones como DefenseCorp, que llenaba sus naves de formas de activar una respuesta en toda la nave.

Un rápido recorrido por la enfermería confirmó a Eponi que ella era la única paciente que quedaba allí: tres camas vacías y habitaciones silenciosas significaban que podía dejar a la enfermera como la única víctima. Eponi se detuvo fuera de su habitación y el cuerpo inconsciente del agente, miró hacia atrás hacia la enfermera. Sostenía la pistola, y en combate abierto, Eponi no dudaría en disparar un rayo mortal.

Pero Aurora había castigado a Rovo por matar a Renard, arruinando una potencial fuente de información. Este podría ayudar a Sever a entender lo que pasó aquí, y luego Salinity podría tomar su propia venganza sobre el hombre.

Por supuesto, todo eso dependía de que la noche fuera bien para Eponi.

Se arrastró hacia el pasillo, un corredor circular que rodeaba la estructura circular de Salinity. De vez en cuando, el pasillo se abría a otras áreas, con radios centrales que dividían la base en cuatro cuadrantes. Las bahías de atraque se encontraban frente a donde Eponi estaba ahora, con la cafetería y varias salas de reuniones entre ellas.

Los ruidos saludaron a Eponi mientras se escabullía de la enfermería, el golpeteo constante de botas sobre metal, acentuado por el ocasional grito amortiguado o el golpe sordo de otro cuerpo cayendo al suelo. Los agentes habían venido en fuerza, entonces.

A la izquierda llevaría a Eponi a la cafetería, y unos cuantos golpes en esa dirección parecían indicar que se avecinaba una pelea. Incluso en sus mejores días, Eponi habría sido reacia a lanzarse hacia un enfrentamiento sin armadura de poder, y ahora solo tenía un brazo y un cuerpo que debería estar en cama.

A la derecha la llevaba hacia el núcleo productivo de la instalación, donde las oficinas, salas de conferencias y los laboratorios diseñados para ayudar a Salinity a mejorar la calidad del agua hacían su trabajo. Si Eponi lo entendía bien, todos estos espacios hormigueaban bajo los otros tres cuadrantes y descendían hasta el fondo del océano. No es que Eponi fuera a meterse en otra cápsula para confirmarlo.

Pasaría mucho tiempo antes de que volviera a entrar en una de esas.

Echando rápidas miradas tras ella, Eponi corrió tan rápido como se atrevió a lo largo del corredor iluminado de azul. A su derecha, las paredes daban paso a ventanas y el mobiliario apagado más allá, esperando las reuniones matutinas que definitivamente no ocurrirían.

—Mátame entonces —vino una voz ronca desde el pasillo de adelante, cubriendo la cobardía con un momento de coraje—. No vas a pasar de esta puerta.

—No tenemos que matarte —llegó la respuesta, sonando tan viscosa como cualquier cosa que Eponi hubiera escuchado jamás—. Aunque podemos hacer que desees que lo hubiéramos hecho.

Eponi no pudo evitar poner los ojos en blanco ante la frase. Había esperado algo mejor de los agentes, porque las malditas sombras seguían siendo DefenseCorp, y no merecías trabajar para el matón de la galaxia si no podías inventar una mejor amenaza.

Ralentizando su paso, Eponi dejó que sus ojos guiaran alrededor de la curva, mostrando a dos agentes sujetando a un hombre con lo que parecía ser un uniforme de mantenimiento contra la pared. Detrás de él, una puerta cerrada parecía conducir más adentro de las entrañas de la instalación.

—Entonces háganlo —respondió el hombre—. La mayoría de nuestra gente está allá abajo, durmiendo, y si creen que...

El agente que lo presionaba contra la pared sacó un cuchillo y lo puso en la garganta del rehén.

—No nos importa tu gente —dijo el agente—. Queremos al Sever Escuadrón. ¿Dónde están?

—Nunca he oído hablar de ellos.

¿Estaba el hombre encubriendo a Sever, o realmente nunca había oído el nombre de los soldados con armadura potenciada que actualmente ocupaban su base? Eponi no estaba segura, pero sí sabía que no iba a dejar que ese cuchillo cumpliera su propósito.

—Hola —dijo Eponi, doblando la esquina—. ¿Me buscabais?

Ambos agentes se giraron de golpe. Eponi disparó al primero, el que sostenía el cuchillo contra el hombre de mantenimiento, y lo derribó con la mencionada descarga letal. El segundo se pegó a la pared, alzando su propia pistola mientras Eponi disparaba un segundo tiro fallido. El agente no tuvo oportunidad de aprovechar ese momento de respiro, porque el hombre de mantenimiento hizo un gran uso de su recién adquirida libertad para golpearle la cabeza por detrás.

El golpe surtió efecto, enviando al agente al suelo y allanando el camino para otra búsqueda y hallazgo de Eponi. Dos pistolas, una entregada al hombre de mantenimiento, la otra despojada de su batería. Dos cuchillos añadidos al arnés del muslo de Eponi.

—Gracias —ofreció el hombre de mantenimiento, ya subiéndose la manga y tecleando en su muñequera.

—Dime que tienes algún sistema de alarma.

—Lo mejor que tenemos es un incendio —dijo el hombre—. Encenderá las luces y pondrá a la gente en movimiento.

—Entonces hazlo y sígueme.

Pero el hombre no siguió a Eponi cuando ella empezó a avanzar por el pasillo hacia las bahías. Cuando ella le lanzó una mirada frustrada y curiosa, el hombre de mantenimiento ya tenía su puerta cerrada abierta y estaba a punto de cruzarla.

—Mis amigos están por aquí —dijo el hombre—. No voy a dejarlos morir solos. Tú salva a los tuyos, yo salvaré a los míos.

Valiente, estúpido. Eponi le dio un asentimiento y salió corriendo mientras las luces de la estación se encendían, acompañadas de una fuerte alarma metálica. En cualquier otra ocasión, Eponi consideraba esos sonidos como molestos, irritantes, recordatorios de lo obvio.

Esta vez, el ruido le dio esperanza.

30

A TRAVÉS DEL RUIDO

La cabeza de Rovo golpeó el techo bajo sobre su catre, en un dormitorio compartido con Gregor en la *Prisa*. El ruido que provocó el repentino sobresalto, las alarmas sonando por toda la nave, hizo que Rovo se levantara y se pusiera algo parecido a un uniforme de combate. La *Prisa* no era un crucero de lujo, y sus estrechos cuartos ofrecían taquillas incorporadas para cada miembro de Sever Escuadrón, dos catres apilados y poco espacio entre ellos. Rovo agarró una camiseta, unos pantalones de verdad, botas y, descansando en el fondo de la taquilla, un rifle.

Mientras se ponía la ropa, su mente somnolienta intentaba averiguar qué alarma sonaba ahora. Cada una tenía un tono y cadencia diferentes, desde un incendio hasta un intruso o los escudos de la nave siendo destruidos. El agudo y persistente pitido encajaba con la segunda definición: alguien intentaba acceder a la *Prisa* sin merecerlo.

Mientras Rovo se ponía la ropa, con brazos y piernas por todas partes, se dio cuenta de que no se había chocado con Gregor todavía. El hombretón debería haber ocupado todo el espacio del lugar —por eso Rovo siempre tenía que esperar para entrar o salir hasta que Gregor se hubiera organizado—, pero nadie empujaba a Rovo, nadie se quejaba de que el novato se moviera demasiado lento.

El catre de Gregor estaba vacío.

O bien el hombre del martillo había oído la alarma y respondido sin despertar a Rovo, lo que parecía poco probable, o se había ido antes. De cualquier manera, era una pregunta que Rovo no podía responder y en la que no podía perder más tiempo pensando.

Sai chocó con Rovo cuando el novato salía de sus aposentos, el espadachín lucía mucho más sereno con un chaleco antiláser puesto, katana lista en una mano y una pistola en la otra.

—Ve a la cabina —dijo Sai, dirigiéndose hacia los escalones en espiral que conducían al centro de la *Prisa*—. Aurora ya está en la rampa. Yo la respaldaré.

—¿Dónde está Gregor?

—Es tu compañero de litera, ¿no? —respondió Sai sin detenerse.

Rovo siguió las órdenes, tropezando por las escaleras en espiral detrás de Sai y desviándose a la izquierda desde el centro de la *Prisa* hacia la cabina. Las dos filas de asientos de la *Prisa* estaban vacías, el asiento del piloto se veía solitario sin Eponi sentada en él. Rovo eligió el puesto del copiloto, deslizándose y activando las consolas mientras sus ojos se aventuraban a través del cristal hacia el caos exterior.

El detonante que activó las alarmas no fue difícil de detectar: Aurora bailaba un ballet de fuego láser con un grupo de agentes, todos moviéndose entre los puntales de la *Prisa* para encontrar cobertura y entregar muerte. Dos cuerpos humeantes vestidos de negro indicaban que el marcador actual favorecía a Aurora, pero los agentes parecían estar dispersándose. Si suficientes lograban pasar detrás de Aurora, ella no tendría cobertura, no tendría oportunidad.

La mano de Rovo fue a su rifle, y por un segundo, pensó que tendría tiempo de volver al centro de la *Prisa*, salir corriendo y cancelar la emboscada antes de que comenzara.

No tuvo que hacerlo.

Sai se lanzó a la pelea con furia contenida. Una entrada ralentizada por los rasguños y golpes que el hombre había recibido en los últimos días, pero Sai aún así disparaba certeramente. Un tiro alcanzó a un agente que miraba hacia Aurora, friendo el pecho del hombre y enviándolo al suelo. Un segundo rozó una pared, empujando a su objetivo al otro lado del puntal, justo donde el rifle de Aurora hizo un trabajo rápido.

Los otros agentes, viendo que las probabilidades cambiaban, se dieron a la fuga hacia la única salida de la pequeña bahía. Disparando en su retirada, sus pistolas mantenían a Aurora y Sai agachados, con Aurora usando un puntal y Sai deslizándose detrás de la rampa de embarque para mantenerse con vida. Rovo observaba, considerando si debía encender las armas principales de la *Prisa*.

Claro, atravesarían la instalación como si fuera papel, destrozando el edificio y quemando a cualquiera desde aquí hasta el océano... pero conseguiría a los agentes.

—Raquel ya va a estar lo suficientemente enojada —murmuró Rovo, viendo al trío llegar a la puerta de la bahía.

Tres destellos resolvieron el dilema de Rovo. El trío de agentes cayó, los dos últimos aún enfocando su fuego hacia Aurora y Sai cuando los disparos de pistola estallaron desde la otra dirección. Entrando caminando, con más que un poco de temblor en su paso, llegó Eponi. Sostenía su pistola lista para más, con un impresionante conjunto de cuchillos alrededor de un muslo. El yeso en su muñeca izquierda solo hacía que el aspecto fuera más ridículo, y Rovo no pudo reprimir una sonrisa.

Típico de Sever Escuadrón convertir una emboscada en una oportunidad para presumir.

—¿Vas a apagar esas alarmas o quieres que me quede sorda? —la voz de Aurora sonó fuerte por el comunicador de la *Prisa*.

—En eso estoy, lo siento —Rovo hizo lo que le ordenaron, apagando los chillidos en la consola.

Excepto que no todos los ruidos se detuvieron. Las alarmas principales murieron, pero un pitido insistente continuó desde el altavoz justo cerca de Rovo, el destinado a las alertas de la cabina. Deslizando a través de los varios programas en la consola, Rovo encontró la causa: un mensaje, entrando con alta prioridad desde Kaiyo.

La vieja nave de Renard estaba despegando, y Salinity necesitaba saber qué hacer. Tenían cazas listos para despegar, para hacer volar la nave en pedazos.

—Oigan —dijo Rovo, abriendo el canal de comunicación mientras Aurora y Sai ayudaban a Eponi a entrar en la nave. El espadachín y Aurora parecían que iban a volver a la base para ayudar a luchar contra los agentes, y Rovo no podía permitir que eso sucediera—. Vana está haciendo su escape.

Los empleados de Salinity en la base estarían en problemas, pero las fuerzas de seguridad de Raquel estaban enviando refuerzos. Les tomaría un tiempo llegar a la instalación, pero había que tomar decisiones. Aurora no discutió la evaluación cuando Rovo terminó de explicar lo que había visto.

—Si Vana escapa con Kaia, no importa lo que hagamos aquí —dijo Aurora—. Podría volver con más, en trajes, y ningún guardia de seguridad de Salinity tendría oportunidad. Eponi, ponme esta nave en el aire.

—¿Qué hay de Gregor? —preguntó Sai.

—Él dio la primera alerta —respondió Aurora—. Me despertó —La capitana frunció el ceño, miró su pulsera dentro de la abarrotada cabina—. O está muerto o escondido, pero su ubicación muestra que está debajo de nosotros.

Eponi se deslizó junto a Rovo y tomó su lugar en el asiento del piloto mientras Aurora y Sai intentaban localizar mejor dónde se había ido Gregor.

—¿Estás en condiciones de volar? —preguntó Rovo.

—El hecho de que tenga un brazo roto, haya salido de cirugía hace solo unas horas y acabe de sobrevivir a una paliza —dijo Eponi, arqueando una ceja—, no significa que no pueda volar.

—De acuerdo, entonces.

A petición de Eponi, las instalaciones de Salinity respondieron con su operación automatizada, abriendo la bahía y dejando entrar el fresco aire nocturno. La luz de las estrellas reemplazó las lámparas del techo, envolviendo a los agentes muertos o heridos en un resplandor plateado. Sin embargo, Rovo no dedicó mucho tiempo a la vista, ya que la consola demandaba su atención.

—Se está dirigiendo hacia la órbita —dijo Rovo—. No tenemos mucho tiempo.

Y aun así, mientras Eponi elevaba la *Prisa*, Aurora le indicó a la piloto que girara la nave hacia abajo y alrededor. Habían encontrado la ubicación de Gregor, y el hombre parecía estar cerca del océano. Si Gregor había caído al agua, no podían dejarlo nadando.

Un Rovo más joven podría haber protestado. Podría haber sugerido que cualquier momento no dedicado a perseguir a Kaia y Raquel —asumiendo que las dos rehenes estaban con Vana— era un paso en la dirección equivocada. Pero cada vez que se alejaba de los principios de "el escuadrón primero" de Aurora, las cosas parecían salir mal.

Además, ahora tenían otra alternativa.

—Sai, ¿qué hay de los PEM que plantaste? —preguntó Rovo.

—Todavía están dentro del alcance de la señal —respondió Sai, sentado detrás de Rovo mientras Eponi maniobraba la nave fuera y alrededor de la instalación. Toda la base tenía sus luces brillantes encendidas, con muchas parpadeando en rojo mientras las alarmas continuaban. Figuras se movían en el interior, aunque Rovo no podía distinguir si eran agentes o personal de Salinity—. Si Vana todavía estuviera en tierra, los haría estallar. Pero ahora...

Rovo podía seguir esa lógica bastante bien: inutilizar la nave en pleno vuelo, y Vana junto con los rehenes se precipitarían en las frías aguas. Un mal final para una mala jugada.

—¿Entonces qué? —dijo Rovo—. ¿Cuál es el punto de plantar las bombas si no podemos usarlas?

—Órbita —respondió Aurora—. Matarán los motores en el espacio. El soporte vital también, pero si los seguimos, habrá suficiente oxígeno para que dure hasta que los rescatemos.

—Siempre y cuando no se alejen del alcance de la señal —añadió Sai—. Lo cual, podríamos estar en problemas.

—Ahí está nuestro hombre —interrumpió Eponi, señalando con su brazo enyesado hacia el parabrisas. Había estado volando con una sola mano, su mano derecha envuelta alrededor del mando de vuelo mientras la izquierda usaba sus dedos libres para tocar cualquier cosa necesaria.

Rovo no había entendido del todo lo que significaba

unirse a un escuadrón como Sever cuando firmó el acuerdo de empleo. Misiones especiales, decía el informe. Peligrosas, pero altamente remuneradas. Grupo profesional, se requieren habilidades avanzadas.

Aparentemente, las habilidades avanzadas significaban ser capaz de volar con un solo brazo.

—Rovo, Sai —dijo Aurora—, Gregor no responde. Necesito que ustedes dos se encarguen de recogerlo.

Rovo intercambió lugares con la capitana, siguiendo a Sai hacia la popa de la *Prisa*. Mientras iban, Rovo escuchó la voz de Aurora abriendo una transmisión con Salinity, diciéndoles que movilizaran sus cazas. Que siguieran a Vana, que no dispararan.

Y, si podían, que enviaran también una lanzadera de rescate.

Si esa lanzadera estaría salvando rehenes o recogiendo cuerpos, estaba por verse.

Eponi abrió la rampa de abordaje de la *Prisa* mientras giraba la nave a posición. Rovo tuvo su primera visión de Gregor, colgando inerte con sus brazos envueltos alrededor de una agente igualmente inconsciente. Estaban suspendidos a unos pocos metros sobre las olas embravecidas, con el rocío marino volando hacia arriba mientras los propulsores de la *Prisa* agitaban el agua.

—¿Cómo? —preguntó Rovo, mientras los dos cuerpos parecían flotar en la oscuridad.

—Gancho —dijo Sai, bajando por la rampa—. Busca la línea.

Rovo la vio mientras seguía a Sai, ambos caminando con cuidado. La línea oscura se disparaba hacia la base estrecha de la instalación, incrustándose en una pared lateral no muy lejos arriba. Un gran lanzamiento para hacer mientras caía, aunque eso no explicaba por qué ni Gregor ni la agente parecían estar conscientes.

Juntos, hablando con Eponi durante todo el proceso, acercaron el extremo de la rampa lo suficiente para que Rovo y Sai pudieran agarrar a los dos colgantes y subirlos. Después de colocar ambos cuerpos, Rovo realizó algunas comprobaciones. Los pulsos resultaron positivos para ambos, aunque la agente parecía tener algunas heridas graves de láser.

Ser arrojado sobre el duro suelo de la *Prisa* pareció despertar lentamente a Gregor, sus ojos parpadeando, dando a Rovo una mirada interrogante.

—Estás en casa, amigo —dijo Rovo—. Bienvenido de vuelta a la fiesta.

—¿Qué fiesta?

—La mejor clase —respondió el novato mientras la *Prisa* se elevaba y alejaba, acelerando hacia las estrellas—. Donde podemos salvar a algunas buenas personas y golpear a algunas malas.

—Esas son buenas fiestas —asintió Gregor, y luego hizo una mueca. Su mano fue hacia su cabeza, donde Rovo vio que comenzaba a formarse un moretón—. He aprendido que, al detener una caída con un gancho, hay que tener cuidado con la cabeza de tu amigo. La parada nos golpeó a ambos.

—Bueno, ganaste esa pelea —Rovo asintió hacia la agente—. Ella está en mal estado.

Gregor se sentó, con la ayuda de Rovo, —¿Qué hay de los demás? Los agentes vinieron con fuerza.

—Eliminamos a algunos. Ahora estamos huyendo.

—¿Huyendo? ¿Nosotros?

—Vana está escapando, Gregor —dijo Rovo—. No podemos dejar que se escape.

—Entonces después, volvemos y terminamos el trabajo.

Rovo esperaba una sonrisa, el tipo de confianza arrogante que había llegado a ver en Gregor, Eponi y los demás. Gregor, sin embargo, se mantuvo serio. Esto no era una broma. Los agentes lo habían agraviado, y el hombre del martillo se aseguraría de que rindieran cuentas.

Rovo no sintió ninguna lástima por los pobres bastardos.

31

OBJETIVO PRIORITARIO

Cuando llegaste a un comando de DefenseCorp, ya habías visto tomar decisiones difíciles cientos de veces o más. Las elecciones de abandonar unidades, cuáles rearmar, cuándo retirarse o avanzar, y a quién sacrificar en la carga hacia la victoria. Cuando Aurora se puso el manto de Sever, los precedentes y sus cargas morales habían quedado bien claros.

No hacía nada para facilitar las decisiones.

Después de que Eponi acabara con los agentes que huían de la bahía del *Prisa* y Vana emprendiera su fuga hacia la órbita, Aurora tuvo que decidir entre ponerse una armadura de combate y arrasar con los agentes restantes que atacaban a la fuerza laboral civil de Salinity, o alejarse y perseguir a Vana y sus presuntos dos rehenes.

El momento o la misión.

Que Vana ya tuviera algo de sangre de Kaia complicaba aún más la elección. Si sus científicos -Anaskya, que debería haber sido arrojada al espacio después de Dynas- descubrían cómo replicar sus propiedades especiales, entonces no importaría si Vana lograba escapar con la niña o no.

Aurora había planeado cazar a la agente una vez que hubieran salvado a Kaia. Con el apoyo de Deepak, Sever Escuadrón habría rastreado a Vana hasta los puntos más lejanos de la galaxia hasta capturarla o matarla junto con sus planes. La verdadera decisión aquí sopesaba esas vidas de Salinity contra la captura de Vana ahora, antes de que pudiera causar más destrucción.

Visto así, Aurora no dudó. Vana era el objetivo, y bajo su orden, Eponi se lanzó a la persecución.

—Hemos lanzado nuestros dos cazas más rápidos —dijo Deepak, su rostro borroso en la muñequera de Aurora—. ¿Parece que Salinity tiene algunos de los suyos yendo con ustedes?

—Mucha gente quiere a Vana muerta —respondió Aurora—. ¿Puedes encontrar el transporte? Tenía muchos agentes aquí. Tiene que estar en el sistema.

—No por mucho tiempo. —Deepak negó con la cabeza —. Lo detectamos cuando llegamos, y al parecer el *Nautilus* lo asustó.

—¿Lo rastreaste?

—Desapareció detrás de una de las lunas de este planeta. Tengo gente trazando posibles vectores de salida.

—Bien —dijo Aurora—. Avísame cuando tus cazas estén lo suficientemente cerca para ayudar.

Cortó la transmisión y miró a través del parabrisas. El cielo oscuro de Gillane Cuatro mostraba las primeras transiciones al amanecer, con la luz de las estrellas brillando intensamente mientras el *Prisa* rugía hacia el espacio. Sai y Rovo se habían movido a las torretas gemelas de la nave, listos en caso de que Vana decidiera presentar batalla.

—¿Crees que las tiene con ella? —preguntó Eponi, manteniendo el *Prisa* estable con una sola mano. Vana no estaba realizando ninguna maniobra complicada, solo se dirigía en línea recta fuera del sistema. Bastante fácil de seguir para un piloto comprometido—. ¿Raquel y Kaia?

—Sí —dijo Aurora—. Sin ellas, Vana no tiene fichas con las que negociar. La volaríamos en pedazos sin pensarlo dos veces.

—Naturalmente. Esa lanzadera de rescate viene subiendo lentamente detrás de nosotros, pero si las granadas de Sai hacen su trabajo, debería estar lista para acoplarse.

—No —respondió Aurora—. La lanzadera solo está ahí si algo sale mal. Cuando Vana esté fuera de la atmósfera, Sai detonará las granadas. Entonces *nosotros* nos acoplaremos. Tomaremos el control. No dejaré que nadie más vigile a Vana excepto nosotros.

Excepto ella misma. Después de la desafortunada elección de Rovo, Aurora no dejaría que nadie más vigilara a Vana. Tal vez Gregor, aunque podría matar a la agente por despecho.

A Aurora no le importaría demasiado.

Normalmente, alcanzar la ingravidez y sentir cómo su cuerpo pasaba por los familiares sobresaltos mientras su equilibrio, dirección y sentido general de la realidad se retorcían se perdería en repetidas revisiones de detalles de la misión, comprobaciones de armas y bromas dirigidas hacia el miembro del escuadrón que más se lo mereciera. Ahora, sin embargo, Aurora asumió el cambio y lo abrazó, usando la señal para confirmar que la nave de Vana también había pasado más allá de la gravedad inmediata de Gillane Cuatro.

En otras palabras, inutilizar el maldito artefacto ahora no provocaría un rápido descenso a las profundidades del océano.

Eponi tenía el *Prisa* acercándose, con el cuarteto de cazas de Salinity quedándose más atrás con la lanzadera de rescate. Al igual que los guardias de seguridad en la superficie, Aurora supuso que los pilotos de Salinity no habían combatido en años. Pocas cosas suponían más riesgo que personas armadas e inexpertas en una pelea, así que Aurora les había asignado el papel de reserva y los pilotos, mostrando más sensatez que bravuconería, aceptaron la tarea.

—¿Cuánto falta para alcanzar el rango de ataque? —preguntó Aurora, observando el destello lejano que el parabrisas del *Prisa* marcaba como la nave de Vana.

—Tres minutos —dijo Eponi—. Está empezando a acelerar.

—¿Podemos igualarla?

—Más que eso. La gente a la que le quitamos esta nave transportaba carga de alto riesgo por rutas de alto riesgo. Si quieres rozar a Vana, dejar que bese nuestros motores, podemos hacerlo.

—Lo tendré en cuenta. Por ahora, ponte a distancia de ataque y mantente ahí.

Mientras Eponi se ocupaba de los motores, Aurora utilizó la consola del copiloto para razonar con el enemigo. Envió una llamada, transmitiendo una frecuencia y un identificador directamente a través del vacío hasta la nave de Vana. Si la agente aceptaba, el retorno enlazaría la banda entre las dos naves. Aurora vería el rostro de Vana, Vana vería el de Aurora, y juntas podrían discutir quién vivía y quién moría.

Vana no hizo esperar a Aurora. La capitana de Sever no terminó de dar un trago completo al café preparado por Rovo, un brebaje rápido y tosco destinado a dar un fuerte golpe a la psique, antes de que el rostro serio de Vana apareciera.

La agente parecía cansada, más vieja de lo que Aurora

recordaba, incluso desde la pelea con el pico el día anterior. Como si lo que debió haber sido una loca carrera para tomar el esquife, volver a Kaiyo y preparar todo para la partida le hubiera quitado una o dos décadas más de vida a la agente. Detrás de Vana, la pequeña cabina visible terminaba con una puerta cerrada.

—¿Completamente sola? —preguntó Aurora.

—Es tan difícil confiar en la gente estos días —respondió Vana—. Mis escáneres me dicen que te estás acercando. ¿Planeas derribarme?

—Preferiría llevarte con vida —dijo Aurora—. Eso, por supuesto, depende de ti. Igual me conformaré con tostar tus cenizas.

—¿Y las de Kaia y Raquel? ¿Estarás feliz de enviarlas a su vuelo final y eterno?

—No seas poética. La única forma en que vivirás es apagando tus motores y rindiéndote. No puedes escapar.

Vana se encogió de hombros.

—Y sin embargo, debo intentarlo. Hacer cualquier otra cosa sería traicionar todo por lo que he trabajado.

—Quieres decir todo por lo que Renard ha trabajado. Tú solo llegaste al final —dijo Aurora, usando sus manos para dar rápidamente la orden de avanzar a Sai. Era hora de activar esas granadas y detener a Vana de una vez por todas —. Yo empezaría a trabajar en tus disculpas, Vana. Si tienes suerte, Salinity las escuchará antes de meterte en una celda para que te pudras.

Si Aurora admiraba algo de la agente —y eso era mucho suponer—, sería la capacidad de Vana para mantener la compostura eternamente. Al mencionar a Renard, al insinuar que Vana, como un parásito oportunista, se había entrometido y cortado el verdadero impulso de los trajes, el virus, Vana le lanzó una mirada fulminante como Aurora nunca había visto. Los labios de la agente temblaron en una mueca, mostró los dientes, y sus ojos se estrecharon más allá de las rendijas, como cuchillos destinados a desgarrar las entrañas de Aurora.

Antes de que cualquier maldición, negación o algo peor saliera de los labios de Vana, la imagen se apagó.

—Hecho —la voz de Sai llegó a través de la *Prisa*—. Está muerta.

Aurora miró a Eponi.

—¿Confirmado?

—Su velocidad no está aumentando, y la nave ha entrado en un lento giro. Parece que nuestro hombre aún lo tiene.

—Buen trabajo, Sai. Prepárate para un equipo de abordaje —dijo Aurora—. Vamos a traer a nuestros amigos a casa.

Siguiendo la orden, Aurora le informó a Deepak y a la fuerza de Salinity sobre la situación. Se mantendrían atrás, listos para ayudar con cualquier limpieza. Mientras tanto, todos los que lo tenían, se pusieron la armadura de poder. Excepto Eponi, cuyo trabajo la mantenía en la cabina. El cuarteto se apiñó en la cámara central de la *Prisa* minutos después, con las actualizaciones regulares de Eponi marcando el ritmo de sus movimientos.

El agente que había proporcionado el escape con gancho a Gregor, apenas vivo, había sido esposado con aturdidores a una litera.

—Primero, pónganse en posición —llamó Eponi, su voz llegando a través de la banda del escuadrón—. Voy a golpear la escotilla principal primero, así que si Vana tiene algo planeado, ustedes recibirán todo.

—Gracias —dijo Gregor.

De cualquier otra persona, Aurora habría tratado las

palabras como sarcasmo. Con Gregor, nunca se sabía realmente.

Gregor se pondría a trabajar, rompiendo la escotilla y rompiendo el sello de vacío en la nave de Vana con suficiente fuerza para asegurar que, si Vana intentaba separar su nave de la *Prisa*, el agujero del tamaño de un martillo la succionaría al vacío. Siguiéndolo, Sai y Aurora ayudarían a despejar cualquier fuerza enemiga. Rovo iría de último, encargado solamente de encontrar a Raquel y Kaia y sacarlas.

Una operación simple, que podría complicarse si Vana, como Aurora sospechaba, decidía poner un cuchillo en el cuello de sus dos prisioneras.

En ese caso, Sai y Aurora dispararían, aceptando el riesgo. El juego había durado lo suficiente.

El trío se formó en la línea que conducía a la escotilla de la *Prisa*: su puerta de rampa de abordaje justo sin la rampa activada. La posición de la escotilla en la *Prisa* necesitaba una conexión de túnel, desplegable con un par de toques de botón desde la consola junto a la puerta. Gregor tenía su mano colocada, listo para lanzar, cuando todo el trío sintió que la *Prisa* se sacudía bruscamente, como si la nave hubiera sido golpeada.

Las maldiciones de Eponi llenaron su banda de escuadrón, y Aurora giró y corrió de vuelta hacia el centro de la *Prisa*.

—Habla, Eponi —ordenó Aurora, apoyándose en esa autoridad para atravesar la frustración de Eponi.

—Ha lanzado a ambas —dijo Eponi—. Renard empacó dos botes salvavidas en esa cosa, y ambos se han ido ahora. Uno casi nos golpea.

Deshabilitar la nave, claro, pero los botes salvavidas, las cápsulas de escape, como quisieras llamarlos, estaban diseñados para ser lanzados manualmente. Si Vana quería huir, definitivamente podía dispararse lejos, pero no podías desaparecer en una de esas cosas.

En resumen, no tenía ningún sentido.

—¿Por qué? —preguntó Aurora a la banda del escuadrón.

—Nos está llamando en onda corta. Debe ser desde su muñequera —dijo Eponi antes de que alguien más pudiera ofrecer una respuesta—. Lo conectaré.

—Rovo —advirtió Aurora—, quédate callado.

El novato, sabiamente, no dijo nada.

—Me alegro de que hayas respondido —la voz de Vana llegó delgada, sin nada de la ira ardiente que quedaba en su tono—. Se les está acabando el tiempo.

—¿Para recogerte?

—Yo sigo aquí. No soy yo de quien tienen que preocuparse.

Las líneas se conectaron con los puntos. Las posibilidades giraron.

—¿Juntas o separadas? —preguntó Aurora.

—Toda niña tiene que crecer alguna vez —dijo Vana—. Tu elección.

Aurora cerró los ojos, cortó la línea. El momento o la misión.

—Eponi, ¿cuáles son las trayectorias de los botes salvavidas?

—Umm, opuestas. Ambos golpearán el planeta. Ninguno está subiendo, sin embargo. Golpearán duro. Demasiado duro.

Los botes salvavidas podían ser lanzados manualmente, claro, pero seguían siendo dispositivos. Las granadas de Sai harían su trabajo. Golpear una atmósfera densa como la de Gillane Cuatro a velocidad, las cosas se pondrían muy feas, muy rápido. Si Kaia y Raquel estaban en esas cosas, estarían muertas en minutos.

Suficientes minutos, tal vez, para que Vana reiniciara su nave.

—Aurora —la voz de Rovo, firme como el hierro—. No puedes. Tenemos que intentar salvarlas.

El momento, entonces.

32

LANZAMIENTO DE LA NAVE

¿Cómo te preparas para un lanzamiento a través del vacío sin una cuerda?

Revisas todos tus malditos sistemas y te aseguras de que estén listos. Tan pronto como Aurora comenzó con el nuevo plan, Sai hizo que su armadura de energía revisara todos sus sellos y recargara el suministro de oxígeno almacenado en los compartimentos del traje. Estos trajes no estaban diseñados exactamente para una exposición prolongada al espacio exterior, pero podían mantener a un soldado con vida el tiempo suficiente para un rescate, o para realizar uno.

En cuanto a lo que Sai haría después de propulsarse a través del vacío, aún no lo tenía del todo claro. Llegar a un bote salvavidas, y probablemente uno inservible, no haría mucho más que añadir otro cuerpo a la lista de bajas. Aun así, si Sai llegaba y encontraba, digamos, a Kaia aferrada dentro del bote salvavidas sin alternativas, todavía podría... abandonarla y alcanzar la lanzadera de rescate.

Sai ya sabía que no sería capaz de tomar esa decisión.

Lo cual podría ser la razón por la que Aurora lo eligió en primer lugar.

—Casi alineado —dijo Eponi, su voz clara y enfocada en el visor de Sai—. Sal ahí, asesino.

—Esperemos que esta vez no mate a nadie —respondió Sai.

Detrás de él, Gregor retrocedió de la rampa de abordaje y selló el compartimento. La escotilla de carga sin usar del *Prisa* se encontraba frente a Sai, un pequeño círculo en un suelo de metal gris y brillante. Más allá, la sala de máquinas del *Prisa* zumbaba. No era el mejor diseño poner todo ese valioso equipo cerca de la rampa de abordaje, la puerta más fácil de penetrar en una pelea.

¿Quién era Sai para hablar? DefenseCorp arrojaba a sus soldados en lanzaderas de caída todo el tiempo, y esas cosas eran poco más que trampas mortales de metal barato.

—Abriendo la escotilla —dijo Sai, tocando la pequeña consola montada en la pared a su izquierda.

El dispositivo hizo su trabajo, confirmando que un sello hermético separaba a Sai del resto de la nave. Emitió un pitido una vez, dos veces y una tercera para asegurarse de que Sai realmente quería abrir la escotilla de carga sin ninguna carga conectada. Cuando Sai no hizo ningún esfuerzo por revertir su acción, la escotilla se abrió de golpe y Sai vio las estrellas.

Las estrellas lo atrajeron hacia adelante.

Ser arrastrado por el vacío no se sentía como el tirón de un ser humano. No había ningún aumento gradual, ninguna sensación de músculos tensándose. En un momento, Sai estaba quieto. Al siguiente, su cuerpo se deslizaba por el suelo hacia la escotilla. Mientras salía, Sai enganchó sus manos en el borde exterior de la escotilla, convirtiendo ese impulso en un balanceo.

La falta de gravedad hizo que sus piernas se separaran, dependiendo de los esfuerzos de Sai para mantenerlas alineadas mientras bailaba con sus manos en el anillo de la escotilla. La armadura de energía ayudaba, los guantes y su agarre texturizado se aferraban a las imperfecciones de la escotilla y permitían a Sai sostenerse. Tensando los abdominales, contrayendo la cintura, Sai llevó su pecho y estómago en contacto con el casco exterior del *Prisa*. Sus rodillas siguieron, marcando un golpe silencioso. Sai subió esas rodillas, aún manteniendo el agarre en la escotilla.

Aquí venía la parte más difícil. Si lo hacía mal, Sai perdería el agarre y flotaría a la deriva.

Si lo hacía bien y-

Sai se negó a pensarlo demasiado, girando los tobillos mientras soltaba las manos. La armadura de energía siguió las órdenes que Sai pronunció al mismo tiempo, activando los seguros de las botas mientras rozaban, suelas abajo, el casco del *Prisa*. El repentino enganche hizo que Sai se tambaleara hacia atrás, como si una mano lo hubiera atrapado mientras caía.

—Listo —dijo Sai—. Pueden cerrar la escotilla.

—Buen trabajo —respondió Aurora—. Eponi puede mantener esta posición durante otros cinco segundos. Prepárate y ve.

Sai habría respondido con una réplica arrogante, pero no había tiempo. En su lugar, miró hacia arriba y le dijo a su visor que encontrara el objetivo. La cápsula de escape estaba demasiado lejos para una buena visual, pero los pings de radar del visor la encontraron fácilmente. Con su impulso cinético cargado, el visor ayudó a Sai a inclinarse hacia adelante, doblando las rodillas para alcanzar la posición de lanzamiento perfecta.

—Allá vamos —dijo Sai, y luego activó los propulsores y saltó libre.

Sai salió disparado como un cohete, el lanzamiento sin fricción lo impulsó hacia un vuelo libre. Fuera de los simuladores, Sai nunca se había lanzado como un cohete a través de las estrellas antes. No había razón para hacerlo, realmente, a menos que una misión hubiera salido mal.

O tuvieras que salvar a alguien.

A pesar de la urgencia, a pesar del riesgo, una vez que se lanzó, Sai no pudo hacer mucho excepto absorber el viaje. Sin ninguna propulsión, no podía alterar su trayectoria. Sin nada para atrapar o rebotar, Sai flotaba a la deriva. La masa de Gillane Cuatro brillaba azul debajo de él, un telón de fondo impresionante que opacaba todas las estrellas menos las más brillantes. Detrás de él, la forma menguante del *Prisa* parpadeaba mientras Eponi redirigía la nave en un descenso total hacia la otra cápsula.

Mirando al frente, Sai no podía ver la nave de Vana, pero a la izquierda, un par brillante mostraba evidencia de que los cazas de Deepak se dirigían hacia su enemigo. Con suerte, atraparían al agente y lo harían polvo.

—¿En el objetivo? —la voz de Aurora resonó a través del visor de Sai.

—Hasta ahora. Un viaje agradable. —Sai se detuvo—. Aurora, ¿sabes qué decir si esto no funciona?

—No vamos a tener esta conversación, Sai.

—Pero-

—Conéctate con la cápsula. Estabilízala. La lanzadera de Salinity está igualando tu velocidad —dijo Aurora—. Esas son tus órdenes. Nos veremos al otro lado.

El suave clic se escuchó: Aurora cortó la llamada. Nunca había sido de las que consideraban futuros desagradables, particularmente aquellos que involucraban a un amigo muerto. Sai había tenido esa discusión una y otra vez con la capitana, tratando de decirle lo que quería para su familia, pero ella siempre lo evadía, siempre lo trataba como una eventualidad cuyo tiempo aún no había llegado.

Tal vez porque Aurora, ella misma, no tenía a nadie a quien decírselo. Sai no sabía si ella tenía planes para después, qué pasaría con el dinero en su cuenta, con cualquier resto que pudiera encontrarse.

La armadura de combate arrancó a Sai de su contemplación de las estrellas, llamando su atención hacia el medidor de oxígeno en descenso —aún quedaba bastante— y la distancia igualmente decreciente entre Sai y el objetivo. El bote salvavidas no había perdido mucha velocidad desde que Vana lo expulsó, pero la gravedad de Gillane Cuatro no sería negada: la decadencia orbital de la cápsula aumentaba por segundo, y la entrada del bote salvavidas en la atmósfera sería un desastre ardiente si Sai no podía preparar la cápsula para la lanzadera de rescate.

Diseñadas para manejar recogidas de naves a la deriva o rescates en atmósfera de peligros aislados, esquifes flotantes y otras situaciones relativamente estables, las lanzaderas de rescate eran las naves enviadas después de un enfrentamiento para hurgar entre los restos y ver qué había sobrevivido. La lanzadera de Salinity, como las de DefenseCorp, se parecía mucho a un cilindro cubierto de escotillas. Cada una podía extender una esclusa de aire, y todas conducían a un espacio central dominado por equipo médico.

La lanzadera era una gran lata, y tenía toda la maniobrabilidad que eso implicaba. No podía formar un sello con el bote salvavidas, no podía atraparlo mientras la pequeña cosa caía de la órbita.

No a menos que Sai pudiera lograr un milagro.

Ahora veía el bote salvavidas, una mancha que había

crecido hasta el tamaño de un esquife mientras Sai se acercaba. De un gris moteado, con el logo de DefenseCorp brillando en el exterior en un resplandor plateado, el bote salvavidas hacía todo lo que la nave de Vana —de Renard— no hacía, exhibiéndose ante cualquier posible rescatista de todas las maneras posibles.

Sai cambió su banda a una transmisión abierta y lanzó una llamada hacia adelante:

—Hola, soy tu potencial amigo, viniendo a ayudar. ¿Me reciben?

Nada volvió. No era sorprendente. Las granadas EMP de Sai habrían acabado con los sistemas del bote salvavidas al igual que con los de la nave más grande. Tendría que hacer esto de la manera silenciosa.

El impacto llegó con un truco. Técnicamente, Sai no se estaba precipitando hacia el bote salvavidas tanto como su velocidad más lenta dejaba que el bote salvavidas lo alcanzara. La diferencia, en metros por segundo, significaba que Sai aún podría ser aplastado como un insecto en el parabrisas de un esquife si no se posicionaba correctamente.

Cada cápsula de escape se construía de manera diferente para adaptarse a las necesidades de su nave madre. Esta parecía una cuña cortada por la mitad, con un lado inclinado en un extremo que se estrechaba hasta formar una punta. Esa punta debería haber estado haciendo la entrada en la atmósfera, sirviendo para reducir la resistencia y desviar el calor del extremo más grueso, donde estarían todos los desesperados. En su lugar, el lanzamiento sin energía tenía el extremo grande liderando el camino, donde eventualmente se estrellaría contra Gillane Cuatro con toda la elegancia de un hombre cayendo de barriga en una piscina.

Alcanzando su cintura, Sai sacó el garfio. Lo tomó en su

mano derecha. Usando explosiones dirigidas de sus paquetes de oxígeno almacenados, cada una reduciendo su suministro de aire en segmentos que le crispaban los nervios, Sai se posicionó para sacar sus piernas del camino del bote salvavidas. La gran cosa ahora gritaba hacia él, apuntando a pasar por debajo de un Sai boca abajo, de modo que la masa azul de Gillane Cuatro se cernía directamente sobre la cabeza de Sai. El bote salvavidas cortaría entre medias, y Sai dejó caer su garfio en ese espacio.

Tenía que apostar a que el casco del bote salvavidas sería lo suficientemente grueso como para soportar el garfio. Si Sai intentaba usar sus agarres, intentara engancharse con sus botas, solo tendría una fracción de segundo. Un fallo lo enviaría rebotando hacia una larga muerte en el vacío.

—Espero que todos lo estén pasando mejor que yo —dijo Sai, transmitiendo el mensaje de vuelta hacia la *Prisa* mientras dejaba volar el garfio.

El bote salvavidas pasó en un instante, llenando el espacio entre Sai y el planeta, el espadachín esforzándose por mirar. El metal gris, el logo plateado brillante, y un brillo vidrioso con lo que podría haber sido un poco de tono de piel. Un indicio de un humano atrapado en el interior. Luego el azul brillante de Gillane Cuatro.

El tirón llegó, el garfio atrapando a su presa y llevando a Sai consigo. Intentó soltar el cable lentamente, reduciendo la tensión muy ligeramente. Eso no funcionó, la pura velocidad agotando toda la línea del garfio en un par de segundos. El garfio azotó a Sai alrededor, una fuerza no realmente sentida y sin embargo absolutamente percibida por el repentino aumento de las nubes cambiantes de Gillane Cuatro debajo.

Sai se estiró con su mano derecha, alcanzando y agarrando la línea del garfio. Tirando, Sai se giró para enfrentar el bote salvavidas, cabalgando detrás de él como algún cazador espacial con su perro. Trozos de metal destellaron alrededor de Sai en una nube instantánea, los escombros levantados por el contacto del garfio. Sai observó en busca de más, esperó a que el bote salvavidas se arrugara o explotara si el garfio exponía su interior al vacío.

Pero, de alguna manera, la línea resistió, y la cápsula no se desmoronó en migajas.

Tomando su primer aliento en quién sabe cuánto tiempo, Sai se ofreció una ligera sonrisa y puso la línea del garfio a recogerlo. Sai alcanzó la punta del bote salvavidas en segundos, agarrándose al bulto mientras ralentizaba el arrastre del garfio. Tan cerca, podía ver dentro, podía ver la cara que le devolvía la mirada con una mezcla confusa de pánico y esperanza.

Raquel. Magullada y favoreciendo su brazo izquierdo, pero viva.

33

EL PREMIO

Una forma de describir una carrera en DefenseCorp sería catalogando las lesiones sufridas dentro y fuera de las misiones. Las cicatrices, moretones, huesos torcidos y una cabeza sometida a tantas conmociones cerebrales de Gregor contaban una historia con un final predecible: la acción lo alcanzaría y el cuerpo de Gregor se quedaría sin espacio.

Sin embargo, ese día no parecía ser hoy. A pesar del golpe de nocaut sufrido cuando Gregor usó a la agente y su gancho para salvar su vida, a pesar del ardiente dolor de hombro amortiguado por el ungüento sobrante que Sai le entregó —un recordatorio persistente de la propia batalla del espadachín con las quemaduras—, Gregor tenía puesta su armadura de poder, con su martillo apoyado contra la pared del *Prisa* mientras esperaba la señal de Eponi.

Después del salto de Sai hacia la oscuridad, el *Prisa* se selló nuevamente, cerrando la escotilla de carga y abriendo una vez más el camino hacia los motores de la nave. Gregor estaba solo en el estrecho pasillo, con Rovo arriba en las escaleras curvas de la nave. Eponi y Aurora mantenían una charla continua, proporcionando información sobre la ubicación del bote salvavidas y si aún atraparían a Vana.

—Nos estamos acercando —dijo Eponi—. Gregor, diez segundos hasta que intentemos un sellado. Si lo conseguimos, abre esa puerta rápido y saca a cualquiera que esté dentro. Estamos lo suficientemente cerca de la atmósfera como para no querer jugar a los dados.

Una admisión audaz. Gregor pensaba que Eponi apostaría cualquier cosa ante casi cualquier oportunidad. Que ella enfatizara el riesgo significaba que veía un peligro real en el rescate. No es que las entradas atmosféricas fueran algo para bromear. Gillane Cuatro tenía el aire denso y las pesadas capas de calor que hacían que una entrada a alta velocidad en el ángulo equivocado fuera catastrófica, y el perfil del *Prisa* no obtendría ningún favor de la forma desgarbada de la cápsula de escape colgando como un parásito puntiagudo.

—Lo haré —respondió Gregor.

Estabilizándose con los brazos extendidos a lo ancho del pasillo, las manos plantadas en las paredes, Gregor contó en su cabeza hasta el número apropiado. Eponi dio la señal en el momento justo, y Gregor sintió y escuchó los clics cuando el *Prisa* hizo su encuentro. Afuera, en el vacío, un cuarteto de engranajes encontró sus parejas en la entrada del bote salvavidas e hizo contacto. Deslizándose juntas, las dos naves crearon un sello para mantener el aire dentro.

Al igual que Sai, Gregor pasó la mano por la consola de la escotilla de carga, indicando a las puertas divisorias que se cerraran a ambos lados de Gregor. No era exactamente el procedimiento normal de acoplamiento, pero Gregor no se arriesgaría. Los agentes de Vana podrían estar en el bote salvavidas, podrían estar planeando un asalto sorpresa.

Ahora, todo lo que conseguirían sería una trampa rápida en el interior.

Y cuando Eponi expulsara la cápsula de escape, podría forzar la apertura de la escotilla y deshacerse también de los agentes.

—Abriendo escotilla —dijo Gregor—. Esperen.

—¿Tienes tu martillo? —preguntó Aurora.

—Siempre.

Gregor sostenía el arma en su mano derecha mientras con la izquierda hacía otro pase por la consola. La escotilla del *Prisa* obedeció las órdenes, abriéndose en espiral bajo los pies de Gregor. Una persona más cautelosa podría haber esperado fuera de la escotilla, de pie en la estrecha franja que el *Prisa* reservaba dentro de las dos puertas de sellado. Gregor prefería dejarse caer, hundirse directamente a través de cualquier emboscada antes de que tuvieran la oportunidad de prepararse.

La gravedad cero no daría ese tipo de impulso por sí sola, así que después de deslizar la mano, la izquierda de Gregor fue al techo del pasillo y empujó. La fuerza debería haber enviado a Gregor flotando hacia la cápsula de escape. En su lugar, Gregor descendió un centímetro o dos antes de golpear el metal duro.

La escotilla del bote salvavidas no se abrió.

—Todavía está cerrada —dijo Gregor—. ¿Enviaste la señal?

—No necesito hacerlo —respondió Eponi—. Es automático.

Cuando se abrió la escotilla del *Prisa*, la nave debería haber activado la misma respuesta en la cápsula de escape. Entonces, había dos posibilidades. O los agentes en el interior no estaban listos para una emboscada y habían bloqueado la puerta de la cápsula de escape, o la pequeña nave no tenía energía para responder a la solicitud de Eponi.

Ambas opciones ofrecían la misma solución.

—Voy a forzar la entrada —Gregor dio un paso a su derecha, poniendo su espalda hacia la sala de máquinas del *Prisa*—. Esto podría hacer ruido.

—Sé rápido —dijo Eponi—. Se está poniendo caliente aquí arriba, y no voy a sacrificarnos a todos por lo que sea que esté en esa cápsula.

—No tendrás que hacerlo.

Gregor balanceó el martillo, girando el mango mientras se movía para enviar energía cinética ondulante, al igual que la armadura de poder, a la cabeza del martillo. Cuando el arma golpeó, toda esa fuerza extra abrumó la pobre escotilla del bote salvavidas diseñada para la accesibilidad, no para la defensa. Las placas curvas en forma de dientes que componían la escotilla resistieron por una fracción de segundo antes de doblarse y romperse hacia adentro.

A horcajadas sobre la escotilla, Gregor miró dentro del bote salvavidas y esperó a que su visor encontrara cualquier amenaza potencial. Con un tamaño similar a la cabina del *Prisa*, el interior de la cápsula recibía su luz del reflejo de Gillane Cuatro, un resplandor plateado azulado a través de las pequeñas ventanas. Los asientos de impacto bordeaban los lados del bote salvavidas, extendiéndose casi hasta el final de la cápsula donde Gregor estaba de pie. Empaquetados en el otro lado del casco desde los motores estarían los botiquines de emergencia, bengalas de emergencia, el tipo de cosas que uno podría necesitar si no, digamos, se quemara en la atmósfera.

El visor no encontró nada peligroso. Los ojos de Gregor tampoco detectaron ninguna amenaza a la antigua. Ningún sonido provenía de la nave muerta.

—Parece vacío —dijo Gregor—. ¿Un señuelo?

—Confírmalo —respondió Aurora.

—Eso significa entrar. ¿Tenemos tiempo?

—Tienes cinco segundos —dijo Eponi—. Después de eso, perderemos a Vana.

La cuenta mental comenzó en la cabeza de Gregor mientras juntaba las piernas y empujaba el techo nuevamente. Entró, directamente a través de la escotilla y dentro del bote salvavidas. Mantuvo su impulso hacia la punta del bote salvavidas, con la intención de rebotar en el revestimiento allí y salir disparado de vuelta al *Prisa* sin un enemigo a la vista.

El visor captó el movimiento, no Gregor. Mostró una silueta cuestionable en azul brillante mientras Gregor se reorientaba.

Una silueta muy pequeña.

—Está aquí —dijo Gregor, observando mejor—. Kaia.

—Nosotros estamos a punto de no estarlo —respondió Eponi—. Sácala de esa cápsula.

Kaia se acurrucaba en la esquina de la cápsula, agachada y mirando a Gregor con ojos preocupados. La oscuridad la cubría, haciéndola casi invisible excepto por el maldito visor y sus increíbles poderes.

—Kaia, agarra el martillo —habló Gregor mientras pateaba la placa inferior del bote salvavidas—. ¡Ven ahora, rápido!

Gregor no tenía forma de saber si la niña respondería a una orden proveniente de una persona, toda equipada con una armadura pesada, que acababa de irrumpir en su hogar condenado y estrecho. La última vez que había rescatado a Kaia, ella estaba aislada en una azotea, separada de Rovo y a punto de ser capturada o asesinada por las mismas personas que la habían enviado a este viaje sin retorno al infierno. Esa vez, Kaia no tuvo elección.

Esta vez, la niña hizo el movimiento correcto.

Saltó cuando Gregor se impulsó hacia arriba, lanzándose hacia la escotilla con los pies. Kaia no tanto atrapó el martillo como el gran arma la atrapó a ella. Gregor dejó caer la cabeza del martillo mientras se acercaba a la escotilla, con Kaia agarrada. El perfil más delgado permitió que Gregor pasara primero, levantando las rodillas al salir para dejar espacio a Kaia.

—Salta ahora —le dijo Gregor a la niña mientras la subía por la escotilla, con los pies apoyados en la cabeza del martillo como una especie de princesa—. Acércate a esa puerta.

Una vez más, Kaia obedeció las órdenes sin cuestionarlas, pero sus ojos y la forma rígida en que soltó el martillo mostraban que quizás no estaba tan confiada como parecía. Sin embargo, en este momento, Gregor no tenía tiempo para ponerse cómodo.

—Sellen la escotilla y vámonos —dijo Gregor, transmitiendo las palabras por la banda del escuadrón—. Kaia está a bordo y a salvo.

—Buen trabajo —dijo Aurora, aproximadamente el mayor elogio que se podía esperar de ella.

Eponi no habló, pero actuó. La escotilla de carga, con piernas y otras extremidades libres, se cerró debajo de Gregor. Un golpe seco siguió cuando el bote salvavidas se desconectó, listo para continuar su viaje de desintegración. La *Prisa* giró de nuevo, algo que Gregor sintió cuando las paredes y el suelo a su alrededor giraron mientras Eponi reajustaba la nave en un curso de regreso hacia Vana.

—¿Gregor?

La voz sonó tan débil, tan silenciosa que Gregor no la

captó al principio, mientras las puertas de sellado que mantenían a Gregor y Kaia encerrados cerca de la escotilla de carga se retrajeron con un *whoosh*.

—¿Eres tú? —preguntó Kaia de nuevo, repitiendo el nombre de Gregor.

Estaba de pie en el centro del pasillo, con las manos a los costados, el rostro contraído por la pregunta nerviosa. Alguien había atado el cabello de Kaia, y aunque la ropa deportiva lisa que llevaba la niña no parecía ajustarse exactamente, estaba limpia. Ni un rasguño marcaba su rostro.

—Así es, pequeña —dijo Gregor.

—No —anunció Rovo, bajando apresuradamente las escaleras—. Te tenemos, Kaia. Te tenemos.

—¡Rovo! —Kaia giró ante las palabras del novato, estallando en esa risa especial que es igual parte alegría y alivio.

Gregor observó la reunión por un largo momento, quizás atreviéndose a esbozar una sonrisa propia, antes de que Aurora lanzara nuevas órdenes. Eponi tenía la energía fluyendo a los motores y las armas. Iban a alcanzar a Vana, y Sever Escuadrón debía estar listo para disparar.

—Llévala a un lugar seguro —le dijo Gregor a Rovo mientras pasaba.

El novato hizo una pausa al revolver el cabello de Kaia, puso una mano en el hombro de Gregor—. Gracias.

—Aún no ha terminado. —La sonrisa de Gregor se ensanchó—. Pero se está acercando.

Kaia empezó a preguntar qué se estaba acercando, y Gregor aprovechó la señal para continuar subiendo las escaleras.

—Rovo está a cargo de la invitada —continuó Aurora mientras Gregor regresaba al centro de la *Prisa*—. Tú ve a la torreta de estribor. Yo estoy en la otra.

El corto trote hasta la torreta de babor tomó más tiempo

porque Gregor tuvo que deshacerse de su armadura de potencia. Las estaciones de artillería en una nave pequeña como la *Prisa* no estaban diseñadas para albergar un armazón voluminoso, pero podían —apenas— acomodar a Gregor con nada más que su traje de piel, la ropa hiperdelgada diseñada para hacer soportable la armadura de potencia.

Al acomodarse, Gregor agarró los controles de puntería de la torreta con ambas manos. La consola se activó con su toque, mostrando opciones potenciales para convertir en polvo espacial. Gregor revisó la pantalla, esperando ver una gran mancha con el nombre de Vana por todas partes.

En su lugar, captó un estallido de píxeles parpadeantes. Como si la consola tuviera un mal funcionamiento.

—Mi sistema de puntería está averiado —dijo Gregor, transmitiendo el mensaje ahora a través de los comunicadores internos de la *Prisa*—. ¿No hay nada a lo que disparar?

—Usa los visuales —respondió Aurora—. Renard no puso muchas armas en su nave, pero es difícil de encontrar.

—Un verdadero agente.

—Un imbécil. Igual que Vana —dijo Aurora—. Eponi, ¿estamos en rango? ¿Y dónde están los cazas de Deepak?

—Justo a nuestra izquierda —respondió Eponi—. Pero hay problemas mayores. Creo que Vana tiene la nave funcionando de nuevo.

—¿Y qué? —dijo Gregor, continuando manipulando la consola. Por supuesto, podía usar las ventanas para apuntar visualmente, pero a las distancias que se usan en una batalla espacial, sería como dispararle a una ardilla a través de un bosque espeso—. ¿Podemos alcanzarla?

—No es ella quien me preocupa —Eponi terminó con una maldición—. Tiene refuerzos. El transporte nunca dejó el sistema, y se acerca rápidamente.

Gregor no sabía cómo una nave grande como el transporte podría haberse mantenido oculta, pero si la nave y sus grandes cañones se acercaban demasiado, la *Prisa* y los cazas de Deepak estarían en problemas. Gregor no se preocupaba por sí mismo, pero la suya no era la vida más importante en la nave. Todos en Sever Escuadrón firmaron sus propias sentencias de muerte cuando se alistaron. La agente, encerrada en los propios aposentos de Gregor, había tomado sus propias decisiones para llegar aquí.

Pero si el transporte destruía la *Prisa*, entonces Kaia moriría sin tener culpa alguna.

Gregor no podía, no permitiría que eso sucediera.

Sin embargo, esa elección no le correspondía a él.

34

UNO O TODOS

Antes de cada carrera, Eponi sacaba su kart para dar vueltas de práctica. Probaba los sistemas de la máquina contra las condiciones del mundo, desde temperaturas gélidas hasta vientos huracanados y géiseres que escupían fuego azul. Desarrollaba un conjunto de movimientos, los mapeaba en los puntos del circuito donde Eponi podría usarlos, y el día de la carrera, desplegaba los trucos para escalar posiciones hasta llegar a la línea de meta.

Persiguiendo a Vana en la veloz *Prisa*, con la luna principal de Gillane Cuatro mostrándose púrpura contra el negro espacio, Eponi aceleró los motores y las armas de la nave. La nave de Vana había invertido más en sigilo que en defensa, y Eponi ya conocía su ubicación. ¿El mejor y más fácil movimiento? Superar al enemigo, inhabilitándolo con fuego láser o haciéndolo estallar con lo mismo.

Cuando el transporte del agente dio la vuelta a la luna, el curso cambió. Eponi no tenía vueltas de práctica para esta situación. Nunca había pilotado la *Prisa* en combate contra una nave como el transporte, grande y cubierta de pesados cañones diseñados para apoyar una invasión terrestre.

Eponi, en realidad, nunca había participado en combates espaciales contra naves grandes.

DefenseCorp reservaba esa diversión para sus cruceros.

—*Prisa*, no estamos equipados para enfrentarnos a esa cosa —dijo el líder de los cazas que se formaban junto a la nave de Sever. Las dos naves, movilizadas por Deepak para ayudar a destruir la nave de Vana, eran cosas rápidas, diseñadas para hostigar y aniquilar naves más pequeñas y lentas —. ¿Me dices que tienes una mejor idea?

Eponi repasó mentalmente el armamento de la *Prisa*. Tres cañones principales, dos torretas a cada lado y un cañón fijo principal en el centro. La nave tenía opciones de misiles, pero los lanzadores estaban vacíos cuando Sever robó la nave en Wexer, y nadie quería pagar para recargarlos. Aun así, los cañones de la *Prisa* tenían ventaja sobre los cazas de DefenseCorp, y Eponi podía reunir mejor blindaje.

—Divídanlo —dijo Eponi—. Ustedes dos concéntrense en la nave de Vana. Nosotros provocaremos al transporte y atraeremos su fuego, a ver si podemos separarlos hasta que ustedes cumplan.

—¿Entonces es una orden de exterminio?

—Lo es —Aurora interrumpió la línea, interviniendo desde su torreta—. Hemos asegurado a los rehenes. Por mucho que me gustaría tener a Vana con vida, no parece que ese sea el juego que estamos jugando hoy.

—Entendido. Vuelen con cuidado —El hombre de Deepak cortó la comunicación, permitiendo a Eponi concentrarse en el lío exterior.

La luna de Gillane Cuatro proporcionaba un telón de fondo ominoso. Ocultaba las estrellas, pero no las brillantes luces de posición del transporte. La gran nave se extendía medio kilómetro y parecía un ala gigante. Con espacio suficiente para albergar a más de mil soldados y entregarlos con seguridad a una zona de combate activo, el transporte tenía armadura y armas de sobra. La única oportunidad que tenía la *Prisa* de causar daño vendría de quitarle los dientes al transporte.

Las torretas, con toda su utilidad para presentar opciones de puntería flexibles, sobresalían de las naves en ángulos obvios. Los escudos magnéticos diseñados para difuminar la energía láser entrante tenían que estirarse para cubrir los cañones sobresalientes de las torretas, presentando una protección ligeramente más delgada que en otros lugares. Eponi deslizó el dedo por su consola, indicando a la *Prisa* que abandonara el seguimiento de la nave de Vana y dirigiera sus sistemas hacia el transporte.

Fuera del frente, un amplio panel de cristal que daba a Eponi la vista de su objetivo, se formó un halo azul alrededor de la larga forma del transporte. El halo llenó los espacios entre las luces, y dentro, se formaron círculos verdes mientras la *Prisa* seguía la orden de Eponi y encontraba esas torretas. Eponi tragó saliva mientras un cuadrado tras otro aparecía.

Sever casi nunca usaba uno de estos en sus misiones de DefenseCorp, dado que a menudo los enviaban en acciones encubiertas detrás de las líneas enemigas o en tareas tan específicas que no necesitaban una invasión completa. Tener el lujo de tantos láseres cayendo, cubriéndote y asando a la oposición, debe ser agradable.

—Dos minutos hasta el alcance —dijo Eponi—. Estoy resaltando las torretas. No estoy segura de que podamos atravesar la armadura de esa cosa, pero podríamos llamar su atención el tiempo suficiente para que los cazas hagan su trabajo.

—¿Dónde me quieres? —preguntó Rovo.

Con Aurora y Gregor en las torretas y Eponi, que aún podía presionar el gatillo de disparo con su brazo enyesado, Rovo no tenía un lugar claro donde estar. Eponi dudó, no estaba segura de necesitar al novato en la cabina con ella.

—Quédate con Kaia —ordenó Aurora—, hasta que te necesitemos en otro lugar. Si esto no sale bien, haz lo que puedas por ella.

La *Prisa* no tenía botes salvavidas. No habría ningún último intento de escapar de aquí. Bien por Aurora no dejar que la niña pasara sola por la pelea.

Eponi se negó a pensar en los posibles resultados. Había aprendido eso hace mucho tiempo. Preocuparse demasiado por cómo podría terminar una carrera tendía a estropear el vuelo.

En lugar de eso, Eponi redujo los motores, bombeando la energía hacia los escudos de la *Prisa*. Las granadas de Sai habían dejado fuera de combate la nave de Vana el tiempo suficiente para que se acercaran. Ahora la pelea sería sobre vuelo elegante, sobre supervivencia, y quién podría acertar algo con un láser caliente.

—Elijan sus objetivos —dijo Eponi—. Hay de sobra.

—Difícil perder de vista algo tan grande —observó Gregor.

—Entonces asegúrate de no hacerlo —dijo Aurora.

En la pantalla de la consola frente a ella, Eponi vio a los dos cazas de DefenseCorp desviándose de la *Prisa*, alineándose para atacar la nave de Vana. En unos segundos más, comenzaría la diversión.

Si Eponi tuviera un dios al que rezar, lo habría hecho ahora. En su lugar, tomó la respiración más profunda que sus pulmones pudieron contener —era fácil olvidarse de respirar en un combate intenso— y se concentró en ese gran transporte. Situó la *Prisa* en una trayectoria recta, con su cañón principal posicionado para hacer lo que mejor sabía.

El dedo de Eponi, con la escayola picándole cerca, encontró el gatillo.

La consola emitió un pitido. Brillante, alegre y anunciando la muerte. Eponi presionó el gatillo, suponiendo que Gregor y Aurora estaban haciendo lo mismo en sus torretas. Destellos iluminaron el parabrisas desde abajo, derecha e izquierda. Los láseres iban tan rápido que Eponi solo los vio cuando los rayos de luz supercaliente ya estaban bien lejos de la *Prisa*, surcando hacia su objetivo en líneas rectas y discontinuas.

La *Prisa*, al percibir que había comenzado una pelea, proyectó una nueva pantalla en el parabrisas. Sin apartar la vista del frente, Eponi podía ver la energía de la *Prisa* como una superposición sobre el transporte y la luna púrpura. El fuego constante —azul ardiente, ajustado a la máxima potencia— drenaba energía como DefenseCorp drenaba la vida de sus soldados.

Después de tres segundos, Eponi tiró hacia atrás de la palanca de vuelo. Sever había disparado primero contra el transporte, atacando con intención letal. La sorpresa les otorgó esos segundos, permitiendo a Eponi elevar la *Prisa* en arco mientras activaba sus propulsores de maniobra para dar la vuelta a la nave. En gravedad cero, ponerse boca abajo no importaba mucho para nadie dentro de la nave, pero le permitía a Eponi mantener el transporte a la vista.

El contraataque llegó con claridad. Los cañones de la gran nave abrieron fuego, sus disparos amarillos chisporroteantes se dirigieron hacia la ubicación original de la *Prisa* y trazaron una línea hacia la nave de Eponi.

—Disparad cuando tengáis oportunidad —dijo Eponi,

inclinando la *Prisa* en un acercamiento en ángulo—. Por cada cañón que destruyáis, os debo una copa.

—Buen incentivo —respondió Gregor.

—¿Porque tu vida no es suficiente? —dijo Rovo.

—Cortad la cháchara. —Aurora, haciendo lo que hacen los comandantes.

Eponi mantuvo la *Prisa* girando. El carguero no tenía la finura de un caza, pero el ciclo, combinado con Eponi cortando arriba, abajo, atrás y adelante al azar, significaba que las torretas del transporte luchaban por alcanzarlos. Sus proyectiles amarillos formaban un rastro de neón en la oscuridad.

—Vuelo, ¿habéis hecho contacto? —Eponi invirtió el giro de la *Prisa* mientras enviaba el saludo hacia los dos cazas, empujando la palanca de vuelo hacia adelante para hacer descender su nave a través del puente del transporte —. Se está poniendo caliente aquí fuera.

—Hemos entablado combate con el objetivo —respondió el piloto de Deepak—. Se está haciendo la difícil.

Elevándose, Eponi llevó la *Prisa* por debajo del transporte, acercándose a la nave más grande tanto como se atrevió. La silueta de energía mostraba a Gregor y Aurora disparando sin cesar. Hasta ahora, la *Prisa* no había recibido ni un solo impacto, lo que significaba que Eponi era la mejor piloto que la galaxia había visto jamás, o que los agentes que manejaban los cañones del transporte eran, bueno, no muy buenos.

—No hay tiempo para juegos —dijo Eponi—. No vamos a ganar contra esta cosa.

Un grito entusiasta cortó la banda, la voz de Gregor declarando la victoria:

—Uno para mí.

Aurora ofreció felicitaciones, pero Eponi tuvo que

concentrarse en el baile. Tiró de la *Prisa* hacia la izquierda, manteniendo la nave debajo del transporte. Esconderse debajo mantenía fuera de juego a la mitad de los cañones de la gran nave, y otros que disparaban a través del cuerpo del transporte tendrían que preocuparse por golpear su propia nave. Los proyectiles amarillos llegaban ahora de forma esporádica, los artilleros decidiendo jugar a lo seguro.

—Volviendo para otra pasada —dijo Eponi mientras la *Prisa* se acercaba al final de un ala—. Si queréis golpear alguna parte de esta cosa, disparad ahora.

Bombeó energía de los escudos de la *Prisa* a sus cañones. El transporte aún no había demostrado que pudiera acertar a algo. Mejor causar algo de daño mientras se podía.

—*Prisa*, ¿dónde estáis? —El capitán del caza llegó gritando—. ¡Nos están machacando aquí fuera!

—Estamos pegados al transporte, qué... —Eponi se detuvo, sus ojos se abrieron de par en par.

Sever operaba solo. Eponi los llevaba a territorio peligroso, haciendo todo lo necesario para sobrevivir. Vivir lo suficiente y Sever llegaría a tierra o escaparía de la persecución.

Excepto que ahora, la supervivencia no era el objetivo.

Maldiciendo, Eponi lanzó la *Prisa* hacia la derecha, dirigiéndose hacia el frente del transporte. Mientras giraba la *Prisa* hacia adelante, Eponi vio el azul de Gillane Cuatro, sí, pero el fuego láser dorado ardía a través de su belleza. Los cañones del transporte llovían fuego hacia la nave de Vana y los cazas que intentaban derribarla. Un círculo negro singular destacaba, el hueco donde volaba Vana, mientras a su alrededor el transporte entretejía su muerte.

—¡Vamos! —dijo Eponi—. ¡Aguantad!

El piloto del caza no respondió. No tenía que hacerlo. Atrapados en una carrera de ataque, los dos cazas tenían la mira puesta en la nave de Vana. El fuego del transporte los sorprendió. No solo un láser aislado, sino una multitud. Eponi vio a los cazas bailar mientras se separaban e intentaban huir. Los cañones superiores del transporte persiguieron a las dos naves una hacia la otra, atrapándolas en un círculo mortal cada vez más pequeño.

En segundos, estarían muertos.

Eponi golpeó la consola, drenó toda la energía de los láseres y la bombeó a los escudos de la *Prisa*. Gregor gritó cuando su torreta se detuvo.

—Eponi —dijo Aurora—. ¿Qué estás haciendo?

—Salvando a los cazas —respondió Eponi, elevando la *Prisa* mientras pasaba por debajo del transporte.

Los cazas eran objetivos difíciles y distantes. Las torretas dependerían de programas, indicando a los agentes cuándo y dónde disparar. Esos programas encontrarían a la grande y gorda *Prisa* acercándose velozmente un blanco mucho más fácil.

—Vana está justo ahí —dijo Aurora—. Sin protección. Podemos atacar.

—Si hacemos eso, los cazas mueren —respondió Eponi —. Y nosotros seríamos los siguientes.

Aurora permaneció en silencio mientras Eponi hacía girar la *Prisa* en una rápida retirada. Las primeras torretas las encontraron ahora, desviándose de los cazas que huían hacia el jugoso casco de la *Prisa*. La nave se estremeció cuando los impactos alcanzaron sus escudos, y algo de luz ardiente se filtró y chamuscó el metal.

—Poneos a salvo, chicos —dijo Eponi mientras hacía zigzaguear la *Prisa* de todas las formas posibles—. Os cubriremos.

—Gracias, *Prisa* —respondió el capitán del caza—. Casi

nos cocemos ahí atrás. Lamentamos no haber podido derribar el objetivo.

—Tendremos otra oportunidad —contestó Eponi—. No te preocupes.

La comunicación se interrumpió cuando otro láser impactó, y Eponi hizo una mueca cuando la consola indicó que las comunicaciones de la *Prisa* se habían quemado.

—Va a escapar —dijo Aurora, irrumpiendo en la cabina. Tomó el asiento del copiloto, deslizando los dedos por la consola mientras láseres amarillos llenaban el vacío a su alrededor—. Vana está escapando, otra vez.

—Nosotras también, por si no te has dado cuenta —respondió Eponi—. Por el momento, al menos.

Volar directamente lejos de un enemigo no muy interesado en perseguirlas, sin embargo, mantuvo a la *Prisa* con vida. Los disparos del transporte disminuyeron a medida que Eponi forzaba los motores de la *Prisa*, alcanzando y luego superando el alcance de ataque.

Había olvidado cómo volar en equipo. Le había costado la misión a Sever, pero había salvado sus vidas.

Eso tendría que ser suficiente. Pero, cuando Eponi oyó a Aurora golpear el casco a su lado, supo que no lo era.

35

FUTUROS

Kaia manejó el ataque y la retirada mejor de lo que Rovo podría haber imaginado. Se refugió con ella y la agente capturada en el propio camarote de Rovo. Mientras escuchaba la charla del escuadrón con el Bicho en su oído, Rovo mantuvo su atención en Kaia, incluso usando la consola del *Prisa* para buscar cualquier contenido apto para niños que pudiera encontrar en la biblioteca de entretenimiento de la nave, un desafío posiblemente más difícil que luchar contra agentes en combate abierto.

La gravedad cero evitó que los vaivenes y giros del *Prisa* hicieran rodar al trío, y Rovo, una vez que Kaia estaba distraída, se volvió hacia la agente. Había sufrido quemaduras de láser que necesitaban cambios de vendaje, y el golpe con la cabeza de Gregor había dejado un feo moretón formándose bajo el cabello corto de la agente.

Más preocupante que cualquier otra cosa, sin embargo, eran las manchas oscuras que Rovo encontró en los brazos y piernas de la agente. Como tinta derramada, las manchas se sentían calientes al tacto, pareciendo estremecerse cada vez que Rovo presionaba con un dedo. Gregor había mencionado haber visto infecciones similares en otros agentes, pero encontrar una pesadilla de cerca...

Rovo vendó las manchas. En Dynas, casi había muerto cuando una infección mucho más grande intentó devorar al novato. Gregor había acudido al rescate de Rovo en aquella ocasión, pero las visiones de la enfermedad negra extendiéndose por su cuerpo habían consumido las noches de insomnio de Rovo desde entonces.

Había pensado que Sever Escuadrón había visto el final de eso, pensó que Dynas y su colapso marcarían la aniquilación de la enfermedad.

—Oye, Rovo —la voz de Eponi en el comunicador—. Puedes salir. Nos hemos alejado y no nos están siguiendo.

Detrás del novato, la película seguía parloteando. Kaia se rio de algo. Él se quedó mirando a la agente.

—¿Rovo? —ahora Aurora, preocupada.

—Está infectada —dijo Rovo—. La agente. Es como Felix. No tan avanzado, pero...

El único tratamiento que Sever Escuadrón había destruido la enfermedad a través de la exposición al vacío. El frío extremo parecía matar el virus, siempre que el huésped pudiera sobrevivir a la experiencia. Podrían intentar hacer eso con la agente, podrían intentar...

—Entonces irá a un hospital —dijo Aurora, matando la idea de Rovo antes de que echara a volar—. Sé lo que estás pensando, pero no podemos arriesgarla. Es nuestro único vínculo, en este momento, con el lugar al que Vana podría estar dirigiéndose. Y, más que eso, con tiempo y un sujeto, los médicos de aquí podrían ser capaces de encontrar una cura.

—Viste lo que pasó con Felix —respondió Rovo—. ¿Crees que es seguro mantenerla en esta nave?

—No saldrá de la habitación —dijo Aurora—. Aléjate tú y Kaia. No voy a arriesgar la oportunidad de averiguar a dónde se dirige Vana.

Si Kaia no hubiera estado en la habitación, si no hubiera mirado a Rovo con una pregunta en sus ojos, él podría haber actuado de manera diferente. Tal como estaban las cosas, quitó la mano de la pistola que aún llevaba en el cinturón. La niña ya había visto a su padre recibir un disparo, había sido rehén de un monstruo que quería su sangre, y había sido enviada sola en un camino de colisión hacia un planeta.

Kaia había visto suficiente.

—Vamos, pequeña —dijo Rovo, apagando la consola y tomando la mano de Kaia—. Déjame mostrarte todos los lugares geniales de la nave.

—¿Qué hay de ella? —preguntó Kaia mientras Rovo la llevaba suavemente hacia la salida.

—Necesita descansar, así que vamos a dejarla sola un rato.

Cuando Rovo abrió la puerta, Gregor estaba en el pequeño pasillo, apoyado contra la pared. El gran martillo estaba a su lado. El novato se encontró con los ojos de Gregor, captó el ligero asentimiento y entendió.

La agente, virus o no, no saldría.

Rovo dejó a Kaia con su padre cuando la tarde caía sobre Gillane Cuatro. Kashmal, apoyado por una plétora de robots, se iluminó cuando Kaia entró en la habitación. Como alguien que había mantenido a su hija en un armario durante años, Kashmal parecía haber cambiado de opinión, decidiendo que ser padre era, quizás, una oportunidad y no una condena. No es que un momento en un hospital, incluso uno tan hermoso como el centro médico Salinity en forma de lágrima en el que estaban, definiera un futuro perfecto.

No obstante, Rovo tenía otra razón para salir de la habitación.

—Te ves cansado, novato —dijo Sai, holgazaneando en el pasillo.

El espadachín tenía puesta su propia bata médica, varios monitores colgaban de su piel, a través de la bata, tratando de asegurarse de que Sai no hubiera sufrido ningún daño permanente. Mientras la lanzadera de Salinity completaba el rescate, Sai mismo se aferraba a la vida en una armadura de poder con poco oxígeno y menos calor. El hombre se veía gris, desaliñado, pero no obstante vivo.

—Mira quién habla —respondió Rovo—. ¿Te van a mantener aquí toda la noche?

Sai se rio, negó con la cabeza.

—Un poco de vacío no me va a matar —Inclinó la cabeza hacia el final del pasillo—. Ve a saludar.

Los asentimientos terminaron la conversación, permitiendo a Rovo continuar hacia el otro extremo de la unidad. Allí, de pie junto a la ventana de su habitación, estaba otra paciente que Rovo tenía que ver.

—¿Tan mal, eh? —dijo Rovo a modo de saludo, apoyándose contra la puerta de color arena. Todo el hospital tenía un ambiente de playa, como si dijera que los pacientes no estaban siendo tratados sino que, en cambio, estaban en unas deliciosas vacaciones.

—Muy mal —respondió Raquel, mirando hacia Rovo—. Debería haber salido hace horas, pero quieren vigilarme. Asegurarse de que no soy como todos los agentes.

—¿Qué?

Raquel hizo un gesto hacia una silla frente a su cama.

—¿Tienes tanta prisa que no puedes entrar un minuto?

—Si no estuviéramos tan golpeados, ya nos habríamos ido —respondió Rovo, tomando la silla.

Qué extraño era ahora estar sentado sin armadura de combate, sin que la mano fuera instintivamente hacia una pistola, sin que los ojos rastrearan cada salida, cada ventana en busca de un agente. Llevaban unos días en Gillane Cuatro, pero después del *Nautilus*, después de los tiradores en las ventanas del edificio, los nervios de Rovo se habían tensado tanto que no estaba seguro de cómo relajarse.

—¿Sabes adónde va? —preguntó Raquel, tomando su propio lugar en la cama del hospital.

—Deepak y Aurora están reuniéndose para discutirlo —Rovo parpadeó, miró fijamente a Raquel y no vio nada extraño—. ¿Dijiste que te mantienen aquí por los agentes?

—Para asegurarse de que no soy *como* los agentes —Raquel se frotó los brazos de arriba a abajo—. Salinity los ha estado reuniendo. Uno pensaría que lucharían o simplemente desaparecerían entre la multitud, pero están... enfermos.

—Lo sé.

—¿Lo sabes? —Más preguntas llenaron el espacio entre los ojos arrugados de Raquel y su ligera inclinación hacia Rovo—. Cuéntame.

—No sé cómo funciona la enfermedad, solo que es mala. Hay que mantenerlos alejados de todos los demás y entre sí —dijo Rovo—. Es una de las razones por las que no queremos perder el tiempo persiguiendo a Vana.

—Se están muriendo, Rovo. Se están muriendo y dicen que es culpa de ella. Que *Vana* los hizo inyectar. ¿Por qué haría eso si sabía que los mataría?

—¿Tal vez no lo sabía? —Rovo negó con la cabeza—. No estoy seguro, pero cuando la alcancemos, nos lo dirá.

—No puedes pensar que cooperará.

—No lo sabremos hasta que la tengamos en nuestras

manos —dijo Rovo—. Y si no lo hace, lo averiguaremos por las malas.

El ceño fruncido de Raquel se transformó en una línea recta.

—Así es como parecen hacer todo ustedes. Por las malas.

—No por elección.

—¿Es así como van a pagar su deuda con mi planeta y mi empresa? ¿Por las malas?

Rovo se encogió de hombros.

—Ni siquiera sé qué significa eso.

Raquel miró su pulsera, deslizó el dedo por ella.

—Según mis cálculos, causaron daños significativos a dos apartamentos. Volaron aerodeslizadores y dejaron sus restos en propiedad pública. Gregor y Aurora destruyeron un edificio en construcción, y tú, personalmente, derrumbaste una torre climática. Eso es mucho dinero.

—Eh, ¿factura a DefenseCorp?

—Oh, lo haré. Pero tú y tu escuadrón violaron leyes haciendo lo que hicieron, sin ningún permiso oficial. Podría encargarme de eso, si me prometes algo.

La conversación ya había dado tantas vueltas más allá de lo que Rovo esperaba, que todo lo que pudo hacer fue levantar las manos y preguntar qué.

—Vuelve —dijo Raquel—. Paga tu deuda con este planeta y con esa niña pequeña.

—¿Para que puedas darme órdenes?

Una sonrisa, pronto correspondida.

—Pareces un hombre que necesita algo de dirección.

Bueno, Rovo no podía discutir eso.

36

EXILIO

El parque resplandecía a media mañana, sus árboles podados y el césped bien cortado mostraban un cuidadoso propietario corporativo y sus robots. Aurora estaba sentada en un banco de metal, los bultos texturizados en las tablillas se calentaban lentamente a la temperatura que había seleccionado en su pulsera. El viento jugaba con su cabello. Por una vez, el cuerpo de Aurora se sentía natural, en lugar de agotado por los químicos que la mantenían despierta y lista para dar un golpe más.

—Este es un buen planeta —anunció Deepak, caminando hacia Aurora por un sendero lleno de gente que pasaba.

El almirante de DefenseCorp había, al igual que Aurora, dejado el atuendo oficial por algo más relajado. Algo, dado la campaña pública de Salinity culpando a DefenseCorp por los combates alrededor de Kaiyo, más sutil. Un suéter blanco impecable, unos pantalones que parecían haber sido comprados hacía unas horas y puestos al azar.

Aurora tenía los restos del *Prisa*. No le quedaban del

todo bien, pero la ropa era cómoda, la chaqueta abrigada. Hoy, eso sería suficiente.

—Es mucho más agradable cuando no estás luchando por tu vida —respondió Aurora.

—Me sorprende oírte decir eso. —Deepak tomó el lugar junto a ella, cruzó las piernas y miró hacia el verde—. ¿No vives para el conflicto?

Aurora pensó que tendría una respuesta ingeniosa, pero la pregunta la atrapó de la manera equivocada. ¿Para qué vivía? ¿Acaso ella-

No. No iba a hacer eso. No todavía.

—En este momento, Vana es lo único que importa —dijo Aurora.

—Pero ganaste. Kaia está de vuelta con su padre. Tu escuadrón está vivo. Vana no puede quitarte eso.

Esas palabras sonaron demasiado superficiales, demasiado fáciles. Aurora había estado alrededor de Deepak el tiempo suficiente, lo había escuchado dar suficientes informes como para saber cuándo el hombre quería aceptación en lugar de introspección. ¿Por qué querría Deepak que Aurora se centrara en la victoria, en lugar de la guerra?

—Enviaste dos cazas —dijo Aurora—. Dos cazas, nada más. Aunque debías saber que el transporte podría seguir en el sistema.

—No estábamos cerca —respondió Deepak—. Tampoco esperábamos que Vana huyera cuando lo hizo. Podrías habernos advertido.

—¿Una agente que se abrió paso fuera del *Nautilus* a través de emboscadas y trucos, y dices que no estabais preparados para sorpresas?

—En caso de que lo hayas olvidado, mi nave casi se desgarró en los combates que tu escuadrón inició. Estamos distraídos.

Como tantas de sus conversaciones anteriores, esta se sentía como una prueba. Deepak evadía. Sus respuestas llegaban demasiado fáciles. Habían pasado semanas desde el levantamiento de los agentes en el *Nautilus*. Tiempo suficiente para establecer una nueva cadena de mando, restaurar las naves y sus pilotos a un estado operativo. DefenseCorp no toleraría la lentitud, porque cada día pasado en turbulencia era un día sin ganar dinero.

—Deepak, o me dices la verdad ahora mismo, o me levanto y me voy —dijo Aurora—. No estoy jugando. Vana casi me ha matado a mí y a mi escuadrón demasiadas veces.

Deepak se recostó en el banco. Esta vez, cuando habló, no miró a Aurora a los ojos.

—Los cazas nunca iban a atacar a Vana. Solo parecerlo.

—Explícate, o te mataré aquí mismo.

Levantando la palma izquierda hacia Aurora, Deepak continuó:

—DefenseCorp está cambiando de opinión. Vana está presentando una oportunidad convincente, al menos para el liderazgo. Tienes que admitir, Aurora, que los trajes serían efectivos. ¿Cuántas misiones serían más fáciles si el enemigo no pudiera ver tu aproximación?

—¡Pero los agentes se volvieron contra nosotros! ¡Contra toda la compañía!

—No —dijo Deepak, con una amargura reprobatoria deslizándose—. Tu escuadrón nos abandonó. Los agentes en el *Nautilus* tenían todo el derecho, bajo el código de DefenseCorp, de matar a tu equipo. Luego, empujaste a mis tropas a luchar contra Renard primero. —Deepak tomó un respiro, desvió la mirada. Un ligero movimiento de cabeza lo trajo de vuelta a Aurora—. Los líderes de DefenseCorp no dejarán que la compañía se divida. Vana les está dando una forma de mantenerla unida y aumentar nuestros beneficios al mismo tiempo.

Aurora presionó sus manos contra sus pantalones para evitar cerrarlas en puños. Los argumentos crecían y morían uno tras otro mientras los analizaba a través de la mirada de Deepak. El hombre tuvo la gracia de mostrar algo de pesar, y esas bolsas bajo sus ojos ahora eran lo suficientemente oscuras como para sugerir que Deepak no había dormido bien durante mucho tiempo.

—Hace una semana, mucho después de que te fueras, recibí órdenes de interceptar tu intento aquí —continuó Deepak—. Sever Escuadrón ha sido marcado. Son una amenaza para el nuevo futuro de DefenseCorp.

Aurora se puso de pie.

—Entonces mi escuadrón está en riesgo. Tenemos que irnos ahora.

—Detente. El mensaje me llegó a mí, y no lo he enviado por toda la nave —dijo Deepak—. Algunos podrían saberlo, pero no suficientes. El *Nautilus* es mío, y la gente en él es mi tripulación. No se moverán a menos que yo lo diga.

Mirando a Deepak desde arriba, la continua calma del almirante solo sirvió para avivar un fuego. Esto, esto había sido por lo que Sever se había separado de DefenseCorp después de Dynas. La compañía lo arrojaría todo por una pizca más de poder, por un poco más de dinero, sin importar cuánta gente asesinara en el proceso.

—¿Entonces esto es, qué, tu advertencia? ¿Nos estás dando ventaja? —preguntó Aurora—. ¿A dónde podríamos ir? ¿Y qué pasará cuando Salinity decida acusarnos de vigilantes por intentar rescatar a Kaia? Seremos buscados en toda la galaxia.

—Lo siento, Aurora. De verdad. Conseguirte la armadura potenciada, darte esta advertencia, ya estoy arriesgándolo todo.

—Claro que sí —Aurora echó un vistazo alrededor del parque. No notó a nadie observando, pero los francotiradores podían estar en cualquier parte, con robots de grabación ocultos entre las hojas—. Gracias por nada.

Deepak se estremeció. Aurora pensó en ir un paso más allá, darle al almirante un puñetazo que sin duda merecía, pero cada segundo que Sever Escuadrón permanecía aquí, creyéndose a salvo, era otro momento arriesgado.

—Espera —dijo Deepak, poniéndose de pie mientras Aurora comenzaba a alejarse—. No quiero, no quiero verte sufrir más.

Aurora torció el labio y miró hacia atrás.

—Esa nunca fue tu decisión.

—Y aun así, lo intenté de todos modos —Deepak igualó su paso—. No vine aquí solo para advertirte.

Aurora no respondió. Aceleró el paso. El camino desde el parque hasta el muelle de atraque no era corto, y el viaje en cápsula sería rastreado y vigilado. Comenzó a levantar su pulsera para enviar un mensaje por la banda de Sever, convocando a todos de vuelta a la *Prisa*.

—Antes dijiste que creías que Vana y Renard estaban haciendo algo peor que los trajes —dijo Deepak—. He oído los informes sobre los agentes aquí. La enfermedad.

—Sí. Vana modificó la enfermedad Dynas. Matará a todos si no reciben alguna dosis —dijo Aurora—. Estoy segura de que todos ustedes también la recibirán. Para mantenerlos leales. Convertirlos en monstruos.

—Tal plan, si sale a la luz, destruiría a DefenseCorp —dijo Deepak—. Los trajes son una cosa. ¿Un virus asesino? La galaxia no lo tolerará.

—¿Vas a llegar a alguna parte con esto? Porque yo sí voy a algún lado, y ya no espero tu ayuda.

—Vana envió un mensaje. Lo recibimos ayer. Durante su escape —Deepak se detuvo, y esta vez Aurora se detuvo con él, cerca del borde del parque donde se fundía con una avenida llena de tiendas—. El mensaje llegó a todos los almirantes, a todos los altos cargos de la empresa. Vana los está convocando a una demostración, a una reunión. Quiere que vean su futuro.

—¿Y tú irás?

Deepak asintió.

—Todos irán. Hasta el último de ellos.

—¿No es eso un riesgo?

Una sonrisa en el almirante, ahora, una leve.

—Es más peligroso estar ausente cuando se decide el nuevo orden —Deepak extendió su pulsera, la deslizó a una pantalla para transferencias locales—. Echa un vistazo. Si quieres una oportunidad para detenerla, para cambiar todo esto, será aquí.

Aurora no dudó, tocó su pulsera con la de Deepak. Los dispositivos emitieron un pitido cuando la transferencia se completó apenas dos segundos después.

—Podrías haber empezado por esto —dijo Aurora, su ira disipándose en curiosidad—. Habría hecho que todo lo demás fuera más fácil de aceptar.

—¿Porque la venganza es tan importante para ti?

—Si va a quitarme a los sabuesos de encima, entonces sí, diría que es bastante importante.

—Te das cuenta de que todos los principales funcionarios de DefenseCorp, con sus guardias, estarán allí. Todos querrán sus cabezas. No hay manera de que se acerquen.

Ahora era el turno de Aurora para sonreír.

—Si creyeras eso, no me lo habrías dicho.

Deepak no pudo negarlo.

Sever Escuadrón se amontonó en el centro de la *Prisa* con actitudes alegres que se desintegraron cuando Aurora dejó claras las apuestas. Dos vidas ahora, sus carreras en DefenseCorp y su breve paso como freelance, les habían sido arrebatadas. Pocos contratarían a un grupo en la lista negra de DefenseCorp. Nadie aceptaría a una tripulación también perseguida por el principal proveedor de agua de la galaxia.

—¿Así que estás diciendo que nuestra única opción es entrar, nosotros cinco, contra quién sabe cuántos? —dijo Rovo—. Vana va a tener trajes, va a tener a los tipos más grandes y malos de DefenseCorp tratando de ver cuánto más fuertes se van a volver, ¿y se supone que debemos luchar contra eso?

—Cuando lo pones así —Eponi destilaba sarcasmo—, suena como una mala idea.

—O una genial —añadió Gregor.

—No ofrecerías esto a menos que tuvieras una idea —dijo Sai a Aurora—. ¿Cuál es?

—Fácil —respondió Aurora—. Haremos lo que siempre hemos hecho. Entrar, eliminar a Vana y a cualquiera que la apoye. Encontrar la evidencia que muestre lo que están haciendo, transmitirla a la galaxia. Ganamos.

—¿Eso es todo? —dijo Rovo.

—Eso es todo —respondió Aurora, ignorando el tono del novato—. Sabemos dónde se reunirán, y tenemos algo de tiempo antes de que todos nuestros objetivos puedan cruzar la galaxia para llegar aquí. Eponi nos llevará a una estación que conozco donde podremos descansar, escondernos y elaborar un plan.

—¿Y si no quiero ir? —dijo Rovo, atrayendo todas las miradas hacia él—. ¿Y si quiero salirme de esto? Kaia está a salvo. Raquel me está ofreciendo un trabajo aquí. Tal vez no quiero tirar mi vida por la borda.

Aurora le dirigió a Rovo una mirada fija.

—Si quieres quedarte, nadie te obliga a venir. Sever Escuadrón, aunque sea solo yo, va a ir tras Vana. No voy a dejar que su futuro gane —No vio a ningún otro miembro de Sever objetando, así que Aurora fue directo al corazón de Rovo—. Kaia va a crecer en esta galaxia, novato. Puedes asegurarte de que sea una en la que creas, o una que la destruirá.

Una hora más tarde, cuando Eponi recibió la autorización del control terrestre de Salinity, la *Prisa* se elevó en el brillante cielo de la tarde de Gillane Cuatro. El azul se transformó en púrpura, y finalmente en negro mientras Sever se elevaba hacia las estrellas.

Vana había acorralado a Sever contra la pared.

Gran error.

▭

En un planeta fronterizo, Sever Escuadrón hace un último y desesperado esfuerzo por destruir una horda mortal antes de que pueda consumir la galaxia.

Continúa la aventura de Sever Escuadrón en *Tormenta de Furia*:

AGRADECIMIENTOS

Esta novela es el producto de mi familia y amigos que se negaron a dejar morir un sueño. A mi esposa Nicole, por permitirme escribir en las primeras horas de la mañana y asegurarse de que no me muera de hambre. A mis hermanos y padres por sus continuos comentarios, apoyo y entusiasmo.

A Evan Aaseng, por ser un constante interlocutor y hacerme volver a la realidad cada vez que mis ideas iban demasiado lejos.

Y, por supuesto, a ti, lector, por darme una razón para escribir.

A.R. Knight teje historias en una casa helada en Madison, Wisconsin, principalmente gobernada por un par de gatos. Después de verse atrapado en la rutina laboral durante la crisis económica de 2008, se encontró volando a través del espacio y viviendo grandes aventuras durante aburridas reuniones.

Con el tiempo, dedicándose a podcasts, guiones, cuentos y otras novelas, encontró una historia en la que podía sumergirse y un elenco de personajes entretenidos y llenos de corazón.

Sever Escuadrón tiene más aventuras por venir, junto con nuevas tramas, escenarios e historias en el futuro. A partir de ahí, A.R. Knight planea saltar a otros mundos y encontrar nuevas historias que contar en los límites ilimitados de nuestra imaginación.

¡Gracias, como siempre, por leer!

Para más información:
www.blackkeybooks.com

Para Evan